Dirk Matheis **Sommer**
Roman einer ländlichen Auszeit

Dirk Matheis

Sommer

Roman
einer ländlichen
Auszeit

Bibliografische Information der Deutschen Nationalbibliothek
Die Deutsche Nationalbibliothek verzeichnet diese Publikation in der
Deutschen Nationalbibliografie; detaillierte bibliografische Daten sind
im Internet über http://dnb.d-nb.de abrufbar.

Edition Schaumberg, 1. Auflage, März 2024
Alle Urheber- und Verlagsrechte vorbehalten.
Gestaltung: Thomas Störmer, Marpingen
Korrektorat: Stefan Blasius
Schriften: Alegreya, Frutiger
Druck: BookPress EU

ISBN 978-3-910306-13-4

EIN LEBEN OHNE LIEBE

IST WIE EIN JAHR OHNE SOMMER.

Schwedisches Sprichwort

1 AUSSTIEG

Der französische Filmemacher Éric Rohmer hatte über seinen Film *Sommer* gesagt: »Ich hatte Lust, Ferien zu zeigen, die zu nichts führen, die eine Lücke, einen Moment des Nicht-Seins beinhalten, was dem Sommer gut entspricht.« Und in einem anderen Film hieß es in lyrischem Stil: »Der Sommer, das ist eine erfüllte Leere.«
Auf solche Worte wollte sich der Schriftsteller David Alsleben nicht festlegen. Er sah die Dinge naiver und verträumter – das entsprach seiner romantischen Art. Auch hatte er das Gefühl, die Wahrheit des Sommers noch gar nicht gefunden zu haben. Er kam zu einer mehr allgemeinen Definition. Was er darüber zu sagen hatte, auf seine schriftliche Weise, klang theoretischer und versonnener: »Sommer ist der Superlativ der Jahreszeiten. Zu jeder anderen Zeit des Jahres hat dieses Wort einen besonderen Klang. Es ist ein Wort, das zum Träumen verführt. Es wirkt der Zauber blanken Lichtes. Es ist die Zeit der Sonne, befreiend schöner Tage, die immer mit einer Art von Versprechung kommen und in denen immer eine Art von Erwartung liegt. Sommer klingt nach purem Leben – er enthält die bloße Möglichkeit erfüllter Momente.«
Der Umbruch des Sommers in den Herbst war ihm überaus bewusst. Er hatte einen starken, empfindsamen Sinn dafür, das Ende einer Zeit wahrzunehmen. Und

stets ließ die warme Zeit ihn mit dem Gefühl zurück, dass er etwas verpasst hatte. David aber sonderte sich ab, er war seit jeher menschenscheu und ging nicht gerne unter Leute. Jedenfalls mochte er es nicht, wenn sie sich ballten. Das war meist stickig, laut und stressig. Die Stadtfeste und Weiherfeste, die Vereinsfeiern und Hochzeiten, die Platzkonzerte und Live-Auftritte, die Partys auf Balkonen und Feten in den Hinterhöfen, die Rummelplätze und all die Feuerwerke. Manchmal trieb es ihn, am Tag danach auf die Suche zu gehen. Er nahm einen Blick in das leere Festzelt mit den lärmend ausgetrunkenen Bierfässern. Das war nicht seine Welt. Und doch hatte er dieses quälende Gefühl des Versäumens.

»Du bist besonders gut im Aufspüren des Vergangenen. Du findest sehr genau das Leben von gestern. Glückwunsch, du hast den Tag perfekt verpasst!«, sagte er sich mit sarkastischer Traurigkeit.

Die Musik war verklungen und hatte einen schmerzlichen Nachklang für ihn. Wenn sie sich in der Septemberstille spiegelte, dann trug es ihn in Melancholie. Er hörte die verlorenen Takte und betrachtete die ungeordneten Reihen von Stühlen, rücklings verlassen und auf den schweren Regen des Herbstes wartend, und sah auf den leeren Plätzen noch den Geist einer Menge ›in Fahrt‹. Er wünschte sich, die Bands gesehen zu haben. Er wünschte sich, die Musik hätte ihn aus nächster Nähe berührt, ihn mit ihren Bässen und Beats durchdrungen, und nicht nur in Fahnen verwehten Klanges, über städtische Dächer und um steinerne Ecken herum.

Der gerade bekannt gewordene Schriftsteller führte ein Leben, das gelähmt war von Träumerei, und das Wenige, was er erlebt hatte, war von ihm bewahrt wie kostbare Stücke in einer fast noch leeren Kiste – in einer zärtlichen, traurigen Erinnerung. Das Ende des Sommers brachte ihm ein ganz reales und stets gleiches Gefühl zurück: Unerfülltheit und Leere, enttäuschte Erwartung und eigenes Ungenügen. Nun bäumte er sich dagegen auf. Dieses Mal sollte es anders sein. Dieses Mal wollte er auf den Sommer zugehen und ihn sich nehmen! Er wollte seine Fülle spüren und er wollte die für ihn gültige Wahrheit des Sommers finden. Und so rang er sich zu einem Entschluss durch. Er hatte diesen Plan und er wollte ihn unbedingt umsetzen – ganz gleich, was er brachte.

Die Bezeichnung Experiment war zwar wissenschaftlich, aber nicht ganz falsch. David war in seinem Leben unvollkommen, er war unfertig und wusste nicht, was er sich von seinem Vorhaben versprach. Er wusste nur, sein Tag würde anders sein. Und wahrscheinlich würde er sich neu erfahren. Er würde in einer anderen, kleinen Welt leben und Eindrücke erleben, unweigerlich, er würde Erlebnisse haben, mehr oder weniger, und es würde ihn zu anderen Gedanken bringen, vielleicht.

»Es ist eine natürliche Sehnsucht, sich für eine Zeit so zu fühlen, als würde man irgendwo anders hingehören«, sagte er sich, »so wie jeder Urlaub die kurze Illusion eines anderen Lebens ist.«

David war nun in seinen vierziger Jahren und hatte damit vermutlich die Mitte seines Lebens erreicht. Er war nicht wirklich dort angekommen. Es kam ihm vor, als hätte er diese erste Hälfte nur damit zugebracht, das Leben zu bedenken und zu erträumen. Er stellte es sich vor, ohne wirklich etwas davon zu haben. Oder ohne es zu wagen. Er war scheu, ein Mensch, der nur schwer aus sich rausgehen konnte. Sein Leben hatte sich stets nach innen statt nach außen gewandt, obgleich er wusste, dass die Teilnahme an den Menschen zugleich entscheidender Teil des eigenen Lebens war. Seines war aus einer theoretisierenden Sicht betrachtet und es war unerfüllt, nur für einige literarische Texte gut gewesen.

Schreiben war für ihn ein Resultat des Abstands. Für ihn galt: Schreiben kann der, der Rückschau oder Ausschau hält. Es ist Sehnsucht darin. Und wenn er sich wirklich bewusst wurde über seine Kunst, dann sah er, dass Bücher und ihre Geschichten nicht nur eine besondere Verbindung zwischen den Menschen waren – Bücher als Briefe an *alle*, voller verbindender Gedanken und Gefühle – sondern dass sie beim Schreiben eine Möglichkeit waren zu sprechen. Schreiben war für David die Art, Menschen zu suchen, ihnen zu begegnen und sich in imaginären Worten, Gedanken und Taten mit ihnen zu verbinden, um nicht mehr einsam zu sein.

***

Er brauchte den Sommer. Vielleicht um einen Traum endlich zu erfüllen. Um den wahren Sommer zu finden oder sich selbst oder vielleicht nur eine gute Geschichte zum Schreiben. Es sollte eine Zeit werden, die es sonst nicht gab. In der Stadt arbeitete er einen dreiviertel Tag beim Kundenservice einer Bank. Die Arbeit erlaubte ihm mit Menschen zu sprechen. Er hatte es gerne, zu denen, die ihn anriefen, freundlich zu sein, ihre Fragen zu beantworten und ihre Probleme zu lösen. Er mochte seinen Job, auch wenn dieser im Grunde Pflicht war und dem Gelderwerb diesen musste. Kontakt zu Menschen aufzunehmen aber war ihm nie leichtgefallen. So hatte ihm der Job geholfen. Er hielt ihn auch am Puls der Zeit und ließ ihn teilhaben an der als Realität bezeichneten Welt.
Jetzt hatte die Bank ihm für drei Monate unbezahlten Urlaub gewährt. David nahm sich vor, in einem fernen Städtchen zu leben. Er hatte einen romantischen Traum: Er sehnte sich nach einem Studentenleben, das er nie gehabt hatte. Das versuchte er nachzuholen. So etwas wie Bamberg, Tübingen oder Heidelberg schwebte ihm vor. Unter irdenen Dächern und starken Balken in alten, geweißelten Mauern, ein hingemaltes Biberach, ein von kleinstädtischer Idylle erfüllter Ort, den man genießen und an dem man versonnen sein konnte. In den man unbedarft hineinspazieren konnte, um sich aufnehmen zu lassen. Am liebsten dort eine möblierte Stube mit Fenster in eine beschauliche Gasse hinein. Ihm war der antiquierte, aber gut gelaunte Roman ›Die Chronik der Sper-

lingsgasse‹ im Sinn, in dem der Schriftsteller Wilhelm Raabe im »wahren Reich der Dachwohnungen« schwelgte, seine Liebe zur »engen, krummen« Gasse beschrieb und das menschliche Leben darin.

Ihm war die ›Feuerzangenbowle‹ im Sinn – der Berliner Schriftsteller Hans Pfeiffer, der inkognito an einem kleinstädtischen Gymnasium ein Schülerleben in der Oberprima nachholt. Den Roman von Heinrich Spoerl hatte David mehrmals gelesen. Und auch die Vorgeschichte, die Humoreske ›Der Besuch im Karzer‹ von Ernst Eckstein, begeisterte ihn. Eine einfache, natürliche Schelmengeschichte mit etwas Romantik und Melancholie, das gefiel ihm, und er hätte so etwas gern geschrieben.

Mehr denn je sah er Filme auf eine emotionale Art. ›Alt-Heidelberg‹ und die Verfilmung der Tante-Jolesch-Anekdoten von Friedrich Torberg. Und ›Piroschka‹, nach dem Roman von Hugo Hartung, ein Film mit melancholischem Anfang und Ende. In einem dahinfahrenden, wiegenden Bahnwaggon sitzt ein alternder Mann. Im Takt der Zugräder erklingt wie in Silben der Name »Piroschka« und darin die Erinnerung an eine Jugendliebe und die Gewissheit eines lange vergangenen und nie wieder erlebbaren Ereignisses.

Wenn David nun solchen Filmen oder Büchern begegnete, standen ihm oft Tränen in den Augen. Und er konstatierte an sich eine Rührseligkeit, die seit einiger Zeit da war und die ihm fast peinlich war, weil seine Romantik sich in eine nicht gekannte Larmoyanz verstieg. Erst konnte er das nicht erklären. Dann erkannte er es als Gefühl, das etwas Unerfülltes betrauerte – etwas, was es einfach nicht gegeben hatte.

Erst jetzt war er davon überzeugt, dass das Leben tatsächlich ein vergänglicher Zustand ist. Erst jetzt war er reif genug, das zu verstehen. Er war immer ungebunden genug gewesen und hatte die großen Erfahrungen des Lebens nie gemacht. Jetzt aber wusste er es. Und aus diesem Wissen kam der Entschluss. »In diesem Sommer«, sagte er sich entschlossen, »da will ich mit meinem Leben etwas tun!«

Doch so sehr er auch von einem Universitäts-Städtchen träumte, so sehr zögerte er, diesen Traum der Wirklichkeit auszusetzen. Vielleicht würde er dann verblassen, sich entzaubern. Er würde seinen Zauber nicht erfüllen und David enttäuschen. »Gaudeamus igitur« mit zueinander prallenden Krügen, die heiter prostende Runde einer Burschenschaft – das wäre zum einen nicht sein Ding gewesen. Zum andern gab es das vielleicht auch nicht mehr und war in einer Mottenkiste verschwunden. Vielleicht sollte er diese altmodischen, sentimentalen Bilder für sich bestehen lassen, ohne in sie eintreten zu wollen.

Da war diese Sehnsucht, die Mut und Entschluss von ihm verlangte. Noch einmal wollte er auf die junge Seite seines Lebens springen, bevor er sich dem Gefühl, älter zu werden, überlassen musste. David wollte etwas von seinen Lieblingsgeschichten in seinem eigenen Leben wiederfinden. Es ging um dieses Gefühl, er hätte ein anderes Leben haben können. Wie utopisch aber musste das sein?

War es möglich, dass er irgendetwas von dem fand, was er suchte? Konnte er etwas von seinem jungen Traum in den alten Mauern einer fernen Gasse finden? Endlich bezweifelte er es. Den konkreten Plan, sich als Gasthörer an einer alten Universität anzumelden und sich dazu eine studentische Dachstube zu nehmen, gab er auf. Er kam mit sich überein, dass das nichts anderes mehr sein sollte als ein schöner Gedanke, den er ohne Schmerz hatte, eine Vorstellung, die in sich glücklich war und ruhte. Es war gut so.

***

Jetzt war er da: früher Sommer. Und damit die ganze Fülle von üppigem Laub in den Bäumen und von hoch ausgewachsenen Gräsern in den Wiesen, durch die ein warmer und blütenduftender Wind zog. Die Natur erfüllte die Sinne, und David wollte raus aus der Stadt, deren Eindrücke sich für ihn erschöpft hatten. Die sterile Hitze der nächsten Monate stand vor der Tür. Schon Ende Mai hatte die Luft fast dreißig Grad erreicht. Im Laufe des Sommers wuchsen sich die Grade aus. Beton und Glas und Stahl warfen sie sich gegenseitig zu und steigerten sie. Und die Übermenge an Autos wurde zu rollenden Heizkörpern. Irgendwann war es so heiß, dass man nicht einmal mehr denken konnte. Es war dann wie ein chronisches Fieber, das im ganzen Körper herrschte, gefühlt bis in die Knochen hinein.

Der Schriftsteller hatte Landluft im Sinn. Die Idee hatte er im letzten Jahr bekommen. Er war mit dem Zug mal aus

der Stadt hinausgefahren, nur zwanzig Kilometer, auf ein abgelegenes Gleis, das hinter Sankt Ingbert abzweigte und nach Würzbach führte. Das Bahnhofshaus war bunt und bayerisch, es war malerisch und alt. Mit der kaputten Uhr an dem Gebäude schien die Zeit gebrochen, sie spielte keine Rolle mehr. Und gleich neben dem Gleis lag dieser wunderbare, großartig naturhafte Weiher, am Rande mit Inseln von Seerosen, groß wie runde Kirchenfenster. Nur ein paar Schritte von den ersten Häusern entfernt brüteten im Ufergras die Schwäne, und das ganze Bild, in seinen Farben im und um das Wasser, war schön.
David fühlte sich, als sei er im Urlaub angekommen. Ganz erstaunt hatte er festgestellt, dass es so nahe so etwas gibt. Er saß dort gerne auf der Bank direkt am begrasten, ruhigen Ufer. Das Wasser spiegelte eine solch erfüllte Art von Ruhe, dass er glaubte, er finde das nur hier. Die Stadt jedenfalls konnte ihm das nicht geben. Er saß da und brauchte an nichts anderes mehr zu denken, und Zeit spielte hier ja keine Rolle. ›Zu sich selbst sinken‹ waren die Worte dafür, sie sprachen aus sich selbst, ohne dass David sie formen musste.
Er saß am Wasser, sah drüben ein paar irden rote Dächer, Terrassen, Liegen, Sonnenschirme, die schönen, gräsernen Ufer mit den Häusern und den kleinen Holzstegen im Wasser, zum Sonnen und zum Baden. Wahrlich wie ein Urlaubsort. So sollte das Leben sich immer anfühlen, sagte sich David auf der Bank am Ufer und lehnte sich weit zurück. Er erkannte wohl, wie unrealistisch das ist. Doch

er genoss den halben Tag, weit von allem entfernt. Er war entspannt und feierte sein Würzbach.

Und eines Tages, da entdeckte er noch mehr. Er ging aus dem kleinen Ort neugierig einen Weg durch den Wald empor. Der Weg nannte sich Alte Steige. Er war steil und mühsam. Dann aber verstand David, dass er die notwendige Anstrengung war, mit der man das Besondere erlangt. Oben öffnete sich der Wuchs des Waldes. Man sah den Weg hinauf, und da wölbten sich nahe Obstwiesen am Himmel.

Zwischen ein paar Häusern des Dorfes kam man oben an. Und dann stand man da auf offener, sich in die Ferne leicht absenkender Hochebene. Die Gegend von Mandelbach. Ein fruchtbares Bauernland. Blühende, reiche Gärten, Obsthaine und Mahdwiesen, weite Kornfelder und Weiden mit zotteligen, lang gehörnten Rindern und Freiluft-Schweinen, die die satte Erde aufwühlten, den gelblichen, lehmigen Boden aus altem Muschelkalk. Gesegnetes Land, an den Himmel emporgehoben – so viel näher am Himmel dran als das, was David kannte, und erfüllt mit einem Gefühl von natürlicher Freiheit. Eine offene Landschaft, weit und einsam und still und ein Spiegel der Sonne und des Sommers. Für den verträumten Städter war es wie eine Offenbarung. Hier oben erfuhr er, wie greifbar der Himmel und wie spürbar Weite sein konnte und dass Gras einen Klang haben konnte. So traf er seine Entscheidung. Er erwählte diese Gegend für seinen Ausstieg.

2 ANKUNFT

David Alsleben hatte den Entschluss gefasst, die nächsten drei Monate hier zu verbringen. In Mandelbach mietete er eine kleine Ferienwohnung an. Es war eine zur Gartenseite gelegene Unterkunft bei älteren Leuten im Haus. Die Wohnung war nicht besonders liebevoll modernisiert und hatte seichten Geschmack. Möbel aus scheinbarem Holz, an der Wand Bilder vom Discounter, auf dem Tisch ein Plastik-Kaktus. Man spürte, dass ständig wechselnde Gäste hier wohnten und die Unterkunft öfter leerstand.
»Ich werde mich hier schon einleben«, ermutigte er sich selbst.
Als er mit seinen beiden großen Taschen eingetreten war, die Tür des Apartments hinter sich schloss und von der Stille des Zimmers umfangen war, da wurde es ihm erst bewusst. Umso mehr, als er dann auf dem fremden Sofa saß. Es überfiel ihn. Er fasste sich mit beiden Händen an den Kopf. Er streifte die Finger verkrampft durch das mittellange, mittelblonde Haar, raufte es und konnte es nicht fassen. Helle Verzweiflung erfasste ihn.
»Was mach ich hier, ich Idiot?! Was war das nur für eine bescheuerte Idee?«, fragte er sich in harschen Worten.
»Drei ganze Monate! Ein ganzes Vierteljahr! Das ist so lang! Was soll ich hier bloß tun??«
Es kam ihm vor, als müsse er die ganze Zeit auf diesem

Sofa sitzen bleiben, weil ihm gar nichts anderes übrig bliebe. Er müsse es aussitzen, bis die Zeit ihn wieder in sein bekanntes Leben entließe. Er sah die drei Monate vor sich, doch ihm fehlte jede Vorstellung von sich selbst in diesem Zeitraum – seine Gedanken waren nicht fähig, ihn auszumalen. Jetzt schien es ihm unmöglich zu sein, dass sich sein Leben hier entwickeln sollte. »Wie soll nur mein Tag aussehen und welchen Umgang soll ich denn mit diesen fremden Leuten hier haben?«

Er hatte einen ganzen Stapel Bücher mitgebracht, die konnte er nun in aller Ruhe lesen, abgeschieden von allem und vom Leben da draußen. Viel Zeit, dachte er sich und starrte gegen das Fenster. Seine Anwesenheit wäre auf das Körperliche beschränkt. Im Laufe der nächsten Stunden beruhigte er sich. Er sagte sich aus seiner Erfahrung, dass viele Reisen mit einem schlechten Gefühl begännen. Das kannte er, das hatte er schon oft erlebt, das sei normal. Oft berührte man den fremden Ort und konnte sich nicht vorstellen, dass man dort zu einer einzigen glücklichen oder auch nur zufriedenen Stunde finden könne.

In dieser ersten Nacht konnte er nicht einschlafen. Es war ihm zu ungewohnt hier. Fremdelnd lag er wach in dem ungewohnten Bett. Auch war es sehr warm. Es war der erste heiße Tag gewesen – volle dreißig Grad zum ersten Mal in diesem Jahr. Die Dachwohnung lag nach Südwesten und hatte sich übermäßig aufgewärmt. David wand sich im Bett. Um sich Linderung zu verschaffen, musste er das Fenster des kleinen Schlafzimmers öffnen. Das fiel ihm erst spät in der Nacht ein, denn in der Stadt war daran nicht zu denken. Da hörte er auch in der Nacht die Autobahn, die das Stadtzentrum durchquerte.

Dann lag er da. Und lauschte in die Stille. Sie war weit, sphärisch und erfüllt von einem gelegentlichen Geräusch, das den Frieden der Nacht angenehm beschrieb. Schritte, ein Lachen von einem Balkon, ein Vogelruf, kurz aufkommender Wind, in der Ferne ein Hund. Kleine Laute, durch die man die Tiefe der nächtlichen Stille betrachten konnte. Für David war es unbekannt und eine Erfahrung, mit offenem Fenster zu schlafen. Er hatte das Gefühl, zum ersten Mal an der Nacht teilzuhaben. In der Stadt schloss er sie hermetisch aus. Jetzt öffnete er sich ihrem Eindruck. Er fühlte sich ganz verbunden mit der Stille, diesem lautlosen, beruhigenden Schall.

Am nächsten Morgen öffnete er die im Wohnzimmer gelegene Tür zum Balkon. Der Tag begann mit einem Blick in den von der Nacht erfrischten, erwachten Garten, der unter tirilierendem Vogelzwitschern die Farben seiner Blüten strahlen ließ. Da waren all die intensiven Erscheinungen und Reize, die die Natur an einem Sommermorgen hat. Für David ein ganz besonderes Erlebnis mit einem ganz normalen Garten. Mit einem gräsernen Mittelweg, über den sich ein schöner Rosenbogen wölbte. Links und rechts lagen klassische Gemüsebeete. Dahinter lief der Garten undurchschaubar in eine leicht ansteigende Wiese aus, in der einige alte, verwachsene Apfelbäume standen.

Am Vormittag machte der Sommergast die Bekanntschaft des Briefträgers. Der hieß Bayer und war ein großer und freundlicher Mann, dem David etwas sehr Angenehmes ansah: Empfindsamkeit und Schüchternheit. Der Sommergast ließ sich seine Post aus der Stadt nachsenden und hatte an der Klingel des Hauses provisorisch seinen Namen befestigt. So bekam er seine Tageszeitung. Die ersten Tage las er sie noch und verfolgte wie gewohnt die Nachrichten, ihre Beschwörung dunkler Entwicklungen – einen Malstrom, der sich zusammenrührte aus verheerendem Großmachtwahn und blutrünstiger Religiosität, aus satanischen Allianzen und internationalen Spannungen und düsteren Wirtschaftsprognosen. Dann aber merkte er, wie es sich von ihm löste und wie sein Kopf lockerer wurde. Er bestellte die Zeitung für drei Monate ab und spürte, wie er den angespannten Zustand der absoluten Information aufgab. Langsam verlor er hier draußen seinen Bezug zur gewohnten Welt und zu seinem gewohnten Leben. David wurde von einem zugeschnürten Weltbürger zu einem befreiten Provinzler.

***

Am frühen Mittag spazierte er zum ersten Mal in die Dorfmitte. Er legte sein Augenmerk auf die bescheidene Infrastruktur, wie die kleine Bäckerei, und auf die Schönheiten des Ortes, die sich auf ein paar alte Bauernhäuser beschränkten, ihre sandsteinernen Gewände von Fenstern und ehemaligen Scheunentoren, ihre traditionellen Klappläden und rote, leuchtend blühende Geranien und Rosenranken. David genoss die Bilder und sich selbst darin.

Es war die Phase, die er in seinen Urlauben am meisten liebte. Wenn er mit weit offenen Sinnen die ersten Schritte an einem unbekannten Ort ging. Unbedarft und versonnen, in ganz bewusster Naivität, einer absichtlichen Gutgläubigkeit, spazierte er herum und nahm dessen Eindrücke leise und empfindsam auf. Jean Giono kam ihm in den Sinn, der ›Homer der Provence‹, ein Epiker, der lyrisch in seinen Mysterien der Einfachheit schwelgte. Giono hatte gesagt, dass es die Schüchternheit sei, die die Sinne bilden und schulen. Die Schüchternheit sei es, die den sinnlichen Menschen erschaffe. »Er hat Feingefühl und versteht es, die farblichen Unterschiede zwischen den Bäumen zu suchen.«

Das traf auf David zu. Er war nicht leutselig und wusste sich nicht durch Lautstärke beliebt zu machen. Seine stille Art verwehrte ihm manches. Er kam den Menschen mit Wasser nahe, nicht mit Wein. Seine Sinne waren klar, wach und aufmerksam. In seiner Art von Offenheit ging er auf den neuen Ort zu, er erschloss ihn sich und genoss dabei die eigene Unbefangenheit. Und die Menschen, denen er allen zum ersten Mal begegnete, grüßte er freundlich. Seiner Einsamkeit angepasst, war es ihm eine Freude, sich auf erdachte Art eingeladen und aufgenommen zu fühlen.

Es war ein stechend klarer Sommertag. Davids Haar fühlte sich in der Sonne fast glühend an. Er trat in die Frisierstube ein. Der Friseur, mit kleinen Silberlocken und kurzer, spitzer Nase und lächelnden Sehschlitzen – sein ganzes Gesicht schien von Verschmitztheit geprägt – lud ihn auf einen alten, behaglichen Drehstuhl von hellem Leder ein.

»Ein wenig kürzer, bitte, und etwas dünner, für den Sommer.«

Schon sichelte die Silberschere durchs Haar. Im Spiegel warf der Friseur erkundende Blicke in das völlig neue, unbekannte Gesicht. Er schwieg, und David sah darin eine schwelende Frage. Schließlich erlöste er den Friseur von seiner drängenden Neugier.

»Ich bin zum ersten Mal in Mandelbach. Ich bleibe längere Zeit. Eine Art Langzeiturlaub.«

»In Mandelbach?«, meinte der überrascht.

»Mal raus aus der Stadt. Für eine Zeit aufs Land«, erklärte David und bekräftigte: »Ist wirklich schön hier!«

»Sommerfrische!«, warf der Friseur aus.

David lachte. Er kannte den altmodischen Begriff. Jetzt amüsierte er ihn. Weil er nicht an ihn gedacht hatte. Er traf aber eigentlich zu.

Der Friseur, von manchem Stichwort wie beschenkt, öffnete beglückt seinen Wissensschatz und führte aus: »So richtig kam der Begriff erst in der Mitte des neunzehnten Jahrhunderts auf, mit Einführung der Eisenbahn. Damals entflohen die Leute den überhitzten und damit auch übelriechenden Städten für die Monate des Sommers. Für das wohlhabende Bürgertum und die Aristokratie war die Sommerfrische ein fester Bestandteil des Lebens. Man übersiedelte. Man verlegte das Leben aufs Land, an Seen oder ins Gebirge, das gehörte zum jahreszeitlichen Ablauf.«

»Ich weiß«, sagte David amüsiert, »und mit der Bahn bin ich tatsächlich gekommen. Nur bin ich weder wohlhabend noch adlig. Und ich hatte den Begriff nicht unbedingt im Sinn. Er ist etwas aus der Mode gekommen.«

Der Friseur aber war jetzt angeregt. Die Anwesenheit des neuen Kunden inspirierte ihn.

Nach kurzer Pause meinte er: »Junger Mann, mein lieber Sommerfrischler, jetzt treiben Sie mich in Erinnerungen.«

»Danke für den jungen Mann«, zwinkerte der Gast aus der Stadt, dankbar dass sein Aussehen beim Alter etwas täuschte.

Der Friseur erinnerte sich längst vergangener Sommer. Er entsann sich alter Reisen.

»Als ich jung war«, holte er aus, »da war ich oft in längeren Abschnitten weg von Zuhaus. Touren mit dem Rucksack. Griechenland. Campen in Spanien.«

Er hatte begonnen, in seiner Vergangenheit zu schwelgen. Das tut ihm gut, dachte sich David und hörte es sich geduldig an, wie ihm fließend erzählt wurde von Reisegefährten, Unterkünften und Zimmerwirten, Denkwürdigem bei Speis und Trank und Situationen, aus denen kleine Anekdoten für die Ewigkeit wurden. Als das Haar geschnitten war, begleitete der Friseur ihn bis hinaus in die Sonne.

Am nächsten Vormittag kehrte David zurück und saß bei erneut klarer Sonne unter dem gewaltigen Lindenbaum, der skulptural und wie ein Denkmal der Natur die Dorfmitte bildete.

»Hallo, Herr Weber!«

David grüßte den Friseur, der mit spätem Frühstück in der Hand vom Bäckerladen kam. Der Friseur winkte freudig herüber. Danach kam der Briefträger vorbei. Auch der grüßte herüber. Und teilte dem Sommergast mit, dass er Post bekommen habe.

»Danke, Herr Bayer!«

David erfreute sich an der Tatsache, dass er hier auf dem Land innerhalb von nur drei Tagen seinen Friseur und seinen Briefträger namentlich kannte – was ihm in der Stadt nie gelungen war. Er stellte fest, dass man sich hier immer grüßte. In der Stadt machten die Leute das nicht – es gab einfach zu viele von ihnen. Mit entspanntem Schritt kam der Friseur herüber und setzte sich zu David in den Schatten der Dorflinde.

»Gerade nichts los. Da darf ein Schwätzchen sein. Da kann man den lieben Gott mal einen guten Mann sein lassen.«

Hinter dem stämmigen Baum, der auch das Dorfwappen zierte, lag die Türe des Gasthauses von Mandelbach. Die Linde gab dem Gasthaus seinen Namen.

»Wir brauchen hier in Mandelbach kein Frauenhaus, nur ein Männerhaus: die Kneipe!«, scherzte der Figaro.

Er hatte in David einen guten Zuhörer entdeckt. Dinge, die hier jeder erlebt hatte oder die jedem schon erzählt worden waren – der Fremde aus der Stadt kannte sie noch nicht. So inspirierte der Besucher den Friseur zu Erinnerungen.

Er erzählte: »Früher – das ist schon einige Jahrzehnte her – da war hier auf dem Platz das Dorffest. Es wurde stark getrunken, das war schon immer so, das kennen die Leute nicht anders. In der Nacht ging ich nach Hause. Ich taumelte von einer Straßenseite auf die andere – da stimmte nur die Grundrichtung ... Und dann, da drüben, an der Seite dieses Hauses dort, wo die beiden Autos stehen, da waren früher Hühner. Ein einfacher Gartenzaun und dahinter die Hühner. Gerade als ich an dem Viehzeug war, kam es mir hoch. Ich hielt mich an dem Gartenzaun fest. Und dann packte es mich und ich bog mich über den Zaun. Ich hab mir die Seele aus dem Leib gekotzt! Am nächsten Morgen taumelten die Hühner durchs Gehege. Als hätten sie Hühnerwahnsinn oder so was. Und als müsste man sie jetzt notschlachten. Aber es war nichts. Diese verdammten Hühner hatten bloß meine ganze alkoholische Kotze aufgepickt. Und waren jetzt total besoffen!!«

David hielt sich die Hände vors Gesicht. Ihn hatte das Lachen gepackt.

»Das Telefon klingelt!«, erkannte der Friseur und eilte in seinen Laden hinüber.

David sah ihm nach, seinem drolligen Schritt, seinen dünnen, staksenden Beinen, und lachte noch immer. Den ganzen Tag über erinnerte er sich an diese deftige Anekdote.

Am nächsten Vormittag, nach einem für ihn unüblichen, gemütlichen Frühstück, spazierte David aus dem Dorf hinaus. Er bog ein in den Höhenweg, den er im vergangenen Jahr entdeckt hatte und der ihm den Anstoß gegeben hatte, den Sommer hier zu verbringen. Dieser Weg, der zum Jakobsweg der Pilger gehörte, hatte für ihn das Wesen einer Offenbarung. Er unterstrich diese offene, an den Himmel gewölbte Landschaft und er machte einen vor lauter Weite ganz still und bewusst.

Der Höhenweg wirkte wie eine Trennlinie, die zwei ungleiche Landschaften voneinander unterschied. Dieser Grat mit seinem schmalen Asphalt, teilte den Horizont und ließ es aussehen, als ob sich hier das Gesicht der ganzen Erde in Nord und Süd teilte. Nach Norden lagen die berauschenden Wälder. Nach Süden lagen die freien, ländlichen Flächen, die sich scheinbar zogen bis in den mediterranen Raum. Das Mandelbachtal senkte sich von dieser Höhe leicht nach Süden ab und ging über in das ländliche Frankreich. Es schien, als würde der ganze Süden nur aus Feldern und der ganze Norden nur aus Wäldern bestehen.

Unweigerlich fragte man sich, auf welche der beiden Seiten es einen zog. David konnte es nicht entscheiden. Er liebte die reiche, fruchtbare Offenheit des bäuerlichen Landes so sehr, wie er den tiefen, schattenhaften Samt der Wälder liebte. Erfüllt von kühler Luft, so als würde er sie mit den Sprüngen einer Wildkatze durchstreifen, blickte er über die Wälder. Eine riesige Weite dunkelgrüner Wellen, auf denen der Glanz von etwas völlig Reinem lag. Eine tiefe, reiche, wild glänzende Dunkelheit, die sich in die Ferne immer blasser und blauer abstufte. Ein unglaubliches Maß an Luft schien darin zu liegen und die Freiheit an sich, ein Gefühl wie am Meer.

David hatte den Höhenweg für sich entdeckt. Wenn man die letzten Häuser hinter sich ließ, dann gab es nur noch das befreiende Gefühl der Einsamkeit in offener Landschaft und der tiefe Eindruck von Weite und Stille. Er blieb stets lange stehen, um dem Eindruck gerecht zu werden. Er atmete ein und aus. Ein gewaltiges Maß an Natur und Ruhe. Gras hatte einen Klang.

Auf dem Grat aus schmalem Asphalt, in fast vierhundert Metern Höhe, bauten sich frühmorgens oft die Fotografen auf, um tolle Bilder zu machen, um Nebel abzulichten oder die Farben, die sich bei der Geburt eines Tages ergaben.

Sobald man an der Landmetzgerei und am Imkerladen vorüber war, am letzten Stall und Haus, hatte der Weg sogleich Dunggeruch. Eine mehr oder weniger scharfe Brise. Es herrschte Landluft, wie in Landschaften in Bayern oder in der Schweiz, wenn man das im Urlaub mal erlebt hatte. Und immer zog ein sanfter Wind über den Weg hinüber. Zur Linken sah David in einem offenen Stall Schafe. Zur Rechten, auf einer weiten Wiese, die sich hinab zu den Buchenwäldern neigte, grasten Rinder. Es war eine Herde flauschiger, zotteliger Rinder mit langen, gebogenen Hörnern.

David hatte solche nie gesehen und kannte ihren Namen

nicht. Es war die Begegnung des Städters mit großen, schweren Tieren. David erkannte, dass er die Dinge hier als Fremder betrachtete und bestaunte. Er sah ein Huhn und wusste nicht, ob es ein Hahn ist. Und als er ein Stück weiter, am Panorama-Hof, einer Schar von braungescheckten rosa Schweine begegnete, die freudig durch ihr Wiesengehege trabten, da versuchte er sich zu erinnern, wann er zum letzten Mal Schweine gesehen hatte. Da stand er, der Städter, und hatte für all dies nur ein Staunen.
Der Panorama-Hof, seines Namens würdig, war ein Bioland-Hof.
Wie man an den Schweinen sah, die sich ihres Freilaufs erfreuten und einen lebhaften und wohligen Eindruck machten, orientierte man sich hier an der Natur. Man arbeitete nach den Grundsätzen der Nachhaltigkeit und produzierte Lebensmittel nach ökologischen Richtlinien. Man verzichtete auf Massentierhaltung, Pestizide und Gentechnik. Mit dem Einsatz von Chemie und Technik Preise zu senken, war hier nicht der Weg. Die Leute waren mittlerweile bereit, für ihre Ernährung mehr zu bezahlen. Das Bewusstsein hatte sich im großen Stil geändert. So dass die Bio-Höfe als regionale Anbieter bis in die Supermärkte kamen.
Der Panorama-Hof hatte darüber hinaus eine sympathische Idee. Er stellte an verschiedenen Orten der Umgebung kleine Holzverschläge auf, die als »Eier-Heisje« bekannt waren. Ein winziger Schuppen mit offener Tür. Dort

hatte es anfangs nur Eier gegeben, später auch einen Kühlschrank mit Milch-Produkten. Es gab auf einem groben Holzregal Apfelsaft und Wurst in Dosen und anderes mehr. Man warf den Preis in eine metallene Kiste ein. Ein Angebot, das an die Ehrlichkeit der Käufer appellierte. Ein Handel auf Vertrauensbasis. Und das funktionierte. »Undenkbar bei uns in der Stadt, da wär dieser Schuppen ständig ausgeplündert«, dachte David illusionslos. Und sah, dass die Menschen hier anders waren – »durch die Landschaft einfach anders.« Er versorgte sich bei seinen Wanderungen gerne in dem »Eier-Heisje«. Eine Flasche des hofeigenen Apfelsaftes und eine Stange Bio-Lakritz in seinem kleinen Rucksack reichten ihm für eine ganze Runde.

David genoss das alles. Er ging darin auf. Es war die große Freiheit Nummer Eins. Nie oder seit langer Zeit nicht mehr hatte er sie so empfunden wie da. Das Gefühl von Freiheit als völliges Bewusstsein. Als etwas ganz Nahes und Elementares. Es lag zum Greifen in der Weite, in der Luft. Es lag zwischen Himmel und Gras. Und bestand aus beidem.

Gleichmütig fuhr ein kleiner Traktor über eine Wiese. Mit dem kreisenden Heuwender lockerte er das geschnittene Gras, damit es an Feuchtigkeit verliert. Das verteilte den Duft des Heus herrlich in den weiten Luftzug hinein. Und im Zenit der Sonne quirlten kleine Hobbyflugzeuge am Himmel, wie Fischerboote auf dem Meer. Sie schienen dem lichterfüllten Blau umso mehr Weite zu geben. Am Nachmittag, in der warmen Art späten Lichtes, das den

Farben mehr Ruhe gab, tauchte etwas anderes auf. Wie symbolisch für die Zeit der warmen Luft und ihren Auftrieb, stiegen Heißluftballons auf. Zur Feier der Saison trieben sie wie surreale Blasen am Himmel. Prall ins späte Blau des Tages gemalt. Wie staunende Gesichter, die die ganze Weite der unter ihnen liegenden Landschaft spiegelnd beschrieben ...

David ließ sich treiben. »Dieses Leben, das in der Freiheit des Sommers liegt«, dachte er sich und schwärmte in diesem Gefühl von Offenbarung. Es war jetzt Anfang Juni. Frühsommer. Beginn des Sommers. Er war spürbar da, ohne dass man schon daran dachte, die Sonne zu meiden und jeden Schatten zu finden, um darin Linderung von der Hitze finden.

Einmal setzte David sich zu einer jungen Walnuss. Ihr Schatten war noch kindlich, er war leicht und verspielt, schimmernd und fließend wie das laue Wasser eines Bächleins. In den starken Nussblättern fingen sich die leisen Windzüge der Weite, es fingen sich darin die Stimmen der Rauchschwalben und der Greifvögel und die der rasselnden Heuschrecken im Gras. David und der kleine Baum fanden Sympathie füreinander. Wie er an den kleinen Stamm gelehnt saß, kam er ganz zu Bewusstsein. Er spürte jeden Laut, jeden Windzug, die gute Luft, die Weite, alles. Unter dem Bäumchen sitzend, blickte David einen langen Weg über das Land. Da war diese unverhoffte und tiefe Harmonie. So viel von diesem Gefühl, dass er sich überrascht und beinahe sprachlos fragte: »Ist das denn möglich, dass eine Landschaft dich glücklich macht?«

Es war ein fast überreiches Gefühl. Eine ungekannte, durchdringende, bewusste und lebendige, erfüllende Ruhe hatte sich seiner bemächtigt. David saß mit kindlichem Staunen im Gras, und unerwartet wie ein gesprochenes Wort hörte er seinen eigenen Gedanken, er sagte: »Ich wusste gar nicht, dass es so viel Himmel gibt!« Himmelweite Ruhe lag in der Luft. Irgendwo rupften die Rinder Gras, und durch die Wiesen zog ein Duft von purer Luft, von Honig und grünem Heu. Und vom sanften Wind getragen ab und an eine urige Spur Rinderdung.

Es war eine beständige, sanfte, warme und schöne Brise, die eingangs des Sommers über den Höhenweg ging. Jetzt stand das Korn in den offenen Flächen, von glühender Mohnblüte umrandet, kniehoch und tiefgrün da. Die vielen Obstbäume und Büsche hatten ausgeblüht und Frucht angesetzt, die nun wuchs. Spät, so als wolle er herausragen, blühte herb duftend der Holunder. Seine altweiße Blüte auf großen, reichgefüllten Blütentellern prägte impressionistisch das Bild dieser Tage. Der hoch aufgebaute und herrliche Strauch stand am Wegesrand. Und hinter ihm, in gänzlich dicht gewordener Natur, standen die hellgrünen Wiesen. Nicht überall war das Heu gemacht worden. Die im Mai gewucherten Wiesen standen nie höher als in diesen Tagen. Sie standen jetzt im Zenit. Sie hatten aus dem Mai noch ihr Grün, doch die Halme waren straff und hoch und die Ähren waren ausgewachsen. Nun standen sie da und warteten, dass sie zur Reife neigten – golden wurden mit Beginn des Sommers. In Erwartung des ruhigen Sommerglanzes fing sich die schöne Brise des Höhenweges in diesen wilden Wiesen. David streifte hinein. Hier oben hatte er nicht das deutsche Gefühl: eine Wiese zu betreten, sei ein rechtsrelevanter und verbotener Vorgang. Für ihn war ein Privatsee eine beinahe unerträgliche Kuriosität. Und dann eine solche Weite. Boden, der offenkundig dem lieben Gott zu gehören schien. Man konnte ihn nicht so stückeln, dass er sich zu festem und versperrtem Besitz verlor. Man konnte unmöglich eine ganze Landschaft vor den Menschen verschließen. Doch David hatte nicht das Gefühl. Er streifte hinein in die Wiesen ohne den deutschen Komplex. Er war davon befreit und er wusste, dass dies die wahre Freiheit war.

Und die Wiesen waren weit. Sie reichten ihm an manchen Stellen bis an die Brust. Er schritt langsam hinein, ohne darin unterzugehen. Es fühlte sich für ihn gut an, die Gräser und ihre reifenden Ähren zu spüren. Es war, als ginge man durch die Wellen einer warmen See. Und es war ein wenig wie Schweben. In einer Lust breitete David die Arme aus, nicht höher als die Gräser. Er öffnete die Hände und kehrte die offenen Handflächen nach unten. Und strich darüber. Er spürte in der Berührung die Nacktheit seiner Handflächen. Wie ein Hauch fuhr er über die Gräser und spürte die Zärtlichkeit und Fülle und die unendliche Weite, er fühlte sich von ihr leibhaftig berührt. Und er dachte sich dabei: »Das gibt es also wirklich, es fühlt sich genauso an.«

Er dachte an ›Der mit dem Wolf tanzt‹, er liebte diese Geschichte. »Das Büffelgras der Prärie war auf dem Gipfel und reichte ihm bis zur Hüfte. Es schien zu leben wie das Meer«, hieß es darin. Dieses Gefühl gibt es, dachte sich David, und das machte ihn für einen langen Augenblick vollkommen erfüllt. Eine Ernte der Sinne und der Seele. Mit weit offenen Händen umfing er die Ähren der hohen Gräser. Wie Hebung und Senkung eines atmenden Wesens ging in ihnen der sanfte, lautlose Wind. »Der weite, wolkenlose Himmel und die wogende See aus Gras und nichts sonst«, hieß es in seiner Lieblingsgeschichte.

Das Gefühl erinnerte David an seinen letzten Urlaub. Er war im Süden gewesen, und an einem Strand hatte er das Gefühl für die Zeit verloren. Es roch hier nicht nach Orangegetränken, Vanilleparfums und Sonnencreme. Die kühle Gischt spülte den herben Geruch von Salzwasser, Fisch und Tang an Land. Denn die Saison war vorüber – ein weiterer Sommer vergangen. David war allein und der Strand war verlassen. Nur eine junge Frau war da und schaute liebevoll dem Spiel ihres Hundes im Sand zu. David sah es, ohne begehrlich zu sein. Jedes Wesen war für sich, als eine funktionierende Einheit im Gleichgewicht, und ebenso stand alles zueinander in Harmonie. An Davids Einsamkeit war dieses Mal nichts Falsches. Es schmerzte ihn nicht. Alles war gut.

David saß auf einem kleinen Felsen, auf der letzten trockenen Kante, betrachtete das Meer, das da draußen den absoluten Horizont hatte und das aus dem tiefsten Blau immer heller näher kam, bis es den Geruch der Tiefe an Land warf. Er betrachtete das harmonisch bewegte Wasser in seinen Türkis- und Kiesfarben, pures Kristall, das sich in ruhigen Wellen vor ihm überschlug. Er spürte die schwappende Luft so, als wäre sein Atem dem Wellenschlag gleich. Und er betrachtete einzelne, kleine, violette Quallen, die wie Schmetterlinge in den sanften Wellen tanzten.

So verbachte er eine zeitlose Stunde, eine wundervolle Ewigkeit. Das Meer hatte einen Ruhepuls, der Schlag der Wellen etwas beinahe Befriedendes. David fiel das schöne Wort Gestade ein. Er war der Mensch in reinen Elementen. Er ließ den Sand durch seine Hand gehen, spürte wie er ihm zerrinnend durch die Finger streichelte. Und er nahm einen besonnten Stein auf und nahm seine sanfte Form und seine Wärme auf. Um von allem anderen völlig loszulassen. Er wurde zu einer Art eigentlicher Mensch. Eine tiefe Gelassenheit, die er nicht an sich gekannt hatte, durchdrang ihn.

Als er aufstand und herumging an dem Strand, der sich einsam in einer Bucht bog, da begannen seine Schritte ihn in einem Gleichlauf zu führen. Er wurde tief geduldig und sogar selbstvergessen. Er blickte in jeden Schritt und er schenkte den schönen Kieseln Wert und wurde reich beschenkt mit der vergeblichen Suche nach einem kleinen Schatz. Das machte Sinn in der Wirklichkeit eines

Kindes. Er war wieder der kleine, reine Junge, der nach Muscheln suchte. Er spürte die Reinheit des Lebens. Mit den Füßen im Sand zu stöbern und sinnliche Funde zu machen, wie das ausgewaschene Tonstück oder das gegerbte Holz, das machte ihn glücklich ...
Jetzt war das wilde Gras im Wind wie die Wellen der See. Und es lag die Größe der See darin und das Gefühl, sie schließe einen ein, diese Weite, sie sei eine Mitte, die einen erfülle und in der man beglückt schweigen dürfe. David saß da, eine gräserne Ähre lag in seine Hand geschmiegt, und er war dabei so weltvergessen, wie er es lange nicht mehr erlebt hatte. Und er wurde sich seiner selbst bewusst. Er begann mit den Tagen zu spüren, zu welcher Entspannung er hier fand. Beruhigter Atem strömte ein und aus. Er konnte auf seiner Haut spüren, wie viel Ruhe und Freiheit zwischen Himmel und Gras lagen. Ein natürliches und absolutes Maß. Und wie viel Leben.
»Dieses Leben, das in der Freiheit des Sommers liegt«, sprach David sein Gefühl aus.
Und wusste freilich, dass er dieses Leben noch nicht ganz gefunden hatte. Dass dazu am Ende das Leben an sich gehörte – andere Menschen. Früher, als er mit dem Schreiben angefangen hatte, da war er von Menschen und Dialogen weit entfernt. Er konnte nur Landschaft und Natur beschreiben. Er tastete sich heran. Durch Wälder und Felder an Gärten und Mauern, an Fenster und Licht. Erst langsam traten Menschen hinzu, und es war schwie-

rig, zu schreiben, wie sie waren und warum sie so waren. Er wusste nur, dass er es sich wünschte und dass er sich damit beschäftigen musste. Er tat sich schwer, Zugang zu Menschen zu finden. Anderen fiel es leichter. Das schien ihm nie anders gewesen, und er nahm es hin so wie er es erlitt.

***

An manchem Nachmittag, wenn er von seiner großen Runde zurückgekehrt war, saß er auf dem Balkon. Das war ein stählerner Ausguck. Nicht mehr ein Stuhl passte darauf. Die richtige Warte für David als Zaungast. Von hier oben sah man den Garten der Wirtsleute. Sein Blick begegnete beklommen den frohen und geputzten Gesichtern einiger Gartenzwerge. Auf der kleinen Wiese standen eine Garnitur von Gartenmöbeln aus weißem Plastik und ein gestreifter Sonnenschirm, Geranien in ausgedienten Bierfässern. Weiße Wäsche wurde gerade aufgehängt. Manchmal wechselte der Sommergast von seinem Ausguck ein paar Worte mit den Zimmerwirten. Man redete nicht viel, es ging meistens um das Wetter und den Garten, der sich gerade prächtig entwickelte.

Wenn David dann dasaß, plätscherte das kleinbürgerliche Leben unter ihm dahin. Da unten lief das Radio, ein bieder-frohes Gedudel – oft unbedarft mitgesungen von seinem Zimmerwirt oder dem Nachbarn zur Linken. Über den Zaun ging unbehände Sprache in Dialekt, es wurde von Alltäglichkeiten gesprochen oder es wurden grobe und vertrauliche Einzeiler geblökt.

»Mein Hund hört nicht!«
»Genau wie deine Frau!«
Oder der Zimmerwirt und seine Frau berieten darüber, welchen Kuchen man machen solle für das Cousins-Treffen, oder woher man dieses Jahr das Fleisch für die Vereinsfeier bekomme.
»Der Manfred soll uns wieder einen Eimer Schnitzel machen, genau wie letztes Jahr.«
Gleichmütig kreisend ging es um die Verwandtschaft, um die kleinen Reparaturen am Haus und um die neue Bäckerei im nächsten Ort. Das Thema der Gespräche ging darüber nie hinaus. Man hörte auf Tellern das Besteck klirren und dazu den einförmigen Radioklang oder ein Telefonat und das Dahinleiern eines trivialen Dialoges. Es ging um den Haushalt, einen Anruf, die neue Küchenmaschine, Rotkraut und Rippchen. Ein teigiges Einerlei. Scheinbares Nichts. Doch beruhigender Gleichlauf lag darin. Die Stabilität kleinbürgerlicher Idylle. David, dessen Familie klein, zerrüttet und verstorben war, hatte das nie angestrebt. Jetzt überraschte es ihn, wie zufrieden es ihn machte. Er überließ sich der Wirkung dieser paradiesischen Trivialität. Es war das Gefühl, mitten im Leben zu sein. Und es war das Gefühl, die erfüllte Zeit, die er sich gewünscht hatte, sie habe gerade begonnen.

***

Eines Nachts war Vollmond. David konnte nicht einschlafen. Er war einfach wach. Trat hinaus auf seinen kleinen

Balkon und stand in der hellen Nacht wie am Bug eines Schiffes. Der Glanz des Trabanten hatte sanfte Magie. Es lag etwas darin, das für David unwiderstehlich war. Etwas Verlockendes. Er schlich sich hinunter. Trat atemlos leise durch die Waschküche des Hauses in den Garten. Zum ersten Mal trat er durch den Rosenbogen, der ihn mit kühlem, seifigem, edlem Duft streifte, einer feinen Frische, die balsamisch war. David betrachtete sich die Wirkung des dünnen Silberlichts auf den regungslosen und farblosen Formen nachtschwarzer Blätter und Blüten. Er nannte es unsichtbares Licht.

Der Mond ließ die Natur in ihrem Schlaf und erlaubte es, sie in diesem Schlaf zu betrachten. Sie war wunderschön. Es war kühle Sanftheit in ihr und sie wirkte leicht surreal. David berührte die Blumen und roch an den Kräutern. Dann legte er sich unter den Rosenbogen ins Gras und genoss die Erscheinung des Mondes im Garten. Die Luft war mild und nichts sprach dagegen, die Nacht auf diese Art zu genießen, auch wenn er das zuvor noch nie getan hatte. Er konnte seine Hände heben und die Rosenblüten spüren, die ihn mit ihrem wundervollen, weiblichen Duft verzauberten. Darin lag ein nächtlicher Traum von Zärtlichkeit und Liebe.

Am nächsten Tag sprach er wieder einige Worte mit dem Zimmerwirt. Er grüßte ihn vom Balkon, seinem sterilen ›Ausguck des Zaungastes‹. Er sagte dem Zimmerwirt, wie schön seine Rosen seien, wie reich sie blühten und wie sehr das den Blick erfreute.

»Nicht wahr?«, meinte der Zimmerwirt, »und das sogar bei Nacht ...«
Er blickte verschmitzt und sah David an, der darauf den Blick senkte.
»Wär' vielleicht ganz gut, wenn Sie mir ab und zu im Garten was helfen könnten. Wenn Sie das wollen, meine ich.«
David ging ihm noch am gleichen Tag zur Hand. Er bekam einige alte Klamotten aus der Waschküche, und wieder dämmerten ihm dabei Erinnerungen an den eigenen Vater. Und er begab sich in den Garten, den er nun endlich in farbiger Wirklichkeit erleben konnte. Die beiden wirkten zusammen und arbeiteten gut.
Am nächsten Morgen öffnete David früh die Tür des Balkons: »Hallo, Bernd!«
»Guten Morgen, David! Gut geschlafen?«
Bernd hatte ein breites, gerechtes und gütiges Arbeitergesicht. David mochte es. Am Mittag fuhr er mit dem Zimmerwirt in den Baumarkt. Dort kauften sie in der Gartenabteilung einen Thermokomposter für die Gemüseabfälle und einen neuen Rasenmäher. Bernd interessierte sich für die Möglichkeiten automatischer Bewässerung. Durch Davids Mithilfe bekamen seine Gartenpläne neuen Schwung. Auf dem Rückweg fuhren sie im nächsten Dorf bei einer Baumschule vorbei und besorgten einen Quittenbaum.
Am nächsten Tag bekam Bernd beim Schleppen der großen, blechernen Wasserkannen einen Hexenschuss. David half ihm ins Haus und aufs Sofa. Nun sprang er ein und

kümmerte sich alleine um die Bewässerung des Gartens. Es lag in seiner Verantwortung, und das gab ihm ein gutes Gefühl. Bernd erwies sich als dankbar. Von nun an bekam David aus dem Garten frisches Gemüse, das er sich in seiner kleinen Küchenecke zubereitete. Am liebsten war ihm ein Reisgericht mit Mangold und Zucchini. Oder ein Tomatenteller mit Zwiebeln und Gartenkräutern.
Neben seinen Spaziergängen übers Land füllte ihn nun die tägliche Gartenarbeit aus. Manches kannte David noch aus seiner Kindheit, manches lernte er dazu. Dass man am frühen Morgen besonders gut die Schnecken absammeln kann und dass sich aus den lästigen Brennnesseln ein famoser Dünger anrühren lässt, in Form einer kräftigen Jauche. Es erfasste ihn gutes Gefühl, wenn er sich beim Unkrautmachen in die Erde vergraben konnte, den Boden in seinen Händen spüren konnte. Ein elementares Gefühl, das er nicht unbedingt durch seine Art schriftstellerischer Definition stilisieren wollte. Er genoss es einfach und fand etwas Wahres darin. Es gab ihm Ruhe und Basis. Danach ging er zum Angriff auf die Himbeeren über. Die bildeten zur Rechten eine Wildnis. Bernd hatte davon gesprochen, die verdorrten Ruten zu entfernen und den Rest wieder zu einem schönen, geordneten Spalier zu machen. David machte es. Danach musste die Wiese gemäht werden, die sich bis hoch zu den Apfelbäumen erstreckte.
Bei diesen Arbeiten lernte er nun den Nachbarn zur Rechten kennen. Es war ein kleiner, drahtiger Mann von Mitte

fünfzig. Er trug schmutzige Jeans, er wirkte zäh und fleißig, auch etwas chaotisch. Oft war er mit dem verbeulten Auto und dem Anhänger unterwegs. Er war ein »Knauber«, er machte kleine Arbeiten und beschaffte. Er achtete auf Gelegenheiten. Sein etwas stechender Blick passte dazu – er sei ein Fuchs, sagten die Leute.
Wenn David im Garten arbeitete, dann sah er diesen Nachbarn oft. Der schleppte fleißig Steine durch den Garten oder machte in alter Art Holz für den Winter oder wirkte in seinem unordentlichen Gemüse. Der Nachbar war ein »Schaffer«, einer der viel arbeiten musste. Aber alles zu seiner Zeit. Er legte auch großen Wert aufs Essen. Dann saß er da, schweigend auf einem Schemel an den großen Nussbaum gelehnt, auf den Knien einen kleinen Porzellanteller, auf dem er Salami und Käse würfelte und dies frugale Mahl zelebrierte, umgeben von kleinen Versuchen mit Tomaten und von seinen ersten beiden Hühnern. David betrachtete diesen Mann und sah, dass der Geiz, dem man ihm nachsagte, die Sparsamkeit war, welche einer tiefen Bescheidenheit entsprang. Er saß da, ganz im Gefühl von Gegenwart, von Moment, er wirkte zufrieden und ganz bewusst in dem, was er gerade tat. Er aß mit Bedacht, mit ebenso viel Demut wie Genuss. David betrachtete ihn und lächelte. Der Nachbar kam an den Zaun und reichte ihm die Hand: »Ich bin der Reinhard!«
An dieser Grenze des halbhohen Gartenzauns herrschte Funkstille. Man sprach nicht miteinander. Bernd ließ an Reinhard kein gutes Haar. Er sei verschlagen, ein listiger

Fuchs, ein beredter Gauner mit abgebrühtem, manipulierendem Charme, ein Mensch mit einer zwanghaften Gerissenheit und Gier. Einer, der nach Wegen suchte, nicht die Wahrheit zu sagen. Einer, der umtriebig und ruhelos seine Vorteile suche und seine Bedürfnisse hemmungslos auslebe. Der Gelegenheits-Versicherungsvertreter stoße ständig an die Grenzen seiner Mitmenschen, er reize diese wie gezwungen aus. Er sei notorisch unehrlich und einer, der die Leute mit seiner Umgänglichkeit bewusst beeinflusse und lenke. Nur so habe er vor ein paar Jahren den Zuschlag für das alte Haus bekommen. Bernd wollte das Haus für seinen Sohn, doch der andere war ihm zuvorgekommen ...

Reinhard bezeichnete sich selbst als hart. Er war ein geselliger Einzelgänger. Er lebte mit dem chaotischen Eigensinn eines Einsiedlers. Eine Frau suchte er nicht, er schien für die romantische Liebe verloren. Wenn es dem Fuchs nicht gelang, ein Huhn zu reißen, dann ging er zu den Huren in die Stadt. Das gab er offen zu. Der Gang zu den Huren – ein Schritt, den David selbst in größter Einsamkeit nie gewagt hatte. Es war mehr Realität, als er ertragen hätte. So hart war er nicht.

Stand er darum nicht ganz im Leben? Das fragte er sich unaufhörlich. Er wurde sich nicht klar darüber. Er wusste, dass er sich kaum aus seiner Scham wagte, dass er zurückhaltend und blauäugig war und die Dinge gern als Zaungast betrachtete. Für sein Schriftstellertum war er wie geboren. In jener Theorie, die das Schreiben darstellte, konnte er sich nach dem Leben sehnen. Das Vorenthaltene gab ihm die Inspiration.

In der Begegnung mit Reinhard war es unweigerlich so, dass David sich reflektierte. Im Kontrast mit ihm sah er viel von sich selbst. Dieser kleine Mann mit dem Blick eines gefräßig herumstreunenden, lauernden Fuchses war im Leben die Dinge angegangen. Er hatte alles mitgenommen und alles zu kriegen versucht, was er haben wollte. David erschien es wie eine natürliche Habsucht zu sein – der er selbst nie nachkommen konnte. Es war nicht seine Art. An Leuten wie Reinhard erkannte er, wie anders er war. Reinhard griff im Leben fest zu, lebenserfahren und leutselig ging er auf die Menschen zu, während der schamhafte David das Leben bestenfalls in seinen Gedanken berührte. Er war ausgewichen und füllte sein Leben nicht aus. Nie hatte er die Blässe seiner Unschuld ganz ablegen können.

Die beiden Männer waren schlichtweg Antipoden. Andererseits mochte David die täglichen Begegnungen am Zaun. Es war amüsant, wenn Reinhard beispielsweise von der Bauernschläue seiner Hühner erzählte. Sie lachten miteinander. Und David wusste, dass er nur ein Sommergast war und dass ihm nicht die Zeit bleiben würde, hier schlechte Erfahrungen zu machen. Er blieb unbekümmert. Ihm war Leichtigkeit geschenkt. Er konnte gutgläubig und offen auf die Menschen zugehen, ohne dabei enttäuscht zu werden. Es war nicht sein Alltag, er musste sich hier nicht auseinandersetzen. Es war seine ländliche Auszeit.

So scheute er die neue Bekanntschaft nicht. Reinhards umgängliche Art wirkte bei ihm. Und dieser war dankbar für einen solch unbelasteten Menschen. Dieser nette, verträumte, offene und interessierte Sommerbesucher war einer, der schweigende Seiten in ihm ansprach. Er war einer, der zuhörte und dem er sich in dem Gespräch am Zaun anvertrauen konnte. Und dem er in seinen ganzen Berichten dann als sehr vielschichtige Person erschien, mit einer geradezu widersprüchlichen charakterlichen Breite. Entschlüsseln konnte dieser Mensch nicht einmal sich selbst. Einer harten und rohen Sichtweise standen Charme, Feinsinn und Intelligenz gegenüber. Man konnte mit ihm über Albert Camus und über Kathedralen reden, Reinhard pflegte seine Kenntnisse des großen Latinums und David mochte die scharfsinnige und verschmitzte Ironie, mit der Reinhard auf Dinge zu sprechen kam, eine Art ruhiger, weiser Sarkasmus, der zum Lachen war. Im Lauf der Tage öffnete der Nachbar dem netten Fremden mehr und mehr sein Herz. Er sprach von dem Haus und vom Gefühl der Heimat.

»Weißt du, David, ich fühle mich wohl in meinem Leben. Dieses Haus, das bin ich. Etwas heruntergekommen und chaotisch, die Dinge haben Zeit, und ich genieße sie.«

Er verbesserte sein Haus mit Geduld. Den hohen, als normal geltenden Standard anderer würde er nie erreichen, es war nicht seine Absicht.

Er sagte: »Die werden mich nie verstehen. Dass ich mit einfachen Dingen zufrieden bin, halten sie für Geiz. Die

verstehen nicht, dass mein Holzofen gut wärmt und mir gefällt. Die sehen dieses Haus und sagen: Reiß die Bruchbude doch ab und bau neu! Aber dafür hab ich kein Geld und keine Lust. Es ist mir recht so. Dieses Haus nenn ich ein Liebhaberstück, und es gefällt mir. Es passt genau zu mir. Dieses Haus zu machen, Stück für Stück, das ist jetzt mein Lebensweg. Weißt du, ich bin viel gereist, ich hab die ganze Welt gesehen. Ich war auf dem Zuckerhut gestanden und auf dem Ölberg. Irgendwann will man bleiben statt reisen. Irgendwann will man wissen, wohin man gehört. So bin ich wieder hier. Hier ist mein Platz, in meiner Heimat. Früher war mein Platz in der Welt. Jetzt zieht mich nichts mehr weg. Das Reisen interessiert mich nicht mehr, ich habe keine Ziele mehr. Ich bin wieder angekommen, von wo ich losgezogen bin. Der Kreis hat sich geschlossen. Jetzt ist es etwas ruhiger. Und heute kann ich zu mir sagen: ja, ich habe das Leben gelebt!«
Er fuhr fort: »Wo ich auch war, an den meisten Orten habe ich mich wohlgefühlt. Ich bin ihnen mit offenem Sinn begegnet, ich habe versucht, jeden Ort zu verstehen. Ich denke, es ist mir gelungen. Nur bleiben wollte ich nicht. Bleiben ist eine andere Geschichte. Irgendwann findet jeder seinen Ort. Bei mir war es der, von dem ich losgezogen bin. Das ist »Gehääschnis«, wie man in unserer Mundart sagt. Ein Wort, das nicht viele Leute kennen. Gehääschnis, das ist ein Gefühl. Ein endgültiges Wohlgefühl. Ein Ort für sich selbst. Der Platz, an dem man sich geborgen fühlt und an den man wirklich gehört. Du fühlst es, wenn

du ihn gefunden hast.«
David hörte gut zu. Ihm wurde klar, dass ihm eine große Erfahrung fehlte. Reinhard – nur etwas mehr als zehn Jahre älter als er – war in den Winkeln der Welt gewesen, er hatte das Leben ausgereizt und war nun angekommen. Nach einer großen Runde schloss sich sein Kreis. Es wurde ruhig für ihn. Er genoss nun zufrieden die Gewissheit eines Lebens, das Ereignis gewesen war. David in seinem abgesonderten Leben war noch nicht einmal aufgebrochen.
Er sagte nachdenklich zu ihm: »Ich habe immer das Gefühl, es liegt noch so viel vor mir, es muss noch so viel kommen. Ich hoffe nur, es täuscht mich nicht ...«

***

Am nächsten Tag wurde Reinhard für ihn zum Fremdenführer. Er, der alle Geheimnisse und Geschichten seiner Umgebung und seiner Mitmenschen kannte, nahm ihn mit auf eine große Runde durch Mandelbach. Der kleine, kernige, zuversichtliche Mann, lächelnd und mit gesunder Bräune, stapfte mit großem Strohhut und kurzer Hose vor ihm her. Er sah leicht drollig aus, und David war von dieser Gestalt auf eine schon liebevolle Art amüsiert. David wusste, diese Runde würde ihn in den Ort und in die Landschaft einweihen.
»Da ist mein alter Chef. Und da auf dem Fahrrad ist meine Tante Gerda. Einundachtzig Jahre alt!«

Reinhard zeigte ihm am alten Schulhaus die Einschüsse aus dem Zweiten Weltkrieg. Sie begegneten einer sehr alten Frau, die jedermann das »Liesjen« nannte, als sei sie noch das kleine Mädchen von früher. Reinhard redete mit ihr über Leute, es gab da immer irgendwelche Neuigkeiten und Altbekanntes. Als sie auf das Bauernhaus zu sprechen kamen, vor dem sie standen, interessierte David sich sehr dafür.

»Das Haus ist von 1789«, erklärte ihm die Frau.

»Ein bedeutungsvolles Jahr«, erinnerte Reinhard.

»Man sieht dem Haus das Alter nicht an, es ist vieles neu gemacht«, meinte die Frau.

»Ja«, sagte David, »jetzt sehe ich es. Das ist eigentlich die Stalltür. Und rechts das ist der alte Torbogen der Scheune.«

»Die Scheuer haben sie 1968 umgebaut«, sagte das Liesjen. Und dann erzählte sie: »Eines Tages hat mein Vater einen Ochsen verkauft. Als wir von der Schule kamen und fragten *Wo ist der Ochse?*, da führte er uns in die Wohnstube und sagte *Da! Da steht der Ochse!* In der Stube stand ein Fernsehgerät. Das hatte er für den Ochsen gekauft.«

Am Kirchturm nebenan erklang der Stundenschlag, und die alte Frau erklärte: »Als Kind hab ich noch das Glockenseil gezogen, um die Glocke zu läuten. Zwei Mal musste die Glocke versteckt werden, damit die nicht eingeschmolzen wurde für den Krieg.«

Als Reinhard und David an der Kirche entlanggingen, gestand der Fremdenführer: »Mit dem Haus Gottes bin ich nur ein einziges Mal im Jahr fest verabredet. Das ist an

Weihnachten. Ohne Christmette ist es kein Weihnachtsfest, zumindest kein richtiges. Als Kind zog sich das unerträglich in die Länge, jetzt bin ich fast traurig, wenn es zu Ende ist. Dann folgt vor der Kirche aber noch ein angenehmer Plausch mit Leuten, denen man ansonsten auf der Straße höchstens einmal zunickt.«

Sie gingen weiter, aus dem Ort. An dem kleinen Friedhof zeigte Reinhard über die niedrige Mauer und konnte anhand der Kreuze seinen Stammbaum zeigen. Auch kannte er die Geschichte der meisten anderen Grabsteine. David kannte das nicht. Er bemerkte, in der Stadt da seien sie alle zerstreut und vergessen. Sie gingen an der Mauer vorbei auf den Fußweg das Tal hinab, wo im Abstand einige Ehre-Gottes-Kreuze standen.

»Die Welt hier ist klein«, sagte Reinhard.

Und wie zur Antwort dachte David: »Die Menschen sind nahe beieinander, sie kennen sich. Und was den Raum angeht: Ich habe mich noch nie so frei gefühlt wie in dieser kleinen Welt.«

Er sagte zu Reinhard: »Ich weiß, du meinst die menschliche Seite. Man begegnet immer den gleichen Leuten, jeder weiß alles vom andern, es ist eine bleibende Gemeinschaft, man begleitet sich von der Wiege bis zur Bahre. Aber weißt du, gerade das ist auch schön. Das kenne ich nicht aus der Stadt. Da kennst du oft nicht einmal deine Nachbarn. Hier kenn ich schon nach ein paar Tagen die Namen vom Friseur und vom Briefträger, und beide grüßen mich und reden.«

»Hier im Ort, da hast du ja fast Inzucht«, übertrieb Reinhard, «auf jeden Fall sind hier ganz viele Leute um ein paar Ecken miteinander verwandt. Und man kennt sich. Na ja, mittlerweile kenne ich auch nicht mehr jeden, der hier wohnt. Und man geht auch nicht mehr bei jedem mit der Beerdigung mit ...«

Der Weg hinab war herrlich. Zwischen Obstbäumen, Pferdekoppeln und kleinen Rinderweiden schwang der Weg links und rechts. In ruhigen Schwüngen und mit ganz leichtem Gefälle nahm er einen mit. Man fühlte sich auf ihm entschleunigt und begann wie von selbst, zu bummeln und manchmal stehen zu bleiben und das Auge zu weiden. David genoss die Ländlichkeit und die Entspannung, die in ihr lag. Er genoss das Bild der Wiesen und Weiden und zwischen den Baumgruppen dort die weiten Blicke auf den ländlichen Raum. Das war beileibe nicht klein. Reinhard liebte verträumt diese Landschaft.

Ein Trichter offenen Bodens, das war die kleine Tongrube. Ein geologisches Guckloch mit wunderbarem Schilfrand, über das der Orpheusspötter herrschte, ein kleiner, offenbar sehr besonderer Singvogel. Hier postierten sich die geduldigen Vogelbeobachter gern. David und Reinhard gingen weiter.

»Schau, David, da drüben die Bäume. Eine Woche nach meinem Abitur durfte ich dort vier Zentner Kirschen pflücken. Ich hab sie zu Schnaps brennen lassen und die Flaschen dann verkauft und verschenkt.«

Dann gingen sie in eine Apfelwiese. Dort trafen sie einen,

in der Wiese unter einem Baum stehend, der prüfend die jungen Äpfel befühlte. Die beiden Männer traten mit warmer Selbstverständlichkeit ins Gespräch ein, die David aus der Stadt nicht kannte.
»Grüß dich, Wolfgang.«
»Grüß dich, Reinhard. Wir haben Glück dieses Jahr. Weißt du noch letztes Jahr? Die Apfelgespinstmotte. War alles voll davon.«
»Ja, das war schlimm. Lag wohl an dem zu warmen und trockenen Frühjahr ...«
»Wie sieht das aus, wenn diese Motte da ist?«, wollte David wissen.
»Dann hat der Baum Dutzende von dichten, weißen Gespinsten, die wie Spinnennester aussehen. In denen verbergen sich wieder Dutzende von gefräßigen Raupen. Das geht dann bis zum Kahlfraß ... Aber dieses Jahr: alles schön. Ein gutes Jahr!«
David mochte die Begegnung. Er sah den Wolfgang und er sah den Reinhard in seiner kurzen Hose und mit seinem großen Strohhut, wie zwei Figuren in einem alten, impressionistischen Gemälde. Zwei Männer in der Natur, beiläufig, gelassen, idyllisch, natürlich, einfach aus dem Leben gegriffen. Sie gingen weiter auf dem Weg. Noch ein Stück. Dann zeigte Reinhard auf eine Stelle weiter unten im Tal. Und erzählte ihm die Geschichte, wie sein Vater im Krieg beim Brotholen von feindlichen Jagdfliegern beschossen wurde und sich als letzte Rettung in ein Wasserloch warf. Zu Hause wurde er in strengem Ton ge-

fragt: »Heinrich, warum ist das Brot nass?«
Reinhard zeigte David den Verlauf der alten Römerstraße und einen schön renovierten Hof. Und als sie wieder zum Ort kamen, da zeigte er ihm das alte Tagelöhner-Haus, »da drin gibt's nur dreißig Quadratmeter. Da hat eine Schar von Feldarbeitern früher die Woche über geschlafen«. Sie begegneten einer alten Schulfreundin von Reinhard – und wieder hielten sie ein Schwätzchen. Als sie weitergingen, meinte Reinhard: »Die haben Geld. Denen hat früher die Kneipe und die Metzgerei gehört.«
Sie gingen weiter, und Reinhard zeigte auf den nahen Horizont: »Der Ort hinter der Kuppe da, der hat früher zu Preußen gehört. Das merkt man noch heute. Hier muss um zwölf Uhr mittags das Essen auf dem Tisch stehen. Wir hier sind Frühaufsteher. Wenn Wahltag ist, dann gehen die Leute um acht Uhr wählen. Da drüben im preußischen Teil gehörst du noch um halb neun zu einem der Ersten.«
Am Ende ihres langen Spaziergangs sagte Reinhard: »Nun, das war unsere Runde, David. Das war alles. Ich hoffe, das war nicht zu langweilig für dich. Jetzt kennst du unsere kleine Welt.«
David lächelte und hatte es sich genauso vorgestellt.
»Ich mag diese Welt«, sagte er frei.
Der Nachbar auf der linken Seite von Davids Ferienbalkon war von anderer Natur. Aufgedunsen wie ein Steinpilz wankte dieses Exemplar über die Bildfläche des eigenen Gartens. Er wirkte schwerfällig und hatte eine Art

mürrische Bedächtigkeit an sich. Es war ein stämmiger, älterer Mann mit wirrem, rötlichem, falbgrauem Haarkranz. Mit seiner Gattin bildete er das Gespann Hubert und Hilde – eine Comedy in echt. David erheiterte sich an den volkstümlichen Dialogen der beiden und dachte sich, man könnte sie, ohne irgendetwas zu verändern, auf eine Bühne stellen.
»Hilde, bring mir Dinger!«
»Was denn? Welche? Welche Dinger meinst du denn?«
»Nein! Nicht Dinger! Dünger!! Muss ich denn wirklich Deutsch mit dir reden, damit du mich verstehst?«
David warf gerne einen Blick hinüber, um zu sehen, was drüben vor sich ging. Meist, um sich zu amüsieren. Wie der dickschädelige Alte sich Bahn brach und völlig unempfindlich war. Er war ruhig und unaufhaltsam wie eine Zugbrücke, wenn er seinen Rasenmäher über ein wildes Maulwurfsfeld schob. Wenn er zusammennagelte, was nicht zusammenpasste. Wenn er die Deutschlandfahne falsch herum hisste und den Farbenfehler erst nach einem ganzen Sommer bemerkte. Einmal löste feuchtes Feuerholz die Feuermelder aus. Der Alte blieb stoisch im eigenen Rauch sitzen. Ein anderes Mal zündete er, unbeirrt von einem aufziehenden Sturm und folgendem Starkregen, sein Grillfeuer an und blieb stehen, bis die Glut längst im Regen zischte.
Ein dreibeiniges Gestell mit rundem, schwenkendem Grillrost – in dieser Region heilig wie das Symbol des Kreuzes – war in dem Garten aufgestellt. Es war überdi-

mensional, ein zusammengeschweißtes Ungetüm mit einer demonstrativen Höhe von fast vier Metern. An einen Kirchturm erinnernd, nahm es die Mitte des benachbarten Gartens ein. Dahinter stand eine Grillhütte mit breiter Fensterfront, eine kleine, grob hingezimmerte Gartenwirtschaft, in der Art eines Partykellers. Über der Tür hing wie ein Schinkenbrett, mit rustikalem Holzbrand beschriftet, ein Schild aus schwerer Eiche: »Zur lustigen Wildsau«. David fand seinen eigenen Namen dafür und nannte die Hütte liebevoll neckend »das Schwenkstübchen«. Sie war Ort manch abendlicher Gelage. Standfeste Gesellschaften. Man feierte das Prosit. Es erklangen Sprüche wie »So jung kommen wir nicht mehr zusammen!« und »Einer geht noch, einer geht noch rein!« und »Ein Spielverderber, wer jetzt schon nach Hause geht!« David ging gerne früh zu Bett. Draußen im Dämmerlicht und im ersten Dunkel schillerte der rasselnde, durchdringende Sang der Heuschrecken abendruhiger. Er lag da mit offenem Fenster und auch mit offenem Herzen. Er vernahm den anheimelnden Duft des Grillfleischs, danach die leichte Rauchbrise eines dunkel glühenden Lagerfeuers. Und auch die bunten Lichter der alten Lampionkette und die Stimmen drangen bis zu ihm. Er stand auf und starrte zu der Hütte hin. Er nahm diesen Eindruck in sich auf. Diese fast stumpfsinnige Art, leutselig und heiter zu sein – dem gegenwärtigen, präsenten Teil Davids, widersprach das. Ein anderer Teil aber sehnte sich danach zurück.

Diese Hütte im Glanz der alten Plastiklichter, dieses flach glühende Rot und Grün, Blau und Gelb, das in Bögen da hing – das wirkte in Davids Blick mit sanfter Dämonie. Das färbte die Wirklichkeit, verstieg sich ins Imaginäre, hob den Ort ab, bis schließlich ein Bild der Vergangenheit entstand.

In dieser Hütte war die Zeit stehen geblieben, Jahrzehnte zuvor. Die Lampions und alten Lampen und alten Aufkleber, die vergilbten Mallorca-Souvenirs und dieser Vorhang aus Plastikbändern. Die frohsinnigen Schlager der Siebziger- und Achtzigerjahre erklangen. David, in der lebhaften Starre seines Blickes, sah seinen Vater mit seinen Kollegen von der Eisenbahn, die Männer aus dem hölzernen Büro der Güterabfertigung. Das Milieu der Arbeiter und kleinstmöglichen Beamten. Eine untere, solide, grobkörnige Schicht. Gespräche, die sich um Baumaterial drehten, um den Schwiegersohn und den Urlaub in Rimini. Das beruhigende Dahinrollen betrunkener bürgerlicher Stimmen, diese Güte stumpfer Gemüter, ständig überschlagen von den Wogen eines taumelnden Gelächters. Angestaubte Schlager wurden angestimmt und nach ein paar Zeilen wieder fallengelassen. »Die Sonne scheint bei Tag und Nacht, Eviva España«, »Schöne Maid, hast du heut für mich Zeit?«, »Du kannst nicht immer siebzehn sein«, »Theo, wir fahr'n nach Lodz«, »So ein Tag, so wunderschön wie heute«, »Tränen lügen nicht«, »Es fährt ein Zug nach Nirgendwo«, »Deine Spuren im Sand, die ich gestern noch fand, hat der Wind mitgenommen ...« Seichte Stimmungslieder, längst vergessen geglaubt und nun auferstanden aus der musikalischen Mottenkiste.

Der alte Disco-Pop von Boney M, hypnotisierend simpel, mit einer kleinen Lichtorgel, die dazu spielt. Das waren die Feste des eisenbahnerischen Kleingartenbezirksvereins, drüben in der Verteilerstelle. Ein paar Biertische, Nudelsalat in bauchigen Plastikschüsseln, feiste Hausfrauen mit leichtem Schwips. Kleinbürgerlicher Frohsinn, beklemmend und beglückend, von bedrückender Gemütlichkeit, von warmer und erfüllender Leere. David erkannte es wieder, ein Abklang aus der Ferne, ein Hall aus der Vergangenheit. Diese schlichte, schwätzende Geselligkeit, die Sprüche und das Gelächter, die alte Schlagermusik, das Klirren der kleinen Bierflaschen, der Geruch der selbstgedrehten Zigaretten. David als Kind dabei. In einer Art Geborgenheit. In kindlichem Halt. Er starrte aus dem Fenster. Dort das Schwenkstübchen, dessen Fenster in trübem, warmem Licht standen. Die Gesichter waren kaum zu erkennen – Schemen, Chimären im Halbdunkel. Waren sie denn wirklich real? Sie waren vertraut, und ihm kamen Tränen der Erinnerung ...

Aus der Tiefe ausgebrochen, machte die Erinnerung David nachdenklich bis in die Grundfesten. Er dachte an seine Kindheit, die nicht perfekt war, nicht einmal gut, aber dass sich ein Kind immer anlehnt und es als die beste Zeit empfindet. Er zweifelte an sich, wusste, dass er die Maßstäbe eines erwachsenen Lebens nicht erfüllte. Vielleicht hatte er nie hineinwachsen wollen, wie viele andere auch nicht. Sie hingen in ihrer Kindheit fest. Er vermutete, dass viele Menschen auf eine Zeit warten würden, die besser wäre als das ...

Manchmal, im Übergang vom Nachmittag in den Abend, einer seltsam leeren Zeit, sah David zum Schwenkstübchen hinüber und hörte dort Musik. Der Alte saß dort ganz allein. Er saß mit gesenktem Kopf, ganz für sich und hörte seine alten Schlager an. Es war eine laute Art von Melancholie. Als würde jemand laut singen statt zu weinen. So beschwor der Alte eine längst vergangene Zeit und saß in seinem Gartenhaus wie in einer Zeitmaschine. Er ließ seine besten Jahre auferstehen, indem er ihre Stimme emporsteigen ließ.

Immer weniger klang es nach hier und jetzt, es war mehr Schall als wahre Stimme, weit entfernt. Der Klang der Musik hatte den ranzigen Geruch alter Zeitschriften und Kleider im Keller. Sie war wie die häuslichen Habseligkeiten auf dem Flohmarkt, die niemand kaufen wollte und die wegzuwerfen man nicht die Stärke hatte. Es war so viel Traurigkeit darin. David und der Alte fanden während des ganzen Aufenthaltes nie in ein Gespräch miteinander, sie fanden einfach keine Worte, auch das machte den Gast traurig. Doch um nun diesen Moment mit dem Alten zu teilen, die Einsamkeit in der Musik, schloss David die Augen ...

***

Das ›Schwenkstübchen‹ zur Linken und Reinhard zur Rechten – beide Seiten wurden David vertraut, jede auf ihre eigene Art. Und Bernds Garten war jetzt fast wie ein eigener für ihn. Ein wenig war es ihm, als würde er an eine Stelle treten, die eigentlich sehr wichtig war. Es gab da einen verlorenen Sohn. Bernd war an dem Haus interessiert gewesen, das Reinhard ihm dann mit einer Finte vor der Nase weggeschnappt hatte. Er hatte davon geträumt, das Grundstück neu zu bebauen, damit sein Sohn eines Tages neben ihm wohnen würde. Aber er musste sich eingestehen, dass das nicht der Traum seines Sohnes war. Wenn es irgendwie ging, dann mussten die Kinder der kleinen Leute immer studieren. Und wenn sie dann damit fertig waren, gingen sie aus beruflichen Gründen immer weg. Sie gingen aus dem Saarland in die Ballungsräume und erfanden dort ihr Leben neu. Es war ein ebenso riesiger wie üblicher Sprung. Ein Bruch von einer Generation zur nächsten. Bei Bernds Sohn war es nicht anders. Mandelbach war das Vergangene, es gehörte der alten Generation und rückte aus der Wirklichkeit der Jungen heraus.
Jetzt wurde es zu Davids Wirklichkeit. Er lebte im Haus von Bernd und Gisela, er hatte dieselben Nachbarn, denselben Tag und oft denselben Moment. David genoss die beiläufigen Eindrücke – ein Hahnenschrei am Mittag, der Duft eines Holzfeuers, der Ruf eines Rindes. Oder wenn der Eisenhändler mit seinem offenen, alten Lastwagen die Straße langsam abfuhr und dabei gleichmütig seine

Glocke schlug, um nach Altmetall zu rufen. Wenn David auf dem Sofa an der offenen Balkontür ruhte und dabei die leichte, sommerliche Luft spürte, die Vögel hörte und anderen Geräuschen lauschte, wenn da unten das drollig-dumpfe Wort-Pingpong der beiden Rentnerpaare über den flachen Zaun ging und der deftige Geruch von Eintopf zu ihm emporstieg, dann lehnte David sich im Sofa zurück, denn es gab ihm ein Gefühl von Gemütlichkeit. Und mehr: von Geborgenheit. Und mehr noch: Diese Geselligkeit als unerwartetes Gegenteil seiner Einsamkeit. David erlebte Nähe.

Leben, das normaler nicht sein konnte, war ihm hier ganz nahe. Die trivialsten Momente waren ihm angenehm, und er nahm sie mit einer Inbrunst auf. Als er vor Tagen zum ersten Mal hier angekommen war, hatte er nicht geglaubt, dass es ihm hier so gutgehen würde. Der erste Tag schien ihm nun schon Wochen her zu sein. Er wusste nun, dass es ihm in seinem Mandelbacher Sommer nicht langweilig werden würde. Es mangelte ihm nicht an Tätigkeiten, menschlichen Kontakten und Erlebnissen jeder Art. Er war angekommen in seinem Landaufenthalt.

***

Einmal ging er an der Landstraße zum nächsten Ort. Er fand es schön, dass die Straße von Apfelbäumen gesäumt war – eine Art bäuerliche Allee. Und da begegnete ihm Reinhard, der gerade vom dortigen Supermarkt kam

und nach Hause marschierte. »Hat der schlaue Fuchs etwas Benzin gespart und genießt jetzt den schönen Gang durch die Landschaft«, sagte sich David lächelnd. Reinhard bestätigte es ihm. Sie begrüßten sich herzlich und setzten sich zur Rast auf den erhöhten Wiesenrand mit Blick auf die Straße nieder. Der Glocke von Sankt Anna schwang ihren Klang idyllisch übers Land. Reinhard zog einen großen, grünen Apfel aus dem Rucksack und zückte das klappbare Gärtnermesserchen, die klassische Hippe, aus der Hosentasche. Er zerteilte den Apfel und gab David eine Hälfte. Sie hielten eine kleine Vesper.
Es war einer der unverhofften Momente, die David so mochte, mit ihrem kleinen Glück, das sie bargen. »In den großen Ereignissen liegt das Leben«, dachte er sich, »doch auch in diesen kleinen Momenten, die so etwas Beiläufiges haben und die man nicht herbeiführen kann, begegnet uns das Leben.« Er ahnte, er würde sich, wenn es tief im Winter war, wohl an diesen kleinen Aufenthalt in der Wiese erinnern als ein Stückchen schöner Zeit. Und so war es. Der Ältere erzählte dem Jüngeren von seinem Tag. An diesem Morgen war er noch vor der Sonne erwacht. Er war raus auf die Felder gestapft, um die vibrierende Wirklichkeit der Sterne über der offenen Landschaft zu sehen.
»In ein paar Monaten werden die Orioniden wieder fliegen. Dann gehe ich weg vom Haus und lege mich einfach auf den Boden, ins Gras oder auf den Weg, um sie zu sehen. Und irgendwie ist es, als würden sie rauschen, wenn sie vorbeiziehen. Als wären sie hörbar, weißt du.«

Zur Orionidenzeit liebte er es, zu bleiben, bis zum ersten Glanz, mit dem der Tag zur Welt kam. »Traumhafter Spaziergang mit guten Gedanken. War wunschlos glücklich«, schrieb er nach solchen Nächten einem Freund. Reinhard war eigen und ging oft in der Nacht über die Felder, mit einer Lust an der Dunkelheit und ihrer Stimmung. »Von meinen kleinen Nachtspaziergängen darf ich den Leuten nicht erzählen. Die verstehen mich nicht und halten mich für verrückt. Mir aber geben diese Gänge viel. Da ist alles so ruhig. Nur seltsame Tiergeräusche, funkelnde Sterne, manchmal der Mond. Das ist so entspannend und klar. Ich kann in mich hören und mich selbst fühlen. Und wenn ich gute Ideen hab, dann kann ich sie da entwickeln.«
David lächelte versonnen zu den romantischen Geständnissen dieses vielschichtigen Einzelgängers. Nach dem schmackhaften Apfel blieben sie noch ein Weilchen im Gras, einfach weil es ein schöner Tag war. Reinhard legte sich auf den Rücken und träumte von dem Blau, in das er schaute. Auch so ein Mensch, der den Moment zu nehmen weiß, dachte David, auch so einer, der es versteht, im Sommer ganz aufzugehen. Reinhard lag da und schaute unbekümmert auf, beinahe kindlich. David lächelte. Er blieb sitzen und schaute versonnen auf die Landschaft und auf die Landstraße. Gelegentlich fuhr ein Auto vorbei. Einem dieser Autos schaute er nach.

»Du, Reinhard, sag mal: Was bedeutet das, wenn ein rotes Cabrio durch den Gau fährt, gelenkt von einem Mann, der neben sich auf dem Beifahrersitz eine aufblasbare, nackte Gummipuppe hat?«

Reinhard bäumte sich auf und schlug sich vor Lachen auf die Schenkel.

»Hast du also auch schon davon gehört?«

»Sag mir: was bedeutet das?«

»Das ist nur eine lustige Geschichte, die die Runde macht. Ein Running Gag, der nicht endet.«

»Was meinst du damit?«

»Vor zwanzig Jahren, so ungefähr, da hat das jemand mal erfunden. Seitdem ist die Geschichte beliebt. Den Leuten gefällt sie und sie amüsieren sich daran, wenn sie es einem anderen glauben machen können. Sie erzählen es sich gern: Ein Fabrikant aus der Stadt, ein kunstsinniger und skurriler Bursche, würde manchmal mit seinem roten Cabrio durch den Gau fahren, mit einer aufblasbaren Gummipuppe, so einer Sexpuppe halt. Die hat er neben sich auf dem Beifahrersitz sitzen. Aber ich hab noch nie jemanden getroffen, der das wirklich gesehen hat. Noch nie!«

»Also eine Sagengestalt der Gegenwart, könnte man sagen?«

»Eine Drolerie, eine amüsante Erfindung. Eine lokale Wandersage, die die Leute belustigt und die sie weitergeben. Wenn du so willst: eine moderne Sagengestalt, ja. So wie die alten Leute drüben am Wald früher vom Geister-Förster erzählt haben, der plötzlich in der Mittagsstille auf der anderen Seite der Lichtung steht. Nur ein Phantom, eine Sagengestalt!«

»Meinst du wirklich? Nur ein Phantom?«

»Wirklich. Ich kenne viele Leute, wie du weißt. Aber ich kenne niemanden, der es mit eigenen Augen gesehen hat.«

»Interessant«, murmelte David und schaute dem Wagen nach ...

3   FREUNDE

Das Angelus-Läuten um achtzehn Uhr befreite die Bauern von ihrem mühevollen Tagewerk. Es rief sie aus den Ställen und von den Feldern zum Beten, zur Einkehr ins Haus und zum Abendbrot. In dieser alten Tradition gab es das Geläut noch heute. Reinhard packte bei dem glockenbronzenen Klang etwas, was er nicht genau beschreiben konnte: »Noch immer löst das etwas in mir aus«. Er lauschte dann übers Land, und das weite Geräusch malte das Bild dieses Landes noch schöner. Es gehörte dazu wie eine bestimmte Farbe oder eine verwurzelte Frucht. Ein innewohnendes Element, so beschrieb es Reinhard. Er sagte, das Geläut sei den Leuten hier so tief vertraut, es sei das Pendel eines bestimmten Gleichgewichtes und gäbe ihnen Halt, selbst wenn sie diesem katholischen Gott nicht allzu nahestünden. Dann glaubten sie nicht an die Kirche, aber an die Glocke. Auch sonntags am frühen Vormittag wogte der klingende Schall der Kirchtürme von den nah verstreuten Dörfern über das offene Land. Es gab dieser Landschaft Seele, wenn die Kirche ihre Schäfchen rief.

Neben der Kirche befand sich die kleine Gemeindeverwaltung. Da gab es einen Glaskasten mit Informationen. Das ›Amtliche Bekanntmachungsblatt‹ hing aus und kündigte Veranstaltungen für die ganze Umgebung an, für alle Dörfer.« »Es wird allerhand geboten«, dachte David, als er die Seiten aufmerksam las. Manches erheiterte oder machte in seiner Provinzialität beklommen, manches interessierte ihn oder erschien ihm skurril. Hoffest mit Hufeisenwerfen und Wildschwein am Spieß, die Naturbühne spielt Kohlhiesels Töchter, ein Sensenkurs, ein Wettangeln, Dämmerschoppen beim Storchenwiesenfest, Kuchenverkauf und Reiterstammtisch, die Öffnung des Brennhauses, die Sprechstunde der Gemeindeschwester, die Sprechstunde des Revierförsters und eine Fledermauswanderung, »Wir bauen ein Insektenhotel«, das Treffen der Blasrohrschützen, die Gemeindemeisterschaft im Fußball, »Der Rassegeflügelzuchtverein lädt ein zum offenen Hähnewettkrähen«.

Ein leutselig grober, trinklustiger Schwätzer stand kurz neben dem Sommergast, schaute mit auf das Bekanntmachungsblatt und meinte, er gäbe den Vereinen die beste Unterstützung überhaupt – »nämlich vor dem Tresen«.

***

Auch der Gottesdienst stand bei den Veranstaltungen. Um sich an den Menschen und ihrem Leben zu beteiligen – und auch, damit er hier mit irgendetwas beschäftigt war – hatte David sich vorgenommen, einmal die katholische Messe von Sankt Anna zu besuchen. Schon am Tag zuvor war er auf seiner großen Runde an dem Gotteshaus vorbeigekommen. Er hatte spontan hineingeschaut und sich für eine halbe Stunde in den Kirchenraum gesetzt. Als er dort etwas zur Ruhe kam, stellte er fest, dass es ein großer Raum von vollkommener Stille war. So etwas hatte er lange nicht mehr gehört. Er schaute sich um und ließ den Eindruck auf sich wirken. Er fand diese Kirche, die unter den Kirchen wohl namenlos war, sehr schön. Ein Inbild von Kirche. Aus der Dunkelheit mit dem weihevollen Duft traten die hohen Kirchenfenster heraus, besonders über dem im Dunkel liegenden und von still schimmerndem Gold durchwirkten Altarraum. Überspannt war alles von einer gewaltigen, hohen, sich empor wölbenden Holzdecke mit starken Balken.

David betrachte die Kirchenbänke, das Holz, das so viel fromme Berührung aufgenommen hatte und nun abgegriffen glänzte. Generation um Generation hatte hier Andacht gehalten, eine menschliche Abfolge, die so weit in die Vergangenheit reichte. Wie er jetzt die aufgereihten und leeren Bänke betrachtete, da kam es ihm vor, als seien sie alle gegangen und niemand würde zurückkehren. Er wehrte sich gegen den Eindruck, und doch sah es für ihn aus, als seien all die Gläubigen längst in den Himmel eingekehrt. Er legte seine Hand auf das geschnitzte, glänzende Holz und spürte in jeder Weise seinen Wert. Er berührte alte Zeit, wie man in einem Heimatmuseum seine Hand auf etwas legt. Oder wie man in einer längst verlassenen Fabrik die Werkbänke ansieht und seine Finger sanft um eine alte Mechanik schließt, die doch keine starke Hand mehr bewegt.

Als das Dunkel des Raumes etwas gewichen war, fand Davids Blick in die Gesichter der Heiligen, die in Bildern und Skulpturen die Wände zierten und die mit glanzvoller Demut aus den Fenstern in den Kirchenraum schauten. Er atmete den ins Ewige gesetzten Weihrauch und die vollkommene Stille. Und er verstand, dass die Menschen darin den Gedanken an einen Schöpfer und einen guten, gerechten Herrn fanden. Er selbst aber hatte diesen Glauben nie gefunden. Oder auf andere Art. Es waren die Wunder der Kunst und die Wunder der Natur, die ihn inspirierten. Und er wusste, dass kein Leben sinnvoll ist ohne den Sinn für das Schöne und für das Menschliche.
Er war ein Freund der christlichen Ideale. Er wusste, wie wichtig sie für die Kultur des einzelnen Menschen waren und für die Kultur als Raum des gemeinsamen Lebens. Als er am nächsten Tag, dem Sonntagmorgen, auf dem Weg zur Kirche war, beschloss er allerdings, den Gottesdienst nicht zu besuchen. Zwei Wochen später begleitete er die Fronleichnams-Prozession, die durch den ganzen Ort führte. An diesem Morgen aber grüßte er die Leute freundlich, wie sie ihn grüßten, und ging vorüber. Er hielt sein Christentum im Herzen, doch überließ er die katholische Andacht jenen, die daran glaubten.
An diesem Morgen spazierte der Sommergast zum anderen Ende des Dorfes hin, bis zu dem am Rande gelegenen Fußballplatz. Um festzustellen, dass auch das nicht seine Sache war. Da lag ein gepflegter, weiß linierter Rasen, umfasst von den Werbebannern der Dachdeckereien und

Versicherungen. Bis in das letzte Dorf hinein waren diese Plätze in der gesamten Republik gleich. Das Bezirksliga-Paradies. Gepflegt und aufgewertet. Das neue Feld der Ehre, von smartem Soldatentum erfüllt. Man hörte das Klappern der Schienbeinschoner und Stollen, martialisch am Betonrand.

Auf dem Spielfeld mühten sich gerade die Kleinen. Die Väter fieberten aggressiv mit, gestikulierten wild und biergekühlt, brüllten Anweisungen – die Feldherren eines Ballsoldatentums. Das würde noch dauern, bis ihre Kleinen sich zu solch beinharten Schlitzohren entwickelt hätten, wie man sie im Profi-Fußball sah. In der Firma sprachen diese Männer über Fußball nicht mit jedem – das Thema war zu wichtig und zu ernst. Leichtsinnig ausgesprochenes Halbwissen konnte den Glauben verletzen, der sich mit diesem Thema verband!

David erinnerte sich an einen Arbeitskollegen, den Stemmler-Jürgen, der jeden Sonntag auf diesem provinziellen Feld der Ehre gestanden war. Wenn er montags in die Firma kam, hatte er oft sichtbare Blessuren. Dazu kamen Meniskus- und Knorpelschaden, Jochbein- und Leistenzerrung, ein angeknackster Rücken – der Fußball hatte seine Spuren hinterlassen. Jeder Schritt schien den Stemmler daran zu erinnern, dass er auf dem Platz seinen Mann gestanden und alles gegeben hatte. Er spielte jede Woche unter Schmerzen. Doch zum Spiel anzutreten, das sei eine Frage des Charakters, erklärte er.

»Bist ein harter Hund, Jürgen«, hatte David halb belustigt,

halb bewundernd zu ihm gesagt – »Und Sonntag willst du wieder spielen?«

»Tot oder lebendig!«, antwortete Stemmler, ohne einen Zweifel daran zu lassen.

Da sagte David: »Hast recht, Jürgen. Ich kann Leute nicht verstehen, die keinen Spaß an Fußball haben.«

Und der Fußballer, von Ironie getroffen, sah ihn entgeistert an …

Der Sommergast stand da und ließ den Eindruck dieses Platzes auf sich wirken. Er fand es beklemmend, wie humorlos diese Männer waren und wie wichtig sie sich machten im Unwichtigen. Es kam ihm vor, als könne das Leben nirgends so klein sein wie hier. Aber irgendwie auch sehr nahe, sehr tatsächlich. David spürte, wie wenig er sich hier auskannte. Ihm wurde klar, dass er fast nie in dieser Welt der kleinen Ortschaften gewesen war, die vor der Stadt lag.

Eine Mutter, eine hübsche Mittdreißigerin mit weißer Muschelkette und natürlicher Röte im langen Haar, wandte sich um, und ihr Blick traf sich mit Davids. Für einen Moment hielten sie so einander fest. Die Blicke gefielen einander. Überraschend warme und charmante Augen genossen sich berührt. Doch beinahe erschrocken wandte David sich ab und ging. Es war einer der Momente, die zu stark für ihn waren und in denen er sich ganz und gar zu Bewusstsein kam. Er setzte unweigerlich einen fremden Maßstab an sich an und fühlte sich verloren mit sich selbst. Gerade war ihm sein eigenes Leben fast bitter klar.

Hier draußen war es anders als in der Stadt, wo selbst einige Professoren in Dachstuben hausten. Nirgendwo konnte es normaler sein als hier am Fußballplatz, zwischen parkenden Neuwagen und modernen vollkomfortablen Eigenheimen mit musterhaften Kleinfamilien. Kinder in perfekt gewaschenen Markenklamotten hatten Spaß nach Plan. Irgendwann vor langer Zeit war David selbst unter diesen kleinen Jungs auf dem Platz gestanden, irgendwie mitten im Leben und namenlos erfüllt von Hoffnung.

Jetzt sah er, wie weit er abgedriftet war und dass er in einem eng definierten Sinn des Lebens versagt hatte. Er war nie einer dieser Männer geworden, die da am Spielfeld standen. Die nur in einer einzigen Richtung lebten und die mit aller Kraft ein Haus an den Dorfrand gewuchtet hatten, Rasen und Garagen setzten, eine Frau suchten, um eine Familie zu gründen. Das war nie sein Maß gewesen, er hatte es nie als seinen Lebenssinn akzeptiert. Die Vorgaben eines normalen Lebens hatte er nicht erfüllt. Er hatte keine Frau und er hatte keine Kinder, seine Eltern waren tot, er hatte keine Familie um sich herum. Er war in diesem Leben ein einsamer Spaziergänger. Das war seine Position.

»Wie geschaffen für deine Tätigkeit als Schriftsteller«, dachte er etwas zwiespältig.

***

Er ging zum Ausschank neben dem Clubheim. Ein kleines, offenes Zelt mit einer Zapfanlage, die jetzt ohne Luft zu holen Bier spie für die Sportler. Er fragte nach Apfelsaft.
»Haben wir nicht! Nur Bier und Cola!«, meinte ein halbstarker Fußballer ziemlich barsch.
»Doch. Apfelsaft haben wir. Drüben in der Kühltruhe», sagte ein anderer.
Diese Stimme klang anders. Sie war sanft und versöhnlich, ohne das gewohnte Imponiergehabe. David sah den jungen Burschen an. Der war nicht wie die andern. Der war still und zeigte seine Unsicherheit. Diese Worte aber wirkten sicher. So zahlte der Gast und folgte ihm hinter das Zelt. Der Junge, vielleicht Anfang zwanzig, schlaksig, mit kurzem, braunem, verwirbeltem Haar und letzten Pickeln seiner Jugendzeit auf der Haut, öffnete die Kühltruhe und nahm für David eine kleine Glasflasche aus der Truhe. Er öffnete sie und reichte sie ihm.
»Hier, bitte.«
Da stand eine leere Bank, die von einem der klappbaren Biertische stammte. Und David setzte sich. Der Junge setzte sich in einem Abstand dazu. David trank. Sie schwiegen. Sie schauten vor sich hin. Im Hintergrund hörten sie die Normalität. Es war kein schlechtes Geräusch. Aber sie genossen es vom Rande, das war ihnen lieber. Beide saßen sie da wie auf ihrem eigentlichen Platz in der Welt. Ihr Schweigen trat in Harmonie zueinander. Es tat gut, nichts sagen zu müssen. Es verband sie, dass sie so lange Zeit, für ganze Minuten, nichts zu

sagen brauchten. Es lag vollkommenes Einverständnis darin. Sie spürten, es war dasselbe Gefühl. Und das Gefühl war unbekannt und angenehm. Durch die Lücken von ein paar Büschen hatte man Blick auf die Landschaft. Die sonnte sich im sonntäglichen Vormittag.

»Schön habt ihr es hier«, sagte David.

Der junge Mann nickte und fragte: »Sie sind nicht von hier?«

»Aus der Stadt«, sagte David.

Er hängte an: »Ich bin zum ersten Mal in Mandelbach. Ich verbringe den ganzen Sommer hier.«

»Im Ernst? Kann man das?«, fragte der Junge.

»Das hat euren Friseur auch schon überrascht, den Herrn Weber«, meinte David amüsiert.

»Warum denn nicht? Es ist wirklich schön hier!«, bekräftigte er.

»Ich kenne nichts anderes«, meinte der Junge.

David trank aus, er gab dem Jungen die Flasche zurück. Sie gingen wieder nach vorne. Der Junge winkte jemandem zu.

»Meine Eltern. Die wollten vorbeikommen. Da sind sie.«

Das Paar kam. Der Mann betrachtete argwöhnisch den unbekannten Gesprächspartner seines Sohnes. Er schaute den Fremden misstrauisch an.

»Ich bin David Alsleben«, stellte der sich vor.

Da fragte die Frau interessiert: »Der Schriftsteller?«

Er nickte, er lächelte und sagte zu sich selbst: »Unterschätze nie den Zufall und auch nie die einfachen Leute!«

»Und wir sind die Bauern vom Panorama-Hof«, sagte der Mann und reichte ihm die Hand.
Sein Argwohn war mit einem Schlag gewichen. Die Bäuerin hatte David als ›öffentliche Person‹ erkannt. Das öffnete ihm Tür und Tor. Er galt nun nicht mehr als Fremder. Und er war froh dafür. Der Junge lächelte ihn an.
An dem folgenden Wochenende war an Sankt Anna das kleine Sommerfest der Kirchengemeinde. In kleinen Reihen standen die Biertische da. Der Sommergast ging zum Ausschank und fragte wieder nach Apfelsaft. Er bekam welchen. Er blickte auf die Leute. Jetzt gab es schon einige bekannte Gesichter für ihn. Die Stadt war voller Menschen und er war allein. Hier draußen auf dem Land gab es nur wenige Menschen, aber sie kannten ihn. Er hob einige Male grüßend die Hand oder nickte zu.
Da erreichte ihn aus der letzten Reihe der Biertische ein kräftiger, zustimmender Ruf: »Ah! Der Herr Schriftsteller!«
David sah den Vater des Jungen, den Bauern vom Panorama-Hof. Der schwenkte seine Hand und grüßte ihn. Er rief es lauthals über die Köpfe aller Anwesenden weg. Es war ein Ruf, der David nun folgte. Er stand ihm gleichsam auf der Stirn geschrieben. Er gab ihm seinen Namen für die gesamte Dauer seines Aufenthaltes. Und er gab ihm das Recht auf seine langen Spaziergänge und seine langen Blicke, das Recht auf seine Neugier und Fragen, seine Versunkenheiten und Träume. Er war jetzt ein anerkannter Exot, ob er es wollte oder nicht. Er war der Schrift-

steller, der einen Sommer bei ihnen weilte. Sie kannten ihn und er lernte sie kennen, er spazierte zwischen ihnen, er beteiligte sich an ihrem Dorf und an ihrem Leben. Die Leute machten ihm respektvoll Platz und man nickte ihm freundlich zu, er ging zwischen den Biertischen zu dem Bauern hin. Sie schüttelten einander die Hand, und David setzte sich zu ihnen. Später kam der Junge hinzu.
»Grüß dich, Tobias.«
»Grüß dich, David«, sagte der vertraut.
»Gefällt es Ihnen bei uns?«, fragte ihn der Bauer.
»Sehr gut«, sagte er, »ich will gar nicht mehr weg!«
Er lehnte sich zurück und fühlte sich für den Rest des Nachmittages sehr wohl. Er empfand eine Harmonie, die tief und zugleich leichtherzig war, heiter, ein inneres Lächeln hatte, das einen ganz durchdrang und erfüllte. Es war ein stilles Gefühl in ihm, kein lautes. Darin lag ein Angekommensein und ein Aufgenommensein. Man war von beiden Seiten miteinander einverstanden.
»Das ist der Moment. Jetzt stimmt es überein. Jetzt ist alles so, wie es sein sollte«, dachte David sich dann.
Gelegentlich hatte er das Glück dieses Gefühls in der Natur empfunden. Doch unter Menschen wog es ungleich mehr. Die Familie lachte wohlgesonnen auf, als er sagte, er wolle gar nicht mehr weg. Der Bauer hörte es gern. Er war nicht dumm. Er wusste, dass es unerfüllte Wünsche seines Sohnes gab. Er wusste, dass Tobias oft zum Horizont sah und gerne träumte, es war eine denkerische und romantische Neigung in ihm. Der Bauer war nicht dage-

gen, aber er konnte auch nichts tun, was diese Wünsche seines Sohnes erfüllte.

Jetzt war David da. Er stammte aus der Welt, in die es eine Seite von Tobias zog. Der Junge würde ihm Fragen stellen, David würde ihm antworten und ihn inspirieren, er würde ihn teilhaben lassen an den Dingen, die er kannte und dachte. Der Bauer wusste, dass sein Sohn zu einem Fremden Vertrauen fassen würde und sich öffnen konnte, wie er es bei Leuten im Dorf oder seinen Fußball-Kumpels nicht konnte. Er war sich bewusst, dass eine besondere Freundschaft begonnen hatte und dass sie wachsen würde. Er wusste es, noch bevor die beiden es wussten.

***

Als David am nächsten Tag auf dem Höhenweg ging, seinem Lieblingsweg, begegnete er dem Jungbauern. Der fuhr gerade mit dem Traktor eine Gruppe Legehennen zu einem kleinen Grundstück in der Nähe. Er zog das Federvieh in einem Wagen hinter sich her, der aussah wie ein Wohnwagen, wie David fand. Tobi meinte, das sei er im Grunde auch. »Es ist der Mobilstall.« Es gehörten zum Hof eine Reihe von Wiesenflächen, erzählte Tobi, darunter auch einige kleinere, zwischen denen die Legehennen wechselten.

Er lud den Sommergast ein, ihm zu helfen. Und dieser schloss sich mit Begeisterung der bäuerlichen Tätigkeit an. Er stieg zu Tobi auf das Trittbrett des Traktors, und sie installierten den Wagen der Hühner an dem kleinen Gelände und ließen das Federvieh in die eingefasste, grüne Wiese frei. Danach legte Tobi eine kleine Pause ein. Es war eine Landschaft der Arbeit und es war eine Landschaft, um versonnen zu sein. Die beiden spazierten einen lehmigen, trockenen Pfad auf einer Weide entlang. Am Rande der Weide setzten sie sich am Rain zu einem Zwetschgenbaum hin. David mochte diesen zurückhaltenden, sensiblen Jungen mit den Resten jugendlicher Pickel auf den Wangen. Er fühlte sich freundschaftlich zu ihm hingezogen.

»Als ich dich zum ersten Mal gesehen hab, da dachte ich, du wärst ein Student«, sagte er zu ihm.

Tobi zeigte ein schmerzliches Lächeln und meinte: »In meinem Herzen vielleicht.«

»Ein Traum von dir«, erkannte David.

»Ich bin der Jungbauer. Ich übernehme den Hof«, zitierte Tobi das Festgeschriebene.

Er sagte: »Du hast studiert, David, und ich beneide dich dafür.«

»Nein, hab ich nicht. So wenig wie du«, erwiderte der.

»Ich dachte, alle Schriftsteller müssen Germanistik studiert haben«, meinte Tobi fragend.

»Siehst du, dann gilt auch für diese Tätigkeit: Es ist festgeschrieben, was eigentlich frei sein sollte«, meinte David schulterzuckend.

»Nein, ich bin meinen Weg als Autodidakt gegangen. Studiert hätte ich gerne, so gerne wie du. Aber das ging damals nicht. Die Familienverhältnisse waren zu kritisch. Ich war froh, als ich mein erstes Geld verdienen konnte. Nicht mit Schreiben. Aber es war in mir. Etwas, was leben wollte. Die wahren Wünsche, Träume, Neigungen, die gehen nicht einfach weg von dir, nur weil du ein Leben führen musst, das ihnen nicht entspricht.«

Tobi hörte ihm nachdenklich zu, er war bereit in seinen Gedanken zu schöpfen und sie dem neuen Bekannten zu öffnen.

»Versteh mich nicht falsch, David«, sagte er, »ich gehöre hierher. Hier komm ich klar, hier ist meine Heimat und ich leb gerne hier. Und ich liebe das, was ich tue – es passt zu mir. Aber ich hätte gerne noch etwas anderes von der Welt gesehen. Das wär' schön gewesen. Einmal irgendwo anders sein und etwas anderes tun. Einfach für eine Zeit zu einem anderen Ort gehören. Ein bisschen in ein anderes Leben hineinschauen.«

»Siehst du, wenn das deine Sehnsucht ist, dann verstehst du mich. Denn das war auch mein Wunsch, und deshalb bin ich jetzt hier«, erklärte David.

Da packte es Tobi. Eine hoffnungslose Begeisterung ergriff ihn und er schlug seinem neuen Bekannten etwas vor: »Lass uns gemeinsam weggehen, David! Du und ich! Ein Universitätsstädtchen in der Ferne. Dort belegen wir dasselbe Fach. Wir teilen uns eine Studentenbude, wir wälzen zusammen die Bücher, wir gehen aus und genießen die Zeit!«

David lächelte.

»Träumen ist erlaubt«, sagte er.
»Ach David, ich hätte gerne mehr gesehen. Ich hätte gerne mehr Schule gemacht, um zu lernen. Mehr interessante Leute getroffen. Mehr erlebt. Mehr erfahren von den Dingen, die es in der Welt gibt und die es hier nicht gibt. Deine Stadt. Junge Leute, die zusammen in den Wiesen sitzen, Studentenkneipen und alte Bücherläden. Kultur und Kunst. Ich würde gerne mal in eine Galerie gehen oder in die Oper. Ich glaube, das interessiert mich. Das könnte mir was sagen.«
»Nun, zur Stadt fährt der Zug keine halbe Stunde!«
»Aber sieh: Das Gleiche könnte ich zu dir sagen. Zum Land fährt der Zug nur eine halbe Stunde. Und doch warst du noch niemals hier und hast uns nicht gekannt. Du wusstest nichts von uns.«
David senkte den Kopf, um zuzustimmen.
»Ja, da hast du recht. Man ist fremd. Und dann ist der Weg in Wirklichkeit viel weiter, als er auf einer Landkarte ist. Zwischen Kilometern liegen Welten.«
»Siehst du.«
»So ist es wohl«, gab David zu.
»Du wusstest nicht, dass es uns gibt. Du hast es dir nur gewünscht.«
»Ja. Und jetzt gibt es euch«, lächelte der Sommergast.
Nach einer langen Pause sprach er weiter.
»Du bist ein sensibler Mensch, Tobi. Und neben dem, was du jeden Tag leisten musst, hast du einen weiten, offenen Sinn und bist ein Träumer und Romantiker, denke ich.«

»Ist das sehr schlimm?«

»Es ist eine Krankheit, die dein Leben zu etwas Besonderem und Schönem macht«, sagte David.

Tobi erzählte: »Einmal im Jahr, da geht's mit den Fußball-Kumpels nach Mallorca. Da wird abgefeiert. Die andern ziehen mich mit. Ich hab ein wenig Spaß. Aber wenn es dann ruhiger wird, dann schaue ich in die alten Gassen oder zu den Bergen hin. Und es zieht mich zu einsamen Spaziergängen, bei denen ich nur meine Augen und meine Ohren öffnen will, um diese schönen Dinge aufzunehmen. Wenn ich die andern sehe, denke ich manchmal, ich bin nicht ganz normal.«

»Nein, du bist auch nicht normal«, meinte David in sanftem Sarkasmus, »aber dafür kannst du froh sein. Es macht dein Leben zu etwas ganz Besonderem, wie gesagt.«

»Manchmal lachen sie über mich.«

»Und das ist gut.«

»Aber was ist denn daran gut?«

»Sieh doch: Solange sie über dich lachen, weißt du, dass du nicht so bist wie sie!«

»Okay, das hat eine gewisse Logik.«

»Wenn sie irgendwann nicht mehr über dich lachen, dann weißt du, dass du irgendwas falsch machst«, sagte David provokant, »und wenn du das weißt, dann kann ihr Lachen eine Bestätigung für dich sein.«

»Ich komme mir aber oft selbst lächerlich vor, wenn sie über mich lachen.«

»Das soll so sein. Deshalb lacht man über einen anderen.

Damit er vor sich selbst lächerlich wird ... Aber du bist nicht lächerlich. Du hast nur deine eigene Persönlichkeit.«

»Ich bin nicht so eine coole Sau wie die.«

»Wenn du so eine coole Sau wärst, dann würdest du jetzt nicht hier sitzen und mit einem Schriftsteller über dein Leben reden, sondern irgendwo abhängen und deinem Leben die dumpfe Dröhnung geben. Was ist dir lieber?«

Tobi schwieg.

»Brutales Gutgefühl und eiskalter Spaß – ich glaub, da sind wir beide nicht für geschaffen.«

Tobi nickte.

Und meinte: »Aber es sind ja nicht alle so«.

»Zum Glück, ich weiß«, sagte David, »viele sind so, aber nicht alle. Bei uns war das damals nicht anders. Und auch vor hundert Jahren war das wohl nicht anders. Die meisten ertragen das Menschliche nicht. Ihr eigenes menschliches Antlitz ist ihnen fremd und sie fürchten sich davor. Und sie dröhnen sich zu. Sie flüchten in eine Sinnlosigkeit, die ihrer Intelligenz nicht entspricht. Sie können ihren Gefühlen und der Klarheit ihrer Existenz nicht begegnen. Denn das verlangt Mut und Kraft. Man kann nicht schwach sein, wenn man sein Denken und Fühlen lebt. Jemand hat mir mal vorgeworfen: In deinem Gesicht kann man lesen wie in einem offenem Buch! Genau so ist es bei dir auch, lieber Tobi. Dir schaut man ins wahre Gesicht. Du hast dein Gesicht nicht verloren. Und das ist gut!«

David hatte sich warmgeredet und sagte: »Weißt du: Fehlende Ehrlichkeit und Offenheit sind nur im Alltag gut. In der Kunst bedeutet es unteres Mittelmaß. Das ist nicht gut. Und da taucht die philosophische Frage auf: Sollen wir wirklich nur leben für den Alltag? Kann der Alltag uns genügen? Müssen wir uns nicht gegen ihn wehren, um zu unserem Sinn zu finden? Wenn es heißt ›Das Leben zwingt die Kunst zu existieren‹, ist die Kunst dann nicht etwas so Natürliches und Wahres wie das Leben in seiner Alltäglichkeit selbst?«

Der Junge hörte ihm zu. Er dachte nach und er zweifelte und dann wandte er etwas ein.

»Aber will denn nicht jeder Mensch von anderen respektiert werden? Es ist ein so schlechtes Gefühl, wenn man nicht respektiert wird. Es ist so schwierig!«

»Ja, ich weiß. Ich kenne das Gefühl zu gut. Diesen fehlenden Respekt und diese schreckliche Geringschätzung, die man erfährt, wenn man ein anderer ist. Aber sag mir, was du dagegen tun willst. Und ob es das wert ist. Stell dir vor, wie du sein müsstest, um von manchem der Jungs respektiert zu werden. Weißt du: zwischen Männern herrscht Männlichkeit. Meistens bedeutet das Imponiergehabe, hohles Geblöke, Besserwissen und ständige, latente, lauernde Rivalität. Ich kann mir nicht vorstellen, dass dir das entspricht.«

»Nein ... Das tut es auch nicht.«

»Ich wette, auf dem Fußballplatz müssen sie dich immer dazu zwingen, dem Gegner Härte zu zeigen.«

Tobi nickte und imitierte: »Tackling, Junge, Tackling! Reingrätschen und die Situation klären! Alles auf den Platz bringen! Ackern und keulen bis zum Umfallen! Die Zweikämpfe annehmen! Dahin gehen, wo's wehtut, und zeigen, dass man Moral hat!«

»Du nervst sie, weil du es nicht magst. Und weil du es nicht magst, entblößt du es.«

»Ja, ich mag es nicht. Dabei liebe ich Fußball eigentlich, weißt du.«

»Ich liebe Fußball auch. Und mir ging es in meiner Mannschaft damals genauso.«

Lange sagten sie nun nichts, dann sprach David: »Ja, okay, diese Jungs: Das ist deine Schar, deine Horde. Du gehörst zu ihnen. Aber du hast Besonderheiten. Die dich größer machen, nicht kleiner. Die sie nicht haben und nicht verstehen können. Deine Feinfühligkeit irritiert sie und ruft ihre Reaktion hervor. Aber deshalb darfst du nicht Hass auf dich selbst bekommen. Du musst das entwickeln, was du bist, statt das einzige, was dich wirklich zu Tobi macht, versuchen abzutöten. Glaubst du denn, es gibt irgendein gültiges Argument dafür, nicht zu denken, nicht sensibel zu sein oder seine Gefühle nicht zu zeigen?«

Tobi hörte zu.

»Du wünschst dir, dass sie dich respektieren. So wie du bist. Das geben sie dir nicht. Aber ich habe die Erfahrung gemacht: Manche von ihnen werden dich irgendwann respektieren. Wenn sie merken, dass du zu dir selbst stehst. Dass du so bist, wie du eben bist. Und dass du das Recht dazu hast. Und dass es gut ist, dass wir Menschen nicht alle gleich sind.«

Und Tobi nickte.

David sagte weiter: »Zwing dich also nicht dazu, ihnen gleich zu sein. Du musst dich auch nicht allzu gemeinmachen mit ihnen. Aber zu verachten brauchst du diese Leute auch nicht. Sie sind deine Welt, weißt du, und du lebst darin. Mach den Andern keinen Vorwurf, weil du mit deinen Gedanken alleine bleibst. Es ist leider meist so. Manchmal bist du ja nicht allein. So wie jetzt gerade.«

Er stieß Tobi mit der Schulter an, und dieser lächelte. Seine Augen, die lebten, indem sie erschreckt und erfreut und versonnen sein konnten, jetzt blickten sie versöhnt.

Irgendwann sagte Tobi zu David: »Weißt du, so wie mit dir habe ich noch mit keinem Menschen reden können.«

David lächelte und sagte: «Das ist gut».

Dann schlich sich etwas bittere Ironie in seine Worte und er meinte: »Nein, vielleicht ist es nicht gut. Wenn man noch nie so mit einem Menschen hat reden können. Na ja, wie gesagt ...«

»Mit meinem Vater kann ich nicht so reden«, sagte Tobi.

»Das musst du vielleicht auch nicht. Erwarte das nicht von ihm. Erwarte das, wenn ein Fremder zum Freund wird. Oder wenn du mal ein Mädchen triffst, die richtig für dich ist, weil sie zu deiner völlig Vertrauten wird.«

»Vielleicht hast du da recht«, nickte Tobi.

»Im Übrigen hab ich es bei Abertausenden von Gesprächen nicht oft gehört, dass zwei Menschen wirklich mit-

einander reden.«
»Ich auch nicht«, stimmte Tobi zu.
David sagte: »Ich hatte früher ein größeres Problem damit als heute. Vielleicht musste ich deshalb anfangen zu schreiben. Weil das Schreiben mir immer wie das wahre Reden schien.«
»Außer du hast einen guten Freund«, wandte Tobi ein.
David lachte und stimmt ihm zu: »Ja. Außer du hast einen guten Freund. Dann kannst du wirklich reden.«
David lächelte, dann dachte er eine Weile nach. Er kannte einige Männer in seinem Alter. Er sah, wie voll sie aufgegangen waren im Leben. Sie präsentierten es, sie strahlten es regelrecht aus. David kam solch ein Mann vor wie ein polierter Stein-Buddha. Sein runder Bauch drückte Reichtum, Weisheit und Vollkommenheit aus. Diese Figur stand breitbeinig im Leben und hatte die Detailfragen der Realität verinnerlicht bis ins Lückenlose. Ein solcher Buddha, verankert im Hier und Jetzt, kannte sich aus mit Heizkosten und Fleischsorten, mit Fahrzeugmotoren und Steuertricks. Er war ein konkreter Welt-Erklärer.
David dagegen füllte sein Lebensalter nicht in dieser Art aus und er war nicht das geworden, was er selbst als Kind von Älteren erwartet hatte, oder das was er in ihnen gesehen hatte. Ihm fehlte das Gestandene und Gesetzte, das Erfahrene und Selbstgewisse.
Deshalb sagte er zu Tobi: »Weißt du, als ich so jung war wie du, da hab ich dazu geneigt, Leute, die älter waren, für absolut souverän zu halten. Für kundig und klug und feh-

lerfrei. Halte mich bitte nicht dafür! Wenn du ein Vorbild brauchst, dann such dir einen realistischen Menschen und keinen Träumer. Dann nimm lieber deinen Vater. Wenn ich sehe, wie viel Verantwortung in seiner Hand liegt, welche Geschicke er lenkt, welche Entscheidungen von ihm verlangt sind … Ich hab in meinem Leben nicht sehr viel erreicht und ich hab Fehler gemacht. Und ich finde, niemand ist ein Vorbild, nur weil er Einsicht hat in seine Fehler.«
»Schriftsteller sind Suchende«, sagte Tobi, es klang zitiert und es wollte seinen neuen Freund verteidigen.
»Das ist ein sehr kluger Satz. Wenn du ihn verstehst, dann verstehst du, wie unvollkommen und oft völlig unwissend ich bin.«
»Aber was ist, wenn gerade in dieser Unvollkommenheit und in diesem Unwissen das Leben liegt?«, stellte Tobi die schon rhetorische Frage.
»Jetzt machst du mir aber Angst!«, sagte David, und es klang anerkennend.
Er wollte für den Jungen kein Vorbild sein. Aber er erkannte, dass er ihn unweigerlich inspirierte. Dass er sein Denken förderte. Tobi war denkerisch und verträumt, und David wusste, dass das viel besser ging, wenn man eine gewisse Bildung hatte.
»Aus dem Reichtum der Bildung schöpft Geist und Seele«, sagte er mal zu Tobi, »Ohne die Bilder der Bildung wären wir blind. Bildung macht frei, weil sie die geschlossenen Augen öffnet und den kleinen Horizont unseres konkreten Lebens übersteigt.«

»Kling wie ein klassisches Zitat.«
David zuckte die Schultern: »Aber glaub mir, dass es so ist.«
»Ich glaub, ich weiß es ...«
So beschloss David, Tobi das Wenige mitzuteilen, was er wusste. Vor allem wollte er ihn mit den Büchern vertraut machen, die ihm als jungem Mann etwas bedeutet hatten. Von Voltaires Candide über den Cyrano de Bergerac bis zum Fänger im Roggen und Nick Adams. Die Zusammenstellung war nicht wissenschaftlich, sie entsprang keinem akademischen System, sondern Davids autodidaktischer Bildung, sie war intuitiv und bruchstückhaft. Er wollte den Jungen dafür begeistern.
Als er wieder auf seinem Weg über die Felder war, sah er an einer Stelle Tobis Traktor stehen. David sah, dass der Junge da war. Er fand ihn pausierend im Schatten der Maschine sitzend, mit dem Rücken an einen Reifen gelehnt. Ganz vertieft las er ein Buch. Stillschweigend setzte der Sommergast sich zu ihm. Und schaute auf die Zeilen. Lächelnd. Er erkannte die Worte. Und er fasste das Buch und – sachte wie bei einem Schlafenden – zog er es dem Jungen aus der Hand. Der sah ihn an, fragend und doch still vor Vertrauen. Und David setzte an der Stelle fort. Er begann zu lesen. Tobi lehnte sich umso mehr zurück. Er lauschte der Stimme seines neuen Freundes David Alsleben, des Schriftstellers aus der Stadt, der ihm aus ›Wind, Sand und Sterne‹ von Antoine de Saint-Exupéry etwas vorlas. Der junge Bauer schloss leicht die Augen und

hörte zu. Oder öffnete sie und schaute weit aus über das Land, und in der Luft dort irgendwo fanden die Worte des Buches zu einer wunderbaren Wirklichkeit.

»So folgten auch wir dem gewundenen Lauf der Straße. Sie vermeiden die Wüsteneien, Steinmeere und Sandflächen. Sie fügen sich den Bedürfnissen der Menschen und führen von Brunnen zu Brunnen. Sie leiten den Bauern von der Scheune zum Erntefeld, sie empfangen an der Stalltür das schläfrige Vieh und entlassen es, noch bevor der Tag voll entfaltet ist, zu den nährenden Luzernen. Sie verbinden die Dörfer miteinander, denn man heiratet ja von einem ins andere. Und wenn schon einmal eine Straße es wagt, eine Wüste zu durchqueren, so dreht und wendet sie sich, um auch jede Oase genießerisch mitzunehmen. Der Betrug dieser Windungen hat uns lange Zeit das Bild unseres Gefängnisses verschönert. Wir kamen ja auf unseren Reisen an so vielen wohlbewässerten Landstrichen, an reichen Obstgärten und fetten Wiesen vorbei. So schien uns unser Stern voll lebensspendender Feuchte und Lieblichkeit. Aber unser Blick ist schärfer geworden, und wir haben einen grausamen Fortschritt erfahren. Das Flugzeug hat uns die wahre Luftlinie kennengelehrt. Kaum ist es aufgestiegen, so verlassen wir schon die Wege, die zu Tränken und Ställen führen oder sich von Stadt zu Stadt schlängeln. Wir sind frei von der vertrauten Knechtschaft, unabhängig von Brunnen und Quellen, und steuern unsere fernen Ziele geradewegs an.«

Als Postflieger von Frankreich nach Afrika, in einer kleinen, offenen Maschine der großen Natur und ihren Gewalten ausgesetzt, erlebte Saint-Exupéry Abenteuer und Entdeckungen. Im Kampf mit den Elementen erfuhr er sich als Mensch, gewann Wahrheiten in einer Art biblischer Lyrik und steigerte sie bis zu hymnischem Schreib-Gesang. Als der Jungbauer Tobias seine Maschine wieder bestieg, den Motor startete und aufs Feld rollte, da war vielleicht etwas von dieser poetischen Wahrhaftigkeit in ihm. »Das Flugzeug als Werkzeug der Erkenntnis und Selbsterkenntnis.« Da war vielleicht etwas von dem Funken in ihm entzündet, der den Flieger in seiner Flugmaschine durch die Lüfte trieb. Eine schwankende Verbindung, die sich zwischen den Menschen herstellte und dabei das Leben in seiner wahren Gestalt erkannte. Menschen als weit verstreute Lichter in einer Flugnacht. »Jeder von ihnen meldete in diesem Weltmeer von Finsternis das Wunder eines Bewusstseins.«

***

Tobi und David begegneten sich fast täglich, auf den Feldern oder am Hof. Sie spazierten miteinander, manchmal den Oberkörper sommerlich frei, oder sie saßen da. Sie konnten miteinander erfüllend schweigen oder sie tauschten ihre Gedanken aus. Einmal saßen die Freunde bei einem Mirabellenbaum und waren umgeben von dichtem, glühendem Mohn, der im leichten Wind wie gewoben schien – ein leuchtend rotes, auf Luft liegendes

Tuch. Im reifenden Korn lag ein leichter Wellengang warmen Windes. Sie saßen in einem Inbild idyllischer und sich erfüllender Natur, in einer Art von ländlichem Idealzustand. Und sie schauten von diesem Punkt aus auf das Land.
»Auch ich in Arkadien!«, sprach der Sommergast bei diesem Blick begeistert aus.
»Was meinst du damit?«, fragte Tobi.
»Was meinte Goethe damit?«, präzisierte David.
Und führte aus: »Eine Art literarischer Ausruf. Ein Ruf erfüllter Sehnsucht nach dem Süden. Arkadien ist eigentlich eine Landschaft auf der Peloponnes, in Griechenland. Ein hügeliges Land mit einem rauen Hirtenvolk. Ein Landstrich, der immer mehr verklärt und in der Hirtendichtung zu einem Inbegriff von Idylle wurde. Für Goethe war es eine Flucht – er reiste seiner Sehnsucht nach Italien hinterher. Er blieb fast zwei Jahre weg, zum Studieren und zum Genießen. Er glaubte, die Landschaft gefunden zu haben, die die künstlerischen Generationen vor ihm herbeigesehnt haben. Seine eigene Art von Arkadien. Zwischen Piazza, Meeresblau und Zitronen suchte er die antike Schönheit der Dinge. Er reiste mit Feder und Zeichenstift und war weit offenen Sinnes für Kunst und Natur. Das Land, wo die Zitronen blühen. Es ist wahrscheinlich, dass Goethe dort zum ersten Mal zur Gänze den Körper einer Frau gespürt hat, einer eleganten, jungen Schönheit. ›Wenn sie sich für die Nacht verabredeten, tauchten sie ihre Finger in den verschütteten Wein und

schrieben die Stunde der Lust auf den Tisch.‹ Nichts hat ihn mehr inspiriert als die italienische Zeit. Sie hat ihn zum wahren Künstler gemacht. Er schrieb später: Seit ich heimwärts fuhr, habe ich keinen rein glücklichen Tag mehr erlebt ...«

»Was du alles weißt!«, meinte der Junge, der offenen Sinnes zugehört hatte.

David schränkte lakonisch ein: »Ich weiß nicht, wie man einen Vergaser reinigt.«

Tobi lachte: »Damit kann ich leben!«

Dann wiederholte er mit kunstvollem Schwung, wie Worte einer Sprache, die ihm nun gegeben war: »Auch ich in Arkadien!«

Dann fragte er: »Das hast du aber nicht gesagt, weil du dich hier bei einem rauen Hirtenvolk fühlst?«

Nun lachte David.

An einem Vormittag saß er in der Küche der Landwirte. Die Mutter war draußen am Weg und füllte das »Eier-Heisje« auf, diesen offenen, kleinen Holzschuppen, der zur Selbstbedienung mit landwirtschaftlichen Erzeugnissen diente. Tobi, der schon das Ausmisten in den Rinderställen hinter sich hatte und die Ernte der Eier in den Mobilställen draußen in den Wiesenstücken, machte eine Pause. Die beiden waren allein, und der Jungbauer kredenzte dem Sommergast ein großes Glas: »Apfelsaft! Naturtrüb und eigene Herstellung.«

Die Küche war supermodern. David sah sich um, er hatte einen albernen Gedanken und schmunzelte schweigend.

»Für deinen Gedanken noch ein Glas Apfelsaft«, lockte Tobi.
»Lieber nicht. Ich bin albern«, sagte David.
Tobi schenkte jedoch ein.
Und David lachte und sagte: »Also, ich stelle mir das gerade vor wie Theaterkulissen. Hier hinten ist alles Hightech. Und vorne gibt's für nostalgiebegeisterte Besucher als Klischee die klassische Bauernstube zu sehen – mit altem Kachelofen, Herrgottswinkel, Andachtsbildern, Tonkrügen, Ölfunzel und Spinnrad. Dort trägt deine Mutter ein Kopftuch, sie steht überm angefeuerten Herd an einem Kupferkessel und rührt einen urtümlichen Eintopf um!«
»Sehr witzig«, meinte Tobi verkniffen, »nein, diese Bauernstuben gibt es nicht mehr. Die Leute wissen schon, dass wir Bauern ganz moderne Menschen sind. Dass wir auf normalem Standard leben und als Unternehmer nicht am Hungertuch nagen. Das alte Bild gibt es heute nicht mehr.«
Er führte David danach hinüber zum langgestreckten Stall mit dem Milchvieh und zum neuen Stall mit den Jungbullen. Er zeigte ihm, was er vom Hof noch nicht gesehen hatte: Den modernen Melkstand und die kleine Molkerei, ein angrenzendes, schmales Gebäude mit weiß gefliestem, sterilem Inneren, in dem die Milch direkt weiterverarbeitet wurde zu eigenen Erzeugnissen wie Joghurt, Rahm und Speiseeis, mit denen der Handel der Region beliefert wurde. Auch die frische Milch kam umgehend zur Verteilung. Sie wurde am Nachmittag von

einem kleinen Lastwagen abgeholt und fertig auf Paletten zu kleineren Supermärkten der Umgebung gebracht.
»Hast du noch zehn Minuten Zeit?«, fragte Tobi.
»Zehn Wochen«, antwortete der Gast aus der Stadt lakonisch.
Sie fuhren mit dem Traktor zu einer kleinen, abgelegenen Wiese hin. Dort lag eine einzelne gewaltige Heurolle noch aus dem späten Mai.
»Könntest mir helfen, die aufzuladen. Das geht zu zweit viel leichter.«
Sie stemmten sich hinter das riesige Bündel und rollten es die Rampe auf einen niedrigen Anhänger empor. Danach gingen sie etwas spazieren. Zu gehen und irgendwo im Gras zu sitzen und zu reden, das gehörte jetzt schon zu ihren Gewohnheiten. Sie schauten zum Horizont und ließen ihren Gedanken freien Lauf.
Tobi sagte: »Ich lese gerade diese kurzen Erzählungen von Maxim Gorki, die du mir gegeben hast. Die gefallen mir.«
»Es sind Geschichten aus seinen Wanderjahren. Er war damals noch sehr jung. Seine Familie lebte in Kellerlöchern, in bitterer Armut, er durfte nur drei Jahre zur Schule gehen und musste dann sehr hart arbeiten. Sein Versuch, auf eine Universität zu gehen, scheiterte. Das ist wie bei uns beiden. Na ja, es wird vermutet, dass daher sein Selbstmordversuch stammt. Danach ging Gorki auf Wanderschaft durch Russland. Da war er ungefähr so alt wie du.«
»Im Salz – das finde ich eine wunderbare Geschichte.«
»Das ist sie. Und siehst du, wie sich bei Gorki immer die

Menschlichkeit kristallisiert? Wie bei diesen groben, von Bildung ferngehaltenen Arbeitern und Bauern am Ende immer wieder das Menschliche hervorbricht – es ist im Menschen elementar enthalten. Nach dieser menschlichen Ader hat Gorki gesucht und er hat es in seinen Geschichten auf den Punkt gebracht. Das finde ich großartig.«

»Bei der Geschichte ›Der Weise‹ habe ich das nicht ganz verstanden. Warum vertreiben die Arbeiter den weisen Mann aus ihrem Dorf? Kannst du das erklären?«

»Er ist weise und er sagt die Wahrheit, ja. Er sagt: Alles ist bestimmt, zu vergehen, und wir wandeln von einer Dunkelheit in die andere. Aber für diese Arbeiter, da gibt es eine Wahrheit, die größer ist. Für das Volk im Russland des neunzehnten Jahrhunderts geht es darum, sich das Leben doch erst einmal zu erobern. Sie leben im Elend ihrer Armut, sie sind entrechtet und werden ausgebeutet. Sie führen einen Kampf um gerechte Entlohnung und menschenwürdige Lebensverhältnisse. Dagegen ist die philosophische Wahrheit, dass auf Erden alles vergänglich ist, doch ein nebensächlicher und lächerlicher Fakt, nicht wahr? Solche Theorie verblasst völlig, wenn man gezwungen ist, sein Leben zu einem menschenwürdigen Zustand zu machen.«

»Jetzt macht es Sinn«, meinte Tobi.

Am Wochenende sah David Tobi nicht. Doch als er ihn am Montag wiedersah, schien es ihm, als habe auch er für die Verbesserung seiner Lebensverhältnisse gekämpft. Ihm war die Lippe aufgeschlagen und er hatte einen leichten, rotblauen Bluterguss unterm Auge. Das Gesicht war geschwollen, und er hatte eine äußerst schmerzhafte Rippenprellung.

»Was ist denn passiert? Hattest du eine andere Meinung als ein Rindvieh?«, fragte David ihn.

»Ja, als ein dummer Ochse!«, schnaubte er. »Am Samstag auf der Kirmes von Wannweiler!«

»Um was ging es denn da? Wie bist du da reingeraten?«

Tobi rückte nur zögerlich damit heraus. Es ging um ein Mädchen. Er schwärmte für sie.

»Die Janine meinte, dass sie nicht mit dem Typen gehe. Aber sie war wohl nicht ganz ehrlich. Ich bin mit ihm aneinandergeraten. Das war so ein Death-Metal-Typ. Der lebt nicht ganz in der menschlichen Welt ...«

»Nicht wie du«, sagte David.

Tobi zuckte die Schultern.

»Vielleicht passt dieses Mädchen besser zu ihm. Vielleicht mag sie auch dieses DeathMetal?«, wandte David ein.

»Nein, sie ist eigentlich eher die Gothic-Schiene, also Gruftie«, sagte Tobi.

»In der Stadt siehst du solche Leute gehäuft. Diese Freaks – die kruden Träumer, Nachtgestalten, Leute in schwarzgemalter und hammerharter Scheinwelt. Als seien sie Auserwählte einer mystischen Macht. Als hätten sie Verbindung zu einer tiefen, dunklen Kraft. Death-Metal, Odins-Jünger, Runen-Rocker, Satans-Proleten, computersprachige Mittelalter-Fans, Untergangsromantiker, Gläubige der

Zombie-Apokalypse, Cyber, Game-Fantasten, unförmige Spiele-Untote, Ego-Shooter, ungesunde Horror-Cineasten, potrauchende Trolle, sozialschwache Gothic-Fantasten, Wikinger in Bürgergeld und häusliche Satansbräute und was weiß ich was. Abgedrehte Typen in schwarzen, verwaschenen, muffigen Klamotten. Moderne Mutanten ohne Zauberformel für irgendwas.«
Tobi hörte es und kniff die Lippen zusammen.
»Wenn der Blick durch mystische Welten streift, aber nicht bis zum Horizont reicht, dann kommt mir das nicht nur bizarr und künstlich, sondern auch sehr klein vor.«
»Sehr natürlich ist das wohl nicht«, räumte Tobi ein.
»Vom alten Friedrich Schiller stammt ein wunderbarer Satz: Nichts führt zum Guten, was nicht natürlich ist. Das Unnatürliche passt nicht zu dir, Tobi. Wenn du so ein Typ wärst, so ein verstrahltes Egomonster, dann hätte ich kein Wort mit dir reden können. Diese Leute leben in einer wirren gedanklichen Parallelwelt. In einer dumpf neurotischen, egomanischen Spiritualität. Leute, die sich an Schwärze erfreuen und für die ein alter Friedhof zu einer sinnlichen Wohlfühloase wird. Du aber brauchst ein Mädchen, das in einem sonnigen Kornfeld nicht aussieht wie ein fliehender Vampir!«
Der Junge wusste darauf nichts zu antworten. Er war verliebt. Und seine Urteilsfähigkeit neigte zu einer Seite wie einer, der einen Schuss ins Bein bekommen hatte. Also beschloss David, sich das Mädchen selbst anzusehen. Er war der Meinung, es seinem jungen Freund schuldig zu

sein. Außerdem hatte er hier wenig genug zu tun.
Am nächsten Mittag spazierte er zum nächsten Ort hin. Dort, in einem der standardmäßig superbilligen, europagleichen Einkaufsmärkte, arbeitete sie. Tobi hatte ihm ihren Namen genannt. David streifte zwischen den Regalen herum und heftete seinen Blick unauffällig auf die Namensschilder der wenigen Arbeitskräfte. Er fand Janine. Er bemerkte nicht nur die leichenhafte Schminke, die geschwärzten Lippen und Augen, den Ring durch ihre Nase und die Tattoos, die von ihren Brüsten bis zu den Ohren gingen. Er bemerkte auch die kaltschnäuzige und überhebliche Art des Mädchens. Er sprach sie als Kunde an und er bekam zu spüren, wie herablassend cool sie war, abweisend und mit abschätzigem Blick. Sie gefiel ihm überhaupt nicht.
Er teilte seine Meinung Tobi mit. Der meinte nur, David sei zu alt, um die Reize dieses Mädchens empfangen zu können. David war darauf leicht sprachlos. Er hatte geglaubt, die Reize einer Frau seien universell und zeitlos. Tobi meinte, David sehe nur das Äußere. David widersprach ihm – er messe einen Menschen nicht nur an seinem Äußeren. Aber er stellte ebenso die Frage in den Raum, ob man Vögel denn nicht auch am Gefieder erkenne.
Darauf erwiderte Tobi trotzig: »Du hast gesagt, dass es im Leben nichts Schöneres gibt als die Liebe einer Frau!«
»Ja. Ich sagte *einer*. Aber nicht *irgendeiner*!«
Er erklärte: »Ich hab mit ihr gesprochen. Ich denke, diese junge Frau spielt gern und geht auch sonst nicht gut mit

dem Leben um. Sie wirkt auf mich kalt und leer. Ich sehe nichts an ihr, was wirklich Anziehung hat. Sie hat nur Unnatürliches. Und ich halte sie für verdorben – aber nicht auf eine reizvolle Art, weißt du. Ich denke, du verschwendest deine Gefühle, mein Lieber, ganz ehrlich!«
»Du kennst sie nicht«, sagte Tobi.
»Du kennst sie auch nicht!«, behauptete David.
Der Junge tat es mit einem Schulterzucken ab.
Und der Sommergast sagte: »Weißt du, manchmal projizieren wir etwas auf andere Menschen. Und manchmal ziehen uns Menschen an, die das gerade Gegenteil von uns sind. Sie sind das Versprechen eines schwierigen oder unmöglichen Weges, der uns mit einer schmerzhaften Sehnsucht erfüllt und damit mit einer Art von Romantik.«
»Ich verstehe das nicht«, entgegnete Tobi.
»Vielleicht zieht sie dich dadurch an, weil sie dir so fremd ist. Ihre Unerreichbarkeit ist der Reiz, der dich antreibt«, formulierte David.
»Klingt widersinnig!«
»Und funktioniert dennoch. Es ist mir in deinem Alter auch passiert, sonst könnte ich dir das nicht sagen.«
Tobi wehrte sich sprachlos gegen Davids Worte, und dieser sagte: »In einem Jahr wird von dem Schmerz, den du für das tiefste Gefühl hältst, nichts mehr da sein. Dann wirst du sehen, dass es Gefühle auf Abwegen waren.«
Und so war es auch. David war froh, dass er das für Tobi getan hatte. Auch wenn der noch Monate brauchte, um

die Wahrheit in den Worten seines Freundes zu finden und sich daran zu orientieren. Lange Zeit später gab er zu, er habe sich gegen diese Worte gewehrt, er habe gegen ihren Widerstand gearbeitet, aber ab einem gewissen Punkt, an den er gelangte, hätten diese Worte ihn doch aufgenommen und weitergebracht.

Die Kirmes in Wannweiler verschwand wieder aus Tobis Gesicht. Er sprach nicht mehr von Janine, obwohl er noch eine Zeitlang unter diesem Namen litt. Die Tage gingen weiter. Der Sommer wuchs in seiner Wirklichkeit. Die Felder reiften und das Obst an den Zweigen. Der Sommer floss in die Früchte, die weiter Saft sammelten und schwollen, ihre Form gewannen und Größe und Reife. In der Luft lag jetzt der Klang der Heuschrecken. Ein vibrierendes, fast metallisches Rasseln, das aus ihrem Stridulieren entstand und das sich schwerelos aus den Gräsern hob und in die Luft stieg, diese unwirklich durchdrang, schillernd wie der Schimmer eines mächtigen natürlichen Lichtes – es war die Stimme des Sommers.

Es ging auf das Ende des Monats zu. Jetzt färbten sich die Gräser von den Ähren abwärts golden und man begann, mehr den Schatten zu suchen als das direkte Sonnenlicht. Und David machte weiter die Bekanntschaft des Dorfes, der Menschen und der Umgebung.

An den Donnerstagen ging er gerne am Morgen schon los, um auf die andere Seite des Höhenweges zu wandern. Einen Kilometer auf dem holprigen, kalksteinernen Weg über Wiesen und Weiden mit herrlichem Blick auf das

Mandelbachtal. Einen weiteren Kilometer auf dem Weg durch helle, reifend blanke Weizenfelder, leicht gewölbt am unmittelbaren Blau und mit purer Weitsicht nach Norden und Osten.

Dann ging David nach rechts, dort zwischen den Feldern über einen langen, schmalen Wiesenstreifen mit Walnüssen und Äpfeln, bis er zu einem großen Wiesenkessel kam, der sich zu Tal neigte. Dort hinab. Irgendwann fußte in der Wiese ein Weg und er folgte ihm. Vorbei an dichtem Eichenwald mit gräsernen Lichtungen zur Linken. Es war ein Seitental des Alschbachtals. Der Weg war einsam und die Eindrücke voller Natur und schön. David hatte den Rucksack auf seinen Schultern und eine Melodie auf den pfeifenden Lippen. Er fühlte sich wie ein Handwerksbursche auf Wanderschaft. Immer wieder war er kurz dastehend für den Waldklang des Vogelsanges. Lauschend. Sehr bald kam er durch den waldigen Ort Alschbach in der Senke. Er sah nicht einen einzigen Menschen und ließ die wenigen Häuser hinter sich zurück. Und bald darauf erreichte er Blieskastel.

Eine vergangene gräfliche Residenz. Ein schönes, helles, spätbarockes Städtchen. Es gab einige Ecken mit Weinranken und Brunnen, Giebel in Fachwerk, schöne Gewände, ein paar Gassen und enge Winkel. Wenn David auf den kopfsteinernen Wegen um die niedrigen Häuser ging, dann war er von touristischem Wohlgefühl ergriffen. Es war die Geborgenheit eines kurzen Gastes. Der mit offenem Sinn alles aufnahm, was er sah.

Es erinnerte ihn daran, wie er einmal am Gardasee durch ein Städtchen gestreift war. Wie bei einer vorübergehenden schönen Frau begegnete man sich leicht, offen und versonnen. Es lag keinerlei Bindung darin. Der Ort war ohne Namen und er selbst war ohne Namen, es war reine Begegnung, sinnlicher Eindruck. Wie purer Sinn, ein Auge, bewegte er sich durch solche Orte, nahm sie wahr, nahm sie auf, ließ ihren Eindruck und ihr Wesen auf sich wirken. So war ihm dieser Ort ein kleines, fremdes und malerisches Überall. Alles war von Sonne aufgehellt, wie er selbst.

David ließ sich zwischen stimmungsvollen, angenehmen Mauern Blieskastels treiben. Es gab kleine Straßencafés, und vor den Fenstern schütteten Geranien wie aus Kübeln ihre rotblühende Pracht aus. Am liebsten ging er dort herum bei tiefem Blau mit vereinzeltem Wolkenweiß, einem bayerischen Himmel über einem einstmals bayerischen Städtchen. Dann stand eine gewisse Festlichkeit auf dem Paradeplatz mit seinem spätbarocken Ensemble, den prächtigen Bauten mit ihrem kräftigen Reliefschmuck aus Sandstein und den alten, hölzernen Portalen.

An den Donnerstagen war auf diesem Platz der Wochenmarkt. Wenn sich David nach seinem Wandern und Herumgehen auf einer Bank niederließ, dann fühlte er sich losgelöst von allem. Er war einzig schweigend und wahrnehmend und er liebte es, diesen Zustand zuweilen zu erreichen. An diesem Tag kamen die Händler und die Bauern aus der Umgebung. Es war eine Menge, die sich ereignete.

Eine Fülle an geernteter Natur, an natürlichem Umgang und Geselligkeit. David liebte es, mit dem Blick in dieser Fülle zu schöpfen. Seine Perspektive war die eines Malers, und seine Seele fühlte sich wie Leinwand an, auf die Farben in schöner Form fielen. »Ich kann nicht malen«, wusste er, aber er hatte die Worte. In solchen Momenten war er der Schriftsteller, und es war nichts Schlechtes daran, denn er nahm teil am Leben. Er beteiligte sich daran auf die eigene Art. Die ihn lebendig machte, indem er aus sinnlicher Wahrnehmung und klarer und wunderbarer Empfindung bestand und davon wie durchdrungen war. Er fühlte eine emotionale Innigkeit mit seiner Umgebung, ein unerwartetes, tief zufriedenes Einssein. Er fühlte, wie er mit allem, was ihn umgab, übereinstimmte und in erfüllender Harmonie war. Und das war genau genommen ja die Bedeutung von Glück …

Eine zeitlose Weile betrachtete er das Markttreiben. Dann riss ihn ein Gruß aus der Perspektive des stillen Gastes heraus. Er gab seinen Abstand auf und ging lächelnd auf ein bekanntes Gesicht zu. Man reichte sich freudig die Hand. Es war die Mutter von Tobi, die den freundschaftlichen Mentor ihres Sohnes an ihrem Marktstand empfing. Die Bäuerin vom Panorama-Hof, die Hüterin des Hofladens und Bestückerin des »Eier-Heisjes«. David machte oben im Hofladen seine Einkäufe. An den Donnerstagen kam er aber gerne in das Städtchen herunter. Er kaufte an diesem Marktstand ein, aber ebenfalls in den Läden, wie der Apotheke oder dem Schreibwarenladen, und an

anderen Ständen, die auch Südfrüchte anboten. David warf einen Blick auf den malerischen Marktstand des Panorama-Hofs. Das erdig bunte Mosaik des Gemüses. Die Marmeladen und Honige, die frischen Johannisbeeren, der Haufen von Rhabarber und die Zwiebelbünde, die Eier und die Wurst. All das ›frisch vom Bauernhof‹. Das hatte wieder einen Wert. Die Leute, die vor Jahrzehnten von den Märkten in die Supermärkte gewechselt waren, kehrten wieder zurück zur Natur.
Danach machte David sich auf den Rückweg. Sein Wanderrucksack war voll mit Lebensmitteln, und er stieg vom Wiesental der Blies, der schönen Aue, den ansteigenden Weg auf die ländliche Hochebene. Ein wenig wie ein Bergbewohner, der sich wieder in seine hohen Lüfte zurückzieht. Zurück ins Weizenhimmelreich. Am frühen Mittag war er wieder in Mandelbach.

***

Im Dorf duftete es jetzt wundervoll nach Linde. Der mächtige Baum in der Dorfmitte, der auch das Wappen des Ortes zierte, war von cremig gelber Blüte überschüttet, die in Myriaden winziger, zierlicher Sträuße von den Blättern hing. Der Baum war eingehüllt in den durchdringend sirrenden Ton der Bienen und in den Glanz dieser Blüte. Kein Duft ist so schön wie der der Linden, fand David, so sehr er auch den Duft von Flieder, Rosen und Robinien liebte. Der Duft war edel und leicht, zärtlich und auf diese Art berauschend, er trug einen irgendwie empor, es lag ein Zauber darin. Dieser Duft sei wie Honig aus dem Himmel, fand David. Eine natürliche Erscheinung, die nur wenige Tage dauerte. Er sah in der Blüte der Linde auch ein Sinnbild für die kurze Zeit, die der Sommer war. Seine verfliegende Schönheit und Intensität.

Manchmal, am fast endlosen Abend, wenn es noch hell war und die Dorfmitte einsam, saß er unter dem Baum. Und genoss nichts als das. In der Dämmerung flogen mit einem Mal die Junikäfer, sie berührten ihn brummend und taumelnd. Nicht viel später flackerten die Fledermäuse als schwarze Schatten reißend durch die Luft. Er blieb sitzen. Und da war nichts mehr außer der Dämmerung und dem Duft. Eine ganze Welt aus beidem. Das war wie ein Traum ...

Auch am Vormittag, wenn er sich in der Bäckerei versorgt hatte, ging er hinüber und setzte sich unter den Baum. Kein Tag soll verfliegen, ohne dass ich diesen wundervollen Duft genieße, sagte David sich. Der Briefträger hob von der anderen Straßenseite grüßend die Hand.

»Eben hab ich Post für Sie eingeworfen«, sagte er freundlich, »heute war wieder was dabei.«

»Ist gut, Herr Bayer, haben Sie vielen Dank!«

Sie wechselten noch einen Satz zum Wetter des Tages, es sei heute nicht zu heiß, ein schöner Tag, gerade richtig. Und David erfreute sich an der kurzen Begegnung und dachte sich: »Alles ist gut.«

***

Es gab im Dorf eine groteske Gestalt. Weil ihre Beine dünn und flink waren, der Rumpf jedoch genau das Gegenteil. Sie kam daher wie ein Vogel Strauß ohne Hals. Auch war diese gedrungene Person darum grotesk, weil man sich mit ihr nicht wirklich unterhalten konnte. David aber kannte die Frau Brettschneider noch nicht, er war ihr einfach noch nicht begegnet. Jetzt war er als höflicher Zuhörer ein gefundenes Fressen. Er grüßte sie auf der Straße. Sie erwiderte, und wie die Spinne die Fliege verwickelte sie ihn sogleich.

Dabei begann sie ihre Sätze meist mit »Ich hab« ... »*für heut Mittag noch das Lauchgemüse von gestern Abend das schmeckt am zweiten Tag noch genauso gut gerade mit der hellen Sauce die liebe ich ja so auch wenn ich das nicht sollte wegen dem Diabetes aber fein ist sie doch und zu dem Lauchgemüse noch ein schönes Stück Fleisch zum Beispiel aber ich muss ja etwas aufpassen mein Diabetes da sollte ich das nicht so essen aber nee nee ich bin einfach kein Fischtyp ich hab einfach gern mein Fleisch gern deftig auch mal am Imbiss ich hab gern meine Frikadellen die ich mache aber dann heißt es wieder am besten kein Fleisch aus der Pfanne besser gekocht oder gegrillt aber jetzt koch dir mal Frikadellen lach oder mach extra den Grill dafür an das mach ich dann vielleicht einmal und mach mir dann Frikadellen für die nächsten zwei Tage wie gestern das mach ich oft dass ich mir für zwei Tage koch an den Frikadellen hab ich heut Mittag noch dran die schneid ich mir schön auf und brat sie mir etwas an eine Messerspitze Muskat vielleicht noch ein paar Zwiebeln kleingeschnitten dazu schön anschwitzen ein bisschen Olivenöl dazu oder Leinöl das wär gut aber das ist nicht so meins und nicht mit Butter so sehr ich Butter auch mag aber mein Diabetes das geht jetzt nicht mehr so auch nicht das Salz lieber mit Kräutern und Gewürzen verfeinern das gibt auch die nötige Würze naja man gewöhnt sich daran eine Scheibe Schwarzbrot dazu und dann passt das einfach das ist gar nicht schlecht eine Scheibe Brot das hab ich ja auch früher schon gern dazu gegessen jetzt soll ich ja kein Brot mehr essen Laugenbrezel das ist so fein aber die Lauge in der Brezel treibt wieder den Zucker hoch aber ab und zu mal sündigen muss sein sogar ab und zu mal eine Pizza aber gut sind eine kleine Handvoll Walnüsse das ist empfohlen das senkt das Cholesterin und ist auch für die Blutgefäße gut die ess ich gern im Joghurt mit Honig aber das ist auch wieder so ein Thema der Joghurt mager wegen den tierischen Fetten und nicht so viel Honig der Honig lässt wieder den Blutzucker steigen halt alles in Maßen aber schmecken solls ja auch Diät muss ich nicht machen nur etwas aufpassen«*

Wie man sieht, redete diese Frau ohne Punkt und Komma.

»Ah ja«, sagte David.

Er starrte sie an und verstummte vor ihr, während sie sich redend die Hände rieb. Sie sprach am Stück. Es war ein breiiger Fließtext, etwas, was sich aus der eigenen Masse immer weiter vermehrte. Es war eine Endlosschleife, in der der Zuhörer gefangen war. Dafür war die Frau Brettschneider berüchtigt. Sie war zwanghaft auf die nächste Mahlzeit konzentriert und redete immer vom Essen. Das war qualvoll seicht. Man kannte sie und man fürchtete sie. Jetzt erwischte es David. Er blickte in das bärbeißige

Gesicht, das ihm so begeistert Bericht von sich erstattete. David hatte ohnedies Probleme, den Blick seines Gegenübers zu halten, wenn jemand Belangloses zu ihm sprach und von Parkausweisen und Sparpreisen erzählte. Jetzt musste er sich zwingen, sein Maß an Höflichkeit aufrechtzuerhalten. Er hörte pflichtschuldig zu und nickte mit dem Ausdruck geneigten Interesses.
»Ah ja.«
Der Sermon mochte wohl eine Viertelstunde gedauert haben. Dann war es vorbei. Davids Bedarf an Konversation war an diesem Tage gedeckt. Er zog sich ins Haus zurück wie eine Schnecke, die über sommerheißen Asphalt gekrochen war.
Am nächsten Vormittag war er wieder auf dem Höhenweg unterwegs, auf seiner Lieblingsstrecke. Er begegnete Tobi, der mit dem Hofbagger unterwegs war. Er hatte angehalten und den Bagger am Weg zwischen den offenen Feldern abgestellt. Die Felder waren hier sattgrün und hüfthoch, was David wie ein hoher, fast rankender Klee erschien, durchwirkt von lila Blüte. Eine schöne Pflanze, wie er fand.
Der Jungbauer erklärte ihm: »Das ist Luzerne. Angebaut für das Vieh und als Stickstoffsammler. Die Luzerne verbessert den Boden, und wir füttern damit unsere Rinder.«
Wie immer sprachen sie miteinander. Als David für einen Bruchteil an Tobi vorbeischaute, zuckte er zusammen. Er hatte jemanden gesehen.
»Die Brettschneider!«, sagte er panisch.

»Kennst du sie schon?«, fragte Tobi.
»Ja, sie hat mich gestern erwischt.«
»Dann weißt du, was jetzt kommt«, meinte Tobi lapidar.
»Sie ist kein Freund großer Worte, aber vieler Worte.«
»So ist es.«
»Die erzählt am Vormittag, was sie als Mittagessen hat. Und am Nachmittag, was sie als Abendessen hat. Und wenn du sie mitten in der Nacht wecken würdest, dann könntest du dir ein komplettes Frühstück anhören!«
»Die Alte textet einen brutal zu.«
»Die textet einem den Garaus!«
»Voll der Horror! Die kann einen totreden!«
»Also, was sollen wir tun?«
Sie sahen sich ratlos um. Die Lage schien ausweglos. Der Weg lag in offenem Gelände, und nur der Bagger stand da. Dann fiel Tobi was ein, er sagte hastig: »Komm! Wir springen rein in die Schaufel vom Bagger! Wir verstecken uns da!«
»Das ist jetzt nicht dein Ernst!?«
In die Schaufel gekrabbelt, verstauten sie ihre Gliedmaßen und deckten sich mit einer staubigen Plane ab. Sie hielten ganz still. Sie hörten die Schritte. Als die Gefürchtete ganz nahe war, blieb sie stehen. Jetzt zogen die Körper von Tobi und David sich zu einer völligen Bewegungslosigkeit und Stille zusammen. Die Frau Brettschneider stand da und lauschte.
»Ich hab doch jemanden gesehen!«, sprach sie und schaute um die Ecken des Baggers herum.

»Ich hab doch eben jemanden gesehen. Da ist doch jemand, das spür ich doch!«, beharrte sie und schaute nun auf die abgedeckte Schaufel des Baggers.

Da kam es mit koboldhafter Stimme unter der Plane hervor: »Nein, nein! Außer uns Abdeckplanen ist wirklich niemand hier!«

Die Frau Brettschneider richtete sich fassungslos auf.

»Ach! Ihr seid doch kindisch!«, raunzte sie, »ihr spinnt doch! Ihr habt sie doch nicht mehr alle! Eine alte Frau so zu verarschen!«

Sie stapfte empört davon und rollte das Erlebte aufgebracht vor sich her, sie trug es in die Dorfmitte und sorgte dort ungewollt für Belustigung. David und Tobi kletterten aus der Baggerschaufel. Sie schüttelten sich vor Sand und Lachen.

»Der schüchterne Tobi – so ein verrückter Hund!«, rief David.

***

Oben auf dem kilometerlangen Höhenweg gab es mehrere Höfe. Es gab den großen, auf biologischen Landbau ausgerichteten Panorama-Hof. Links und rechts davon gab es zwei andere, kleinere Höfe. Und ganz vorne, gleich bei den letzten Häusern des Dorfes, gab es einen weiteren kleinen Hof. Er war auf Schafe spezialisiert.

In dem Gelände, direkt am Weg, ragte ein riesiger Käfig auf. Eine Flugvoliere. Mit einem Adler darin. Sein Name war auf den Käfig geschrieben. Man hatte den Adler »Knäckes« genannt, als hätte man einem Tanzbären einen lä-

cherlichen Hut aufgesetzt. Das mächtige Tier ergab sich still seiner Gefangenschaft. Es saß unbewegt da. Es starrte in Richtung Norden. Der Adler sah die starke, gewaltige Weite an Wäldern. Er saß da, als könne es geschehen: als könnte sich jeden Augenblick das Tor der Voliere öffnen und er könne sich abstoßen und aufsteigen. So saß er da, Tag um Tag und Jahr um Jahr. Sein ganzes Leben lang. Er gab niemals auf. Die Hoffnung. Sie hielt ihn aufrecht. Sie bewahrte seinen wilden Stolz in diesem demütigenden Moment der Gefangenschaft, der eine Ewigkeit dauerte.
»Was glaubst du«, fragte Tobi David, »ob wir Menschen auch so sind: dass unsere Hoffnung niemals aufhört?«
David zuckte die Schultern, und sie gingen schweigend an dem Käfig vorbei.
Aber dann, in einer tiefen Nacht, geschah in Mandelbach eine spektakuläre und niemals aufgeklärte Tat. In dieser Nacht stand der Mond wie ein Suchscheinwerfer. Er verschaffte zwei namenlos dunklen Gestalten genügend Licht, als sie sich auf dem Höhenweg von Westen der engen Flugvoliere des Steinadlers »Knäckes« genähert hatten und sich alsbald an den Gittern des Käfigs zu schaffen machten.
»Die sind mit Kreuzschlitzschrauben festgemacht. Die schraub ich locker ab!«
»Denk beim Akkuschrauber an den Linkslauf. Sonst drehst du die Schrauben nur noch fester!«
»Das weiß ich doch!«
Die Worte zischten durchs Dunkel. Eine der Gestalten setzte nun das Werkzeug an, die andere Gestalt hielt das

sich allmählich lösende Gitter. Wenn die Schrauben im Holz knarzten, hielten die beiden die Luft an. Mit einer Leiter kletterte eine der Gestalten nun empor und begann, das zweite Gitter abzuschrauben. Das war schwierig. Aber es gelang. Nun öffnete sich die Voliere nach Norden. Eine Gestalt brach am Wege einen langen, belaubten Ast an einem Baum ab und reichte ihn der anderen Gestalt. Die stieg in die Voliere des regungslos auf einer erhöhten Stange sitzenden Greifvogels.
»Wir wissen doch gar nicht, wie der Vogel reagiert. Wir hätten uns vorher schlaumachen sollen!«
»Der reagiert gleich mit Flucht aus Käfig, das ist alles!«
»Ich hab irgendwie Angst. Ich glaub, dass der gleich runterhüpft und mich an den Schultern packt!«
»Und dich durch den Mondschein davonträgt?«
»Sag so was nicht! Glaubst du, der kann das?«
»Nur wenn du deine schweren Schuhe ausziehst.«
»Bloß nicht.«
»Jetzt mach schon! Treib das Vieh endlich raus!«
»Ich mach ja!«
Die Gestalt stichelte mit dem langen Ast in die Höhe über seinem Kopf. Der Adler hüpfte von einem Fuß auf den anderen, um dem Laubwedel auszuweichen. Endlich aber, entnervt von seinen zudringlichen nächtlichen Besuchern, verließ der Steinadler »Knäckes« seinen für die Lebenszeit gedachten Sitzplatz und schwang sich aus dem Käfig. Im verschwörerischen Licht des vollen Mondes schwang er sich in die Luft. Er breitete die ganze Weite seiner dunkel

gefiederten Schwingen aus und erhob sich nach Norden. Die beiden Gestalten folgten gebannt dem Flug. Irgendwann war es ihnen, als würden sie einen Schrei des Adlers hören. Der erhörte und dankbare Ruf nach Freiheit. Trotz der Dunkelheit war der riesige Greif noch eine Zeitlang zu verfolgen. Der Mondschein schien ihn zu tragen. Ein massiver, fast bedrohlicher Schatten, der sich zu den Wäldern des Nordens verabschiedete.

Am nächsten Tag fand man in der offenen Voliere einen kurzen, von Adlerhand verfassten Abschiedsbrief: »Meinen wahren Namen habt ihr nie gewusst. Ich aber weiß, wo eure Lämmer stehn ...«

Im Dorf, das an den eher ereignislosen Gleichlauf der Dinge gewöhnt war, wurde die Sache zum Gespräch.

»Da waren wohl militante Tierschützer am Werk. Irgendwelche Umweltromantiker.«

Eine Frau aus der Gemeindeverwaltung meinte mit einem nachdenklichen Blick: »Dieses Papier, das in der Voliere lag ... Nur wenige Worte ... Aber ich denke, für solche Worte muss man gut schreiben können.«

Es gab manche Gedanken. Keine, denen weiter nachgegangen wurde. Es war nichts, was die meisten Menschen verurteilten. Die Freiheit des Adlers war ein Mysterium, das unberührt blieb. Einem kleinen Wunder gleich. Die Antwort blieb im Dunkeln. Der Mond hütete das Geheimnis.

4 HERZEN

Der Himmel erlebte den längsten Tag, und die einzelnen Bäume der offenen Landschaft standen fast in der Mitte ihres Schattens. Der Monat des Hochsommers begann, und die Hitze bekam etwas Festes. Tobi hatte viel zu tun. Er brachte mit dem Traktor Wasserkanister zu den Weiden des Viehs. Er fuhr über die Felder der Luzerne, die vor zwei Wochen abgesichelt wurde und nun schon in getrockneten Haufen dalag, er raffte sie auf, und in den folgenden Wochen wuchs sie wieder nach. Er fuhr die großen, golden überglänzten Rollen grünen Heus von den Mahdwiesen zum Hof. Noch überall auf dem Land sah man die gewaltigen Rollen als fotogene Elemente liegen. Eine herrliche Impression lag auch in einer Weite von Wickroggen – eine Mischung aus malerischen Ähren und lila Blüten im berauschenden Anblick eines weiten, tiefen Feldes.
In den wilden Wiesen waren die Halme der Gräser jetzt von Grün in strohiges Gold übergegangen. Die Kornfelder reiften noch wenige Wochen aus. Und in den Gärten konnte man die ersten Beeren essen. Am Rande der ländlichen Wege begann die Landschaft, ihre Schwärmer zu versorgen. Sie belohnte David für seine langen, täglichen Gänge, die er ihr widmete, mit mehreren Sorten reifer Kirschen.

Eines Tages sagte David sich, dass er in diese Gänge etwas Ordnung bringen müsse. Er hatte sich in den bisherigen Wochen doch mehr oder weniger treiben lassen. Jetzt nahm er sich vor, sich auch mit der Historie dieser Gegend zu beschäftigen, mit geschichtlichen Zeugnissen und Sehenswürdigkeiten. Er beschloss darum, die kleine Gemeindeverwaltung zu besuchen und dort um eine Landkarte zu bitten. Sie stand in einem dörflichen Gegenüber mit der Kirche und der alten Volksschule. Und verkörperte sich in einem schönen, alten Haus mit zwei alten, ebenerdigen Büroräumen, in die man über einen quadratischen, alt gefliesten Flur eintreten konnte. Türen gab es nicht. David entschied sich für die linke Seite.
Dort traf er eine Dame. Sie trug eine Welle in Grau, eine knabenhafte Fönfrisur. Der Blick ihrer hellblauen Augen war starr und leer. Diese Frau war schroff. Das Leben hat sich für sie nicht erfüllt, dachte sich David und glaubte, dieser Art in der Stadt schon öfter begegnet zu sein. Es war eine Art, die in sich selbst bestärkenden Phrasen etwas zum Herrschen neigte und gerne herablassende Ablehnung zeigte und jederzeit bereit war, sich im Gefühl der eigenen Wichtigkeit ablehnend auf jemanden zu stürzen. Das ertrug David nicht gut. Nicht den Teufel an die Wand malen, sagte er sich indes und schilderte der Dame nun gedankenfrei und freundlich sein Anliegen.
Und die Dame sprach streng ins Nebenzimmer: »Cora, schaust du mal bitte, ob wir für den Herrn eine Landkarte haben?«

David hörte einige Schubfächer im Raum nebenan. Dann verschwand die Dame und »Cora« trat zu David hin. Er sah sie zum ersten Mal. Diese Frau war etwas kleiner als er. Leicht mollig. Vielleicht Ende dreißig. Sie hatte Haare, die so dunkelbraun waren, dass sie wie schwarz wirkten. Sie fielen in dichten Locken bis zu den Schultern hin und berührten die weiße Rüschenbluse.

Er fiel ihm ein Wort ein, das wohl schon etwas altmodisch war, und das Wort war ›reizend‹. Cora war eine hübsche Frau. Eine, die etwas hatte und die er aufregend fand. Sie berauschte seine Gefühle vom ersten Moment an. Sie traf ihn unversehens. Dieses Lächeln mit den kecken Eckzähnen, diese Gesichtszüge frechen Charmes, gefühlvoll zugleich, und diese schönen, lebendigen, bunten Augen, klug und warm. Das war eine Frau mit etwas, das er spontan als ›Fluidum‹ bezeichnete – eine wunderbare Präsenz des Wesens. Eine vitale Lebendigkeit mit dem Zauber von Sinnlichkeit und einer Prise Melancholie. David konnte nicht anders, als diese Frau anzusehen. Das ging einen ganzen, stillstehenden Moment lang so, eine gewisse Zeitlosigkeit. Es waren Augen, die ineinander versanken. David hätte vergessen, dass es zwischen Menschen Worte gibt.

Da sagte diese hübsche Frau namens Cora: »Aber Sie sind doch der Schriftsteller aus der Stadt!«

David fing sich und erwiderte genügsam: »Ich bin der, der den Sommer in Mandelbach verbringt.«

Er erklärte: »Ich will mehr über die Umgebung erfahren.

Ich will mich gern etwas bilden. Ein paar interessante Stätten hier entdecken. Geschichte und Tradition erfahren. Da würde mir die Karte sicherlich helfen.«
Cora lächelte ihn an und händigte die Karte aus.
»Auf der Karte sind einige Sehenswürdigkeiten hervorgehoben. Auf der Rückseite sehen Sie die Beschreibungen dazu. Und es ist viel geschrieben zur Geschichte unseres Ortes und der ganzen Umgebung.«
David bedankte sich. Und war froh, danach wieder draußen zu sein. Sein lautes Herz störte die Ruhe der Straße. Er war aufgeregt und fühlte sich atemlos. Er mochte sich nicht in dieser Rolle des von weiblichen Reizen narkotisierten und aus der Spur geworfenen Mannes – er war es oft genug gewesen. Und diese Frau hatte genau das aus ihm gemacht. Sie war wunderbar, sie hatte warme Magie. Ihr hübsches Gesicht, ihre Ausstrahlung und Art, ihr bezaubernder Augenaufschlag, ihre sinnliche Melancholie. Sie verwandelte ihn in einen Träumer. Das machte er am liebsten mit sich alleine ab. Seine Gedanken begannen um diese Frau zu kreisen. Seine Träume waren in Gefahr, einen Namen zu erhalten ...
Zwei Tage später ging er wieder zu der Gemeindeverwaltung. Diesmal betrat er das rechte Büro. Und wieder traf er auf die strenge Dame.
»Es tut mir leid«, sagte er, »die Landkarte. Die ist mir ins Wasser gefallen. Hätten Sie vielleicht noch eine?«
»Wo gibt's denn hier oben auf der Höhe Wasser?«, fragte die Büroleiterin abschätzig.

Tatsächlich begegnete David während seines ganzen Sommers in Mandelbach keiner einzigen Mandel und keinem einzigen Bach. Auch andere Gewässer gab es in dieser Hochlage nicht.

Er sagte schwankend: »Na ja, da hinten, ich kann es nicht genau beschreiben. Und den Flurnamen kenne ich leider noch nicht.«

»So so«, sagte die ergraute Dame ungläubig und schaute ihn über den strengen Rand der Brille an.

David war versucht, der angespannten Dame eine Urschreitherapie zu empfehlen. Doch die Gefahr war zu groß, dass sie sogleich damit begann. So hielt er sich zurück wie ein Junge in der Schule, der alle Strenge einer Autorität über sich ergehen lässt. So geschulmeistert und dumm hatte er sich schon lange nicht gefühlt. Er stand klein und schuldbewusst da.

»Cora!«, sagte die Dame scharf nach nebenan, »der Herr braucht auch heute eine Landkarte. Ist noch eine übrig?«

Cora kam. Und sie sahen sich an. Leichtes, prickelndes Lachen flammte zwischen ihnen auf – beherrscht vom aufmerksamen Blick der grauen Dame. Cora gab David die Karte. Ihre Augen verabschiedeten sich vielsagend. Als David durch die Tür wieder ins Freie treten wollte, tat er eilig einen Sprung zurück. Und landete in den Armen von Cora, die gleich hinter ihm aus der Tür wollte.

»Huppsala!«, sagte sie überrascht.

David zeigte Bedauern, doch eigentlich erfreute ihn diese Berührung. Der Augenblick in Coras Armen – eine Se-

kunde von zufälliger und inniger Nähe. Mehr reflexhaft als bewusst und genossen. Doch nichts daran war unangenehm, es lag unbekanntes Vertrauen darin, und David empfand den Augenblick als aufregend schön.
»Da draußen! Die Frau Brettschneider!«, sagte er zur Entschuldigung.
Cora musste lachen.
»Ah! Ich sehe, Sie kennen sich bei uns schon aus!«
Gemeinsam spähten sie nun durch den Spalt der Tür auf die Straße und ließen die gesprächige Dame da draußen ihres Weges gehen.
An diesem Abend saß David lange auf seinem kleinen Balkon. Um die laue Luft des späten Abends zu spüren, wie als Versöhnung mit einem heißen Sommertag. Er hörte dem letzten Stundenschlag der Kirche zu und dem kosmischen Pfeifen der Feldgrillen, und er dachte an die Frau aus der Gemeindeverwaltung. Und er empfand umso mehr für diesen Ort. Er spürte, was er ihm gab.
Am anderen Tag war David am Nachmittag auf dem Weg durch die Ortsmitte. Er wollte auf die andere Seite des Dorfes. Und begegnete auf der Straße Cora, die gerade aus dem Büro kam. Sie grüßten sich und standen sich gegenüber. Eine erregende Verlegenheit stand zwischen ihnen. Gewünscht und aufregend. David griff zu einer Geste: Er schwenkte die Landkarte der Gemeindeverwaltung in seiner Hand.
»Ich will mir gerade den optischen Telegrafen ansehen. Was auch immer das ist ...«

»Das ist einfach«, sagte Cora, »der ist leicht zu finden.«
»Ich bin aber besser im Nichtfinden.«
»Es ist nicht mal ein Kilometer. Da drüben die Straße hoch und oben an dem Biergarten vorbei. Dahinter steht, direkt am Weg, ein kleiner Bau. Das ist der optische Telegraf. Nicht zu verfehlen.«
»Das glaube ich nicht. Ich hab diesen Begriff noch nie gehört. Sicher ist das nur ein Phantom, um Besucher herumzuführen, nämlich an der Nase.«
»Nein, wirklich«, beharrte sie, »dieses Ding gibt es!«
»Ich glaube Ihnen kein Wort!«, widersprach er.
Für so viel Frechheit hatte er selten den Mut gehabt. Cora sah den Witz. Er brachte sie zum Lachen, und sie mochte es.
Sie sagte: »Okay, ist gut, ich bringe Sie dorthin!«
»Das finde ich gut: Die Gemeindeverwaltung kümmert sich um ihre Gäste«, dankte er freudig.
Cora lachte und vergaß die Arbeit dieses Tages, sie vergaß das Büro im Allgemeinen und manch anderes Thema auch. Es war mitten in der Woche, und der Biergarten, der direkt in einer Senke rechts des Weges lag, war leer. Auf der anderen Seite gab es eine grandiose Aussicht. Wo sie jetzt standen, auf dem ländlichen Weg, war die Spitze der näheren Gegend. Eine kurze Höhe, wie ein stark gebogenes Rückgrat von einem Steinwurf Länge, sogar noch ein paar Meter höher als der Höhenweg. Hier bot sich eine komplette Rundschau auf die Umgebung und in die Weite. Ein befreiender und berauschender Blick.

Im Osten bot sich die Westpfalz dar, bis hin zu den dunklen Höckern des Pfälzerwaldes. Südöstlich öffnete sich das Flusstal des Bliesgaus in einer großen Senke, dort sah man an den sanften Hängen die typischen offenen und weiten Streuobstwiesen. Nach Süden ging die Landschaft über in das ländliche Frankreich. Vor dem Auge erstreckte sich nun die ganze Gegend von Mandelbach und seiner folgenden Dörfer. Da verliefen einsame Straßen, da standen Höfe und Kühe und tausendmalige, grün hingefleckte Obstbäume, da lagen wie aufgeschichtete Mengen gebrochenen Tons die irdenen Flächen der Dörfer und wie mit festen, langen Pinselstrichen aufgetragen die werdenden Kornfelder und die goldgrünen Wiesen für die Mahd und das Vieh. Wieder war es für David wie eine Offenbarung, dieser gesegneten Landschaft zu begegnen.
»Ich hab die Gegend vorher nie gesehen«, sagte er zu Cora. Es gefiel ihr, dass ihre Heimat so viel Eindruck auf ihn machte.
»Werden Sie etwas darüber schreiben?«, fragte sie.
»Das kann ich nicht wissen.«
»Sie haben es nicht geplant?«
»Planen?«
»Ja. Legt man sich das nicht in Ruhe zurecht? Macht ein Autor das denn nicht so?«
»Autor«, wiederholte David und gab dem Wort einen lakonischen und fragwürdigen Klang.
Er fremdelte mit dem Wort und mochte es nicht. Er fand, es habe eine bürokratische Nüchternheit an sich und

den Verlust einer gewissen Romantik und Leidenschaft. Er fand, es klang nach Funktion, nach Marktteilnehmer und nach Steuerrecht. Und er stellte sich einen ausgereiften Akademiker vor, einen gesetzten Studierten, der in kühlem Abstand stand zu seinem Werk, einer kalkulierten, präzise eingestellten Kopfgeburt, oder ein in sich ruhendes Rotwein-Denkertum, bei dem ein Buch entsteht als gelungene Abrundung einer geselligen Persönlichkeit. Bei Autor dachte David an den Verfasser kleiner Schmunzelschriften und an den unvermeidlichen, immer gleichen Regionalkrimi, es klang nach raffiniertem Mord und gesellschaftlichem Ratespiel in koloriertem Winzermilieu, es klang nach smarter und besonnener Bühnenpräsenz bei Kurzkrimis und leckeren Häppchen.
Das Bild vom Autor entsprach ihm nicht, und er sagte: »Bei mir ist das anders. Es ist viel naiver und es hat mehr Kraft. Und wenn es da ist, dann ist es da. Und es lässt keine Wahl. Ein guter Gedanke oder eine gute Geschichte ergreift dich. Sie sucht dich aus. Sie findet dich. Und du musst ihr folgen und mit einem Feuer im Kopf stundenlang schreiben, vielleicht rund um die Uhr. Vielleicht wochenlang nicht mehr den Rollladen hochziehen und dich nicht mehr rasieren. Oder du gehst raus, aber bist in einer anderen Welt. Du bist nicht mehr in der Realität. Du bist parallel. Diese Geschichte ist dann deine Wirklichkeit. Du musst solange mit all deiner Kraft an ihr schreiben, bis das Gerüst steht und das Wichtigste gesagt ist. Solange kann nichts anderes wichtig sein. Und solange hast du

keine Ruhe und in mancher Nacht auch keinen Schlaf.«
»Klingt ziemlich exzessiv«, meinte Cora.
»Ich bin ein verhaltener Mensch. Aber manchmal liegt das richtige Verhalten in Leidenschaft.«
»Gut gesagt«, fand sie.
David sagte: »Das ist immer eine intensive, einmalige Zeit. Sie fängt an mit einem Gefühl des Glücks. Das sind die ersten Momente, manchmal sind sie sogar unbewusst, bis man weiß: es ist ein Buch. Und dann erlebt man Tage voller Energie und Gedanken! Es entsteht etwas aus dem Nichts. Nur aus der eigenen Kreativität und dem eigenen Verständnis von Leben heraus. Das ist etwas so Besonderes und Großartiges, das Wachstum einer Idee zu spüren. Sie entfaltet sich wie eine Pflanze, sie treibt und verzweigt, wird immer reicher und voller, sie wird wirklicher und wirklich. Ich kann kaum etwas so stark empfinden wie diesen Prozess literarischer Schöpfung. Diese Begeisterung, das bin ich selbst, kein Autor.«
»Ach, ich bewundere die Menschen, die schreiben können!«, seufzte Cora.
Und er in trockener Selbstironie antwortete: »Und ich bewundere die Leute, die alles andere können.«
Nach einer Pause erzählte er: »Wissen Sie, liebe Cora, das ist nur ein Teil von mir. Ich hab durchaus eine weltliche Seite. Sogar eine Zahlenseite ist das. Ich arbeite im Kundenservice einer Bank. Da geht es um kontaktloses Zahlen, um elektronisches Banking und mobile Bezahlsysteme, um Zahlungsrichtlinien und Datensicherheit.«

»Sieh an, das ist ja wirklich eine andere Seite von Ihnen«, meinte sie.

»Manchmal ist es sogar meine eigentliche. Dann bin ich mittendrin in der Bewegung der Welt. Es sind ständige, unaufhörliche Erweiterungen und Veränderungen. Man muss aktuell sein. Die Welt zwingt uns dazu. Wenn wir nicht schnell genug sind, überrollt sie uns. Man muss ihre Dynamik mitgehen.«

Cora keuchte: »Ich weiß! Erweiterte Dokumentationspflichten, die neue Datenschutzgrundverordnung, der Ausbau digitaler Services, nervige Upgrades! Der Computer macht Dinge, die er nicht soll. Die ganzen überflüssigen Internetfunktionen. Der Drucker wird plötzlich nicht mehr erkannt und so weiter. Dabei sieht vieles viel einfacher aus als vorher. So ist es leider nicht ...«

»Es ist der äußerliche Anschein, dass die Welt immer einfacher wird. Unter der netten Benutzeroberfläche wird sie aber immer komplizierter. Und plötzlich sind die einfachsten Sachen nicht mehr einfach. Manchmal denk' ich, unser Leben ist ja eigentlich was Großes – aber es löst sich immer mehr auf in einer Flut von Funktionen, von technischen Kleinigkeiten, denen wir gerecht werden müssen. So verlangt die Welt uns immer mehr Konzentration und komplexes Denken ab.«

Sie nickte resigniert und stimmte ihm zu: »Wie Sie schon sagen: sie zwingt uns.«

»Manchmal kommt sie mir vor wie ein Computerspiel. Den ganzen Tag PIN-Nummern und Passwörter, Schalt-

flächen und Knöpfe, Vorgangsknoten und komplexe Verzweigungen.«
»Am besten noch in Kombination miteinander, dazu noch Koordination und Timing!«
»Sehen Sie. Deshalb kann ich überhaupt nicht die Leute verstehen, die dazu noch Computerspiele machen.«
»Denen bleibt doch kein echtes Leben mehr«, meinte sie.
»Nein, nur noch diese digitale Mechanik ... Na ja, ich hab mich dem Stress angepasst. Und vielleicht brauch ich ihn auch. Ich gewinne ihm meistens etwas Gutes ab. Eigentlich bin ich ein Mensch, der die Dinge positiv sieht, wenn es nur irgendmöglich ist.«
»Ja, so bin ich eigentlich auch. Meine liebe Kollegin neigt dazu, die Dinge kritisch bis negativ zu sehen. Sie hat dieses Talent, alles schlechtzureden. Sie belegt die ganze Zukunft mit ihrem Pessimismus! Ich merke, wie sinnlos mir das erscheint. Ich komme mit dieser ständigen Negativsicht nicht gut zurecht. Es widerspricht mir.«
»Ja. Das ist auch so etwas, was ich hier mal hinter mir lassen wollte. Ich kenne Leute, die sind einfach genial darin, alles zu verneinen oder ins Negative zu verbiegen!«
»Genial ist gut gesagt. Diese Leute haben oft so eine suggestive Kraft. Man sei ein Übeltäter, wenn man sein Geschirr noch von Hand spült. Und wenn man Elektroautos gut findet, dann folgt vehement schon die perfekte Gegenerklärung!«
»Ja, sie erklären einem mit krankhafter Akribie, warum Elektroautos eigentlich schädlich sind und Fisch eigent-

lich ungesund. Beim Thema Ernährung liefern sie chemische Beweisführungen. Mir ist das zu abstrakt. Bei mir lebt nicht nur der Kopf. Ich esse aus dem Bauch heraus«, sagte David.

»Solche Leute überzeuge einen, ohne dass es sich gut anfühlt. Es ist eher das Gefühl einer Lähmung. Ich kenne welche, wenn man zu denen ganz locker sagt: lass uns doch mal wieder in die Natur gehen, dann folgt ein scheinbar einstudierter Vortrag über die Gefahren von Mückenstichen und Zecken, Fuchsbandwürmern, Grasmilben und dem Hantavirus.«

»Sturmschäden und Astbruchgefahr, Tollwut und das schädliche Sonnenlicht, Allergien und so weiter ... Ich weiß, ich weiß! Sie finden so viele Gründe. Eine schräg gestellte Realität. Es ist noch Utopie, aber irgendwann sperren sie die Natur – sie riegeln sie ab. ›Zum Schutz des Menschen‹. Das ist dann argumentativ so ausgeklügelt, dass es dagegen keine Einwände gibt.«

»Ja, wir lassen Skepsis herrschen.«

»Alle Lebenslust wird unfruchtbar gemacht. Alles wird für falsch erklärt. Nichts, was man tun kann. Nichts, für was man sich begeistern kann ...«

»Sie entziehen den Dingen den Sinn«, meinte Cora.

»Ja, sie lassen die Luft raus.«

»Manche Leute geben dir ein schlechtes Gefühl. Man wagt es nicht, in ihrer Gegenwart zu leben. Irgendwie versteckt man sogar seine Atemzüge, hab ich das Gefühl.«

»Manchmal denke ich dann, das ist alles nicht echt, nicht

ehrlich. So kann man doch nicht sein. Die Leute denken, ihr negatives Denken sei Ausdruck von Aufgeklärtheit, Erfahrung und Intelligenz. Und dann scheint es mir manchmal, dass all das Negative nur gespielt ist. Um anderen damit zu widersprechen und um sie auszubremsen.«

»Als wollten sie entmutigen und einem den Schwung nehmen, den sie selbst haben sollten, nicht wahr?«

»Vielleicht wollen sie einem deshalb das Negative glauben machen ...«

»Ja. Geht es Ihnen auch so? Manchmal halte ich sie alle für Lügner, diese Skeptiker und Negativmenschen.«

Er nickte.

Und sie sagte: »Ich denke, am Ende sind es die Menschen, welche unter einem beschränkten Leben leiden, die die Dinge nicht mit Lebenslust und positiver Stärke sehen.«

»Ich bin ein Mensch, der zum Positiven neigt, selbst wenn man mich dafür belächelt und mich für naiv hält. Ich sehe sogar den Stress positiv, wie gesagt. Er reizt mich. Unter Druck funktionieren zu müssen, seh ich wie eine Art von Sport.«

»Das ist es vielleicht auch.«

»Ja, es fordert mich heraus. Man muss voll da sein. Und das hält einen fit. Ich bin modern getaktet. Konzentriertes und mehrschichtiges Arbeiten. Ich entspreche dem. Und mag es. Ich merke, wie es den Kopf am Leben hält. Der Kopf bewegt sich mit all den Anforderungen, Veränderungen und Entwicklungen.«

»Okay, solange man all dem noch folgen kann. Oder es will. Solange es dem entspricht, was man will und kann.«
»Mein Job bei der Bank, das bin ich. Es entspricht dem, was ich selbst immer von mir verlangt hab. Und dem, was ich immer sein musste. Ich durfte nie etwas anderes sein als diszipliniert, fleißig und präzise. Nie Fehler machen oder nachlassen. Man läuft mit rädchenhafter Präzision, Tag für Tag.«
»Und Sie glauben, das sind Sie?«
»Ich war es immer. Aber hab es nie ganz geglaubt. Und jetzt ist da etwas anderes gereift. Ich will mir mal das Leben von der anderen Seite anschauen – dieses Leben um seiner selbst willen. Auch das ist in mir, aber ich gebe ihm zu wenig Lauf. Die andere Seite. Sie ist mir zu wenig bekannt. Ich hab sie zu wenig gelebt. Die beschaulichen, sinnlichen und schönen Dinge, die ich eigentlich liebe.«
Cora hörte und sah ihn an, und nach einer kurzen Pause sagte sie nachdenklich: »Die Muße ... Der Sinn für das Leben ...«
So wie sie es sagte, klangen die Begriffe unerfüllt und beinahe unbekannt – sie verklangen in einem langen Atemzug.
»Na ja«, sagte David schließlich und erlöste sie davon, »Sie sehen, liebe Cora, ich hab eine ganz weltliche Seite und kann mich nicht nur um meine Träume kümmern.«
»Aber jetzt wollen sie hier von ihrem hohen Level mal runter, von ihrer modernen Taktung«, erkannte sie.
»Mal sehen, was mit dem Kopf passiert, wenn man ihn

nicht so einspannt. Wenn man ihm die Aufgaben nicht vorgibt und eintrichtert. Mal sehen, was dann rauskommt. Mal sehen, was sich der Kopf dann ausdenkt. Wohin es ihn zieht ...«
»Und wie ist es?«, wollte Cora wissen.
»Manchmal dauert es Stunden an. Ein wunderbares Nichts, das ich in meinem Leben schon vergessen hatte. Nicht mehr fähig dazu war. Es ist wunderbar, die Gedanken einfach mal die eigenen Wege schweifen zu lassen, selbst wenn sie verspielt sind und zu nichts führen. Es liegt so viel Freiheit darin. Ein inspirierendes Nichts. Um seiner selbst willen. Ich hatte nie den Sinn dafür ...«
»Nun ja. Vielleicht als Kind. Aber da ist es einem wohl nicht so bewusst.«
»Ja, vielleicht als Kind, beim Spielen mit kleinen Freunden. Es gibt da einen schönen Satz, der sagt: Irgendwann wirst du wissen, dass der schönste Tag in deinem Leben ein verspielter Nachmittag in deiner Kindheit war.«
David sah, wie die Sonne sich in Coras bunten Augen spiegelte, ihre süße Melancholie entfaltete sich, er sah, wie ihr Blick glitzerte, wie sie sinnierte und wie sie nickte.
»Ja, das könnte wahr sein. Also müsste man versuchen, wenn man logisch ist, da wieder hinzukommen. Man müsste wieder mehr von diesem reinen, unbefangenen Erleben haben ...«
»Ja, müsste man. Ich glaub, hier hab ich dieses Gefühl zurückbekommen. Manchmal auf meinen langen Gängen. Oder wenn ich in der Mittagsstille zur Balkontür heraus-

schau. Es ist dann so eine herrliche, bewusste Zeit, ganz um ihrer selbst willen.«

Cora hörte ihm zu und nickte.

»Dann haben Sie hier schon etwas ganz Wichtiges gefunden«, sagte sie.

Danach resümierte David: »Wissen Sie, ich suchte nur eine schöne Zeit, ohne zu wissen, was mich erwartet. Ich suchte dieses Gefühl, einmal für eine Zeit zu einem anderen Ort zu gehören. Ein wenig das Gefühl, man hätte ein anderes Leben gehabt. Ich glaub, das hab ich in Mandelbach finden wollen. Und ich hab es gefunden.«

»Das ist gut«, sagte Cora.

Nach einer Pause zitierte sie, was David am Anfang gesagt hatte: »Oder du gehst raus, aber bist in einer anderen Welt. Geht es Ihnen hier auch so?«

»Nein, hier bin ich hier. Hier ist es so, dass ich nicht träumen muss. Es ist alles da.«

Cora sah ihm in die Augen und lächelte.

»Das ist gut«, verstärkte sie.

Und dann, mit einer überraschenden und erfrischenden Geste, schwang sie den Arm aus wie eine Messehostess oder ein Promotiongirl.

Sie präsentierte: »Der optische Telegraf!«

Und David erkannte: »Es gibt ihn wirklich«.

Es war nichts Spektakuläres. Ein kleiner, nachgebauter Steinturm aus schönem, gelblichem Feldkalkstein, nicht größer als ein Schuppen im Garten. Oben ragte der Signalmast heraus.

»Dieser Mast ist sieben Meter hoch«, erklärte Cora in fast wissenschaftlichem Ton, »Sie sehen an dem Mast ein dreiteiliges Zeigersystem. Diese drei Zeiger konnten von unten mittels Drahtseilen so verstellt werden, dass jede Stellung einen bestimmten Buchstaben oder eine Zahl darstellte. Dieses Signal konnte dann von dem nächsten Telegrafenturm mit einem Fernrohr gelesen und sogleich an die nächste Station weitergegeben werden. So konnten Nachrichten über Hunderte von Kilometern verschickt werden.«

»Aus welcher Zeit stammt das?«, wollte David wissen.

»Man hat diese Telegrafenlinie 1793 geplant und begonnen. Sie sollte sich erstrecken vom Louvre in Paris bis zur Festung Landau in der Pfalz. Aber leider wurde sie nie ganz fertiggestellt«, vollendete Cora.

David, nun gut informiert, sagte: »Cora, Sie sind buchungswert. Eine tolle Fremdenführerin!«

»Die Gemeindeverwaltung kümmert sich um ihre Gäste!«, zitierte sie und machte eine kecke Miene – von nun an kokettierte sie mit diesem Satz.

An die kalksteinerne Mauer des optischen Telegrafen gelehnt, genossen sie die weite Sicht aufs umliegende Land, den weiten Eindruck purer ländlicher Idylle. Die Mauer in ihrem hellen Ockerton ging in gleicher Farbe in den Boden über, und nur einen Meter weiter kam eine Kuh an den Zaun und äugte sie mit seitwärtigem Blick neugierig an.

»Und Sie vermissen Ihre Stadt nicht?«, fragte Cora.

David schüttelte den Kopf, ohne weiter darüber nachzudenken.
»Leben Sie denn gerne in der Stadt?«
»Ich kenne eigentlich nichts anderes.«
»Aber jetzt kennen Sie was anderes.«
»Ja ... Jetzt ...«
Dann sagte er: »In der Stadt, da kenn ich nur Leute, die die Natur nicht mehr kennen. Es zieht sie nicht in die Gärten, nicht in die Wälder und Felder. Manchmal reden sie von der Natur. Aber es sind Lippenbekenntnisse. Man redet vom Leben, doch es bleiben nur Worte.«
Sie standen da und ließen die Weite auf sich wirken. Sie standen im offenen Licht der Sonne. In diesem Hochland von Mandelbach war es ein wenig wie am Meer: es ging hier ein beständiger Luftzug. Eine sanfte Brise milderte die Hitze und formte so den Sommer zu etwas Herrlichem um.
»In der Stadt, da kriegen sie jetzt Sommerfieber. Die Übermenge an Autos wirkt wie Heizkörper. Die laden die Straßen und Häuser mit glühender Luft auf. Zu viel Asphalt und Stahl und Glas. In der Stadt herrscht jetzt die Hitze. Da warten sie jeden Abend darauf, dass die Sonne endlich untergeht. Es ist wie eine Belagerung, die viele Wochen dauert und die sich nachts nicht merklich lockert.«
»Da haben wir es hier besser ... Aber sonst, meine ich. Fehlt Ihnen nichts? Ich meine: Gibt es in der Stadt denn niemanden, der zu Ihnen gehört?«, fragte Cora.

Und David schüttelte wieder den Kopf. Sie betrachteten die Kuh, die mit großem Vertrauen bei ihnen stand. David fand das zutrauliche Tier »liebäugelnd«.
Nach einer Weile griff er das Wort Stadt wieder auf und sagte: »In der Stadt, da gibt es jetzt einen neuen Laden. Einen futuristischen Shop, der ohne Menschen funktioniert – nur mit Card und Chip. Da drinnen ist es höchst steril. Von der kristallweißen Raumdecke zwitschert digitalisierter Vogelgesang. In einem elektronischen Regalsystem aus Chrom und kleinen Glastüren liegen, angeleuchtet wie künstlerische Unikate, einzelne Äpfel, Gurken und Kohlköpfe. Die sind von Bauern der Umgebung. Der Laden ist absolut hip ...«
»Ja«, sagte Cora, »die Leute greifen mittlerweile wieder gern zu den Produkten, die vom Bauern direkt stammen, regional sind und absolut biologisch.«
»Und das ist auch gut«, erwiderte David zustimmend, »aber ich meinte etwas anderes. Einen Aspekt, den Sie verstehen, wenn Sie sich dieses Bild mal vorstellen. Wie übersteigert etwas so Einfaches wirkt, wenn man es auf diese Weise präsentiert. Etwas so Natürliches und Grobes wie eine Sellerieknolle, in einem sterilen Automaten ins Licht gesetzt wie ein Fund im Museum. Als sei es eine ausgestorbene Art. Ein urwüchsiger Apfel als etwas Angestauntes einer klinisch gewordenen Welt. Oder dieses unbearbeitete, grobe Holz, das man neuerdings in durchgestylten Gastronomien und edlen Raumausstattungen verarbeitet. Diese modische Treibholzwelle. Das kommt

mir vor wie eine Anbetung der Natur, die wir uns ausgetrieben haben. Als hätten wir längst unsere Echtheit eingebüßt und würden uns danach sehnen und ihr nachlaufen. Echtheit als Mythos und beleuchtetes Erlebnis. Wir staunen die bloße Natur an als etwas, das sich weit von uns entfernt hat und das sich verliert. Als wäre sie längst zu unserem Luxus geworden, den wir in einem Laden, der Zukunft zelebriert, teuer bezahlen wollen. So scheint Natürlichkeit etwas geworden zu sein, dem wir nur noch als Konsument entsprechen können.«
Cora spiegelte Davids nachdenkliches Gesicht wieder. Manche hätten nicht gewusst, was er meint. Vielleicht war es schwer zu sagen. Er wusste das. Dass man die Dinge mit einer Distanz sehen musste und einem Blick, der das philosophische Denken nicht eingebüßt hatte. Aber Cora verstand ihn.
»Okay. Ich weiß, was Sie meinen.«
Sie sah, dass sie Davids Denken verstand. Und mehr noch: dass seine Worte etwas in ihr weckten. Sie dachte an ein Bild, das sie am Morgen in einer Zeitschrift gesehen hatte – eine neue U-Bahn irgendwo: eine hermetische Welt aus Edelstahl, die den Menschen auf LED-Wänden Sequenzen von grünen, gesunden Landschaften vorspielt. Das fand sie ganz komisch. Und war froh, dass sie beide sich jetzt nicht in einer metallischen Scheinwelt befanden, sondern ganz in der Wirklichkeit dieser Landschaft. Cora ging einen Schritt vor und legte der Kuh ihre schöne Hand hinters Ohr, um sie zu kraulen. Die Kuh, die

die Nähe gesucht hatte, ließ sich das gefallen. Sie genoss die liebevolle Art. David betrachtete die Zärtlichkeit seiner Begleiterin, schweigend lächelte er in sich hinein und dachte: »Glückliche Kühe hier«.

Die beiden genossen ihr Beisammensein. Sie hatten erkannt, dass sie miteinander über Gott und die Welt reden konnten. Dass sie sich alles sagen konnten und sich dabei zum Fühlen und zum Denken brachten. Nun luden sie einander in den angrenzenden Biergarten ein. Sie saßen unter den Schirmen in der Wiese als einzige Gäste. David schaute Cora an. Es war aufregend und schön, dass es diesen Weg und diese private Zeit mit ihr gab. Und er war nicht so unfähig wie früher, wenn ihm eine Frau gefiel. Es war Coras Natürlichkeit und ihre offene, kluge und warme Art, die es ihm leichter machte, die ihn einlud und die er vielleicht immer gesucht hatte. Diese Art machte ihm Mut und reichte ihm die Hand.

»Ein Bier für Sie? Oder einen Wein? Einen Cocktail?«, fragte sie.

»Nein, danke«, sagte er, »besser nicht. Ich hab ein Alkoholproblem.«

Da erstarrte Coras Blick, und der Ausdruck in ihrem Gesicht trübte sich, als würde eine frische Blüte auf einen Schlag verwelken. Er sah es und erklärte sich.

»Das Problem ist, dass ich Alkohol noch nie gemocht hab und dass ich nie welchen trinke.«

Sie lachte lautlos, beinahe atemlos auf.

»Wirklich, es ist so. Und wenn ich Jesus wäre, dann wür-

de ich nicht Wasser in Wein verwandeln, sondern umgekehrt!«, sagte er flachsend, und sie lachte nun mit Stimme.
»Sorry, ich mag ihn überhaupt nicht. Und meistens muss ich mich dafür rechtfertigen.«
»Bei mir müssen sie sich nicht rechtfertigen«, sagte sie ebenso sanft wie klar.
»Das ist gut. Dann einen Apfelsaft, bitte.«
Sie saßen da. Es schien David ein Geschenk zu sein, eine kostbare und faszinierende Zeit. Er sah Cora an. Und es war ihm unmöglich, seine Ungeduld und Neugierde zurückzuhalten. Und plötzlich stellte er all seine Fragen auf einmal.
»Wohnen Sie in Mandelbach? Haben Sie Kinder? Sind Sie verheiratet?«
Sie antwortete postwendend: »Ja. Nein. Ich war es.«
»Sie sind geschieden?«
»Endlich!«, erklärte sie.
Und um es zu bekräftigen, hängte sie an: »Mit dem Thema bin ich fertig. Ich bin bedient!«
»Sie klingen enttäuscht, Cora.«
Ihr Schweigen bekräftigte es.
»Ich bin nicht enttäuscht«, sagte David daraufhin, »ich bin nur einsam ...«

***

Am nächsten Tag erwachte er mit Coras Gesicht in seinen Gedanken. Es hatte ihn endgültig erwischt. Er hatte die schönste Krankheit der Welt. Seine Gedanken waren nicht mehr frei, und das empfand er als heftig und wundervoll.

Er spürte, wie es gewaltige Energie in ihm umwendete. Es war ein Gefühl, das ihn durchdrang und aufputschte, er war auf einem Wellenkamm von Lebendigkeit. Das hatte er schon lange nicht mehr verspürt. Er dachte, er hätte es vielleicht schon verloren. Und er wusste, er konnte nicht anders – er musste wieder das Büro der Gemeindeverwaltung betreten.

»Nein! Nicht schon wieder Sie!«, empfing ihn die strenge, graue Dame, »Haben Sie schon wieder Ihre Landkarte zerstört?«

Sie streckte die Augenbrauen dramatisch in die Höhe und meinte: »Sie sind ja ein ganz Wilder!«

David hob entwaffnet die Arme und gestand: »Ja, das fing schon kurz nach meinem zweiten Geburtstag an.«

Cora im Hintergrund schnaufte hart. Sie verbiss sich das Lachen. Sie verkniff ihr Gesicht, während die ältere Kollegin keine Miene verzog. Ihre nüchterne und schroffe Art schien sich nicht zu ändern. »Cora, schau bitte mal, ob wir nochmals eine Karte für diesen Herrn haben!«

»Nein«, sagte David da, und zum ersten Mal in seinem Leben sprach er aus, was er haben wollte: »es ist eigentlich was anderes. Diesmal brauche ich keine Karte. Diesmal würde ich gerne Cora haben.«

Die beiden Frauen sahen sich an.

Cora fragte: »Wie sieht's aus, Juliane? Kann ich heute früher gehen?«

Als sie draußen waren, parodierte Cora. Sie machte ihre Kollegin und Vorgesetzte nach und sagte auf die gleiche hochmütige und schneidende Art: »Sie sind ja ein ganz Wilder!«

Die Worte ihrer Vorgesetzten und Davids Antwort darauf belustigten sie ungemein. Sie wiederholte es mehrmals und fand ihr Vergnügen darin. Er lachte mit.

»Was für eine Type, diese Juliane«, sagte er und schüttelte den Kopf, »die ist so streng und blickt so auf einen herab. Und impft einen mit schlechtem Gewissen. Wissen Sie, wie viel Überwindung mich das gekostet hat, heute vor die hinzutreten?«

»Ich kann es mir vorstellen«, sagte sie, »und doch haben Sie es auf sich genommen.«

Sie lächelte. Seine Überwindung bedeutete ihr etwas.

»Und wohin wollen Sie mich heute entführen?«, fragte sie wie in einem Ritterroman.

Er war um eine Antwort verlegen. Sie standen beide da und wussten nicht, wohin. Sie lachte.

»Gehen wir ein wenig spazieren«, schlug sie erheitert vor, »ich hab das untrügliche Gefühl, dass sich für uns beide immer ein Weg finden wird.«

Sie gingen durchs fast verlassene Dorf wie Teenager beim ersten Treffen. Mit Bewegungen und Blicken, die zueinander tändelten und sich aneinander aufregten und doch unfähig waren, sich auf eine tiefere oder persönlichere Weise zu begegnen. An einem Garten blieb er stehen und bewunderte ihn. Es war ein sommerlich aufgeblühter Bauerngarten. Sie wollte daran vorbeilaufen. Jetzt rollte sie die Augen.

»Nein, bleiben Sie doch stehen, Cora! Sehen Sie nur, wie schön dieser Garten ist!«

Er betrachtete die hohen Stängel gelber Königskerzen und weinroter Stockrosen, die aus Kohlpflanzen und althergebrachten Küchenkräutern herausragten. Er sah die wuchernden, massiv grünen Blätter von Mangold im Kontrast mit gelben und orangen Ringelblumen. Er sah die Kapuzinerkresse, die mit ihren klaren Fruchtfarben die Holzlatten des alten Bauernzauns umrankte.

»So ein schöner Garten. So herrlich natürlich. Das passt alles so zusammen. Wie gemalt. Ja, diesen Garten sollte man malen«, fand er.

»Gefällt er Ihnen so sehr?«, fragte sie.

Er nickte, und sie lächelte nun.

»Kommen Sie«, erklärte sie impulsiv, »steigen wir einfach in den Garten ein!«

Er sah sie irritiert an und zögerte.

»Ich weiß, dass die Besitzerin nicht im Haus ist«, beruhigte sie.

Und hängte in salopper Sprache an: »Die Alte wird uns nicht erwischen!«

Gemeinsam überstiegen sie den niedrigen Zaun des Bauerngartens und setzten sich nebeneinander auf die kleine, steinerne Bank, die mittig an der Wand des Hauses stand. Es war ein kleiner Garten in den Schranken alter Holzlatten. Er lag seitlich an einem sehr kleinen Haus, das sich an ein größeres anlehnte. Sein Dach war tief herabgezogen. Die beiden Fenster waren tief und gehörten gleich-

sam zu dem Garten. Man hätte aus diesen Fensterflügeln heraus Kräuter pflücken und ins Haus holen können.
»So sieht glückliches Wohnen aus«, fand er.
Sie zuckte die Schultern.
»In diesen wunderbaren Garten will ich mich einpflanzen wie ein Bäumchen«, beschloss er überschwänglich, und sie belächelte diese Worte.
Gegenüber in der kleinen Gasse standen kleine Häuser aneinander. Ein schmaler, alter Mann kam nach Hause, kam zu einer der kleinen Türen, er sah die beiden Menschen auf der anderen Seite und drehte sich kurz zu ihnen um.
»Cora, mein Kind«, sagte er vertraut, »ich hab heut morgen ein Päckchen für dich angenommen. Ich bring es dir gleich herüber.«
David verkrümmte sich zu einem Fragezeichen und starrte Cora an.
Die erklärte in heiterer Unschuld: »Eine Hand wäscht die andere. So läuft das bei uns auf dem Dorf. Wir sind hier füreinander da. Zum Beispiel gibt er mir von seinen Eiern etwas ab und ich gebe ihm dafür von meinem Kuchen etwas ab. Ein Tauschgeschäft. Nachbarschaftliche Naturalwirtschaft, wenn Sie so wollen. Das hat sich prima bewährt!«
Er starrte sie noch immer fragend an.
»Mein Nachbar! Mein Haus! Mein Garten!«, zählte sie lakonisch auf, »lieber David, hier wohne ich! Sie haben mich gefunden und es sich bei mir bequem gemacht!«

Überrascht stand er auf.
»Also Sie haben Nerven!«
Sie zuckte die Schultern.
»Tja, es hat Sie hergeführt. Sie haben mich aufgespürt. Dagegen konnte ich mich nicht wehren«, meinte sie schulterzuckend.
Dieses Spiel hatte ihr diebisches Vergnügen bereitet. Und es hatte ihr gefallen, dass David an ihrem Haus hängen geblieben war. Es hatte den Geschmack von Schicksal.
»Früher hat die größere Hälfte, hier links, auch noch dazugehört. Dann mussten wir das Haus trennen. Ich hab dieses kleinere Teil hier behalten. Drinnen ist es klein und gemütlich. Meine Höhle, meine Welt. Für mich reicht es. Hier will ich den Rest meiner Tage bleiben«, erklärte sie.
»Verständlich«, sagte er, »hier ist es wunderschön.«
Wie ein Fotograf vor dem Moment des perfekten Bildes betrachtete er den aufgeblühten Lavendel im Farbenspiel mit den terrakottafarben getünchten Außenmauern.
»Da fällt mir ein ... Kann ich Sie noch eine Stunde aufhalten?«
»Ich hab zurzeit nichts anderes zu tun. Ich warte geradezu darauf, mich aufhalten zu lassen«, meinte er schulterzuckend und lächelte.
»Dann will ich jetzt etwas von dem Lavendel ernten«, sagte sie, »und wenn Sie wollen, können Sie mir dabei helfen, ihn zu pflücken und ihn in Organzasäckchen zu tun. Ist für den Kleiderschrank.«
Sie sperrte die Tür auf, die in die Küche führte. Er warte-

te draußen. Sie kam heraus und brachte Schüsseln und Messer sowie die Organzasäckchen und zwei niedrige, hölzerne Schemel.

Und nun saßen sie, ruhig und erdverbunden wie Bauern, auf den Schemeln im Weg des kleinen Gartens und schnitten Lavendelrispen ab. Sie füllten einige Säckchen mit frischem Violett. David konnte sich nicht erinnern, wann er zum letzten Mal etwas mit so viel Geduld und Sorgfalt getan hatte. Er ging in dieser kleinen Arbeit auf und erinnerte sich an einen schlichten Sinnspruch, den er gelesen hatte: Man solle alles, was man im Leben tue, nur mit Liebe tun, dann sei man ein glücklicher Mensch. Weitere Gedanken gingen durch seinen Kopf. Und einmal lachte er leicht auf.

»Was ist?«, fragte Cora.

»Ich hab mich grad an einen altmodischen Film erinnert. Piroschka. Da gibt es diese Szene, wo Andreas und Piroschka nachts im Stall sitzen und die geschälten Maiskolben in Kisten schichten.«

»Das große Maisrebeln«, sagte sie, »an die Szene kann ich mich erinnern, die hat mir gefallen.«

»So sitzen wir grad da«, fand er.

»Ich mit demm Härrn Student aus Deitschland!«, sagte sie mit ausdrucksvollem ungarischem Akzent.

»Ja, Piroschka, du und ich.«

»Sollst mir doch Piri sagen!«, eiferte sie sich, »hör, Andi, horch! Der alte Miklós blost so schön die Tárogató.«

»Draußen wird jetzt mulattiert.«

»Ja! Singen und tanzen ist das!«
»Gib mir das Kolben von die Kukuruz heriber.«
»Das Kolb ist ein Tier, das Muh macht!«
Sie lachten.
»Sehen Sie mich denn so?«, wollte sie wissen: »Die barfüßige Gänsemagd vom Land? Das einfache, naive Mädel?«
»Nein«, sagte er.
»Ich hab Abitur, wissen Sie. Aber ich wollte nicht studieren. Ich wollte nicht weg von Mandelbach. Ich hab ein paar kurze Blicke in die weite Welt geworfen. Aber hier ist meine Mitte. Ich musste nach nichts anderem suchen. Wenn du wirklich hierher gehörst, dann kannst du auch nicht weggehen.«
»Ja, davon hat der Reinhard schon gesprochen«, sagte David.
»Ja, den hat es nach seinem Abitur in die weite Welt gezogen, der ist in die Ferne gereist, war überall, vom Heiligen Land bis in die Tropen. Der Reinhard hat die ganze Welt gesehen. Und als er nach über zwanzig Jahren alles gesehen hatte, da hat es ihn wieder in die Heimat gezogen. Er ist nach allem Suchen und Sehen wieder dort, wo er seine Mitte empfindet.«
»Sein Gehääschnis hat er es genannt.«
»Ja. Der Ort, wo du dich wohlfühlst, und mehr als das. Der Ort, an den du wirklich gehörst.«
»Wo du übereinstimmst. Wo du geborgen bist. Der Ort, an den du im Sinne einer Wahrheit gehörst.«
»Ein Ort für einen gemacht. Du fühlst es, wenn du ihn ge-

funden hast.«
Er hörte sie und nickte.
»Ich verstehe. Aber das hab ich nicht. So eine angeborene Mitte.«
»Wo war denn ihre Kindheit?«
»In der Stadt. In verschiedenen Stadtteilen. Als Heimat kann man das nicht bezeichnen. Das verdient den Namen nicht. Aber hier ... Das, was Reinhard als kleine Welt bezeichnete. Das ist was anderes. Das ist konkret. Das musst du nicht noch in dir finden. Es ist da.«
»Und wenn es nicht da ist, dann muss man danach suchen. Sehen, wo es einem am besten geht. Die Wahrheit suchen und sehen, wo das eigene Leben wirklich hingehört!«
»Ja«, sagte er und ließ den Lavendel langsam und nachdenklich durch seine Finger gleiten.
Sie betrachtete ihn.
Nach einer Weile sagte sie lächelnd: »Das Lavendelpflücken hier mit Ihnen, das ist sehr schön.«
»Ja, ich genieße es auch, ich genieße es sehr«, sagte er und legte sich für einen langen Moment die flachen Hände, nach Lavendel duftend, ins Gesicht und atmete.
Sie sagte: »Ich muss gestehen, so gern zusammen wie gerade mit Ihnen war ich noch nicht einmal mit meinem geschiedenen Mann. Also ich wollte sagen: So wie mit Ihnen hab ich schon lange nicht mehr mit einem Menschen sprechen können.«
Er lächelte: «So ist es manchmal. Da muss ein Fremder

daherkommen, damit man wieder wirklich sprechen und sich anvertrauen kann.«

»Vielleicht, ja«, meinte sie, »aber so fremd kommen Sie mir nun gar nicht mehr vor ...«

Am Ende waren alle Organzasäckchen gefüllt. Cora wollte welche davon verschenken. Sie überlegte, an wen. Das Erste legte sie David in die Hand.

»Auch für den Nachtschrank geeignet. Gut bei schlaflosen Nächten, mein Lieber. Träumen Sie was Schönes!«, säuselte sie.

Mit einem intensiven Duft und einem Traum, der noch größer geworden war, ging er aus dem Garten in den Abend. In der Abendwärme lag der Duft der Wiesen und Felder, gemischt mit dem deftigen und geselligen Geruch der Grillgärten. David war auf einem neuen Level von Wohlgefühl und vermutlichem Glück.

***

Am nächsten Tag sah er Cora nicht. Sie hatte gesagt, dass sie jemanden besuchen wolle. Es war ein leerer Tag. Der all seine Gedanken nur auf sie richtete, die nicht da war. David hielt die kleine Lavendelgabe in der Hand, es war das Einzige, was er von ihr hatte, er atmete den Duft. Er erinnerte sich an Marcel Proust und an die literarische Figur des Swann und das wichtigste Gefühl des Buches: die schmerzhafte, fast krankhaft erlittene Abwesenheit von Odette. Ihre Abwesenheit, in der die Liebe Swanns sich vollends bewusst wird und in eine Gestalt geformt wird.

David hatte dieses Gefühl und bekannte: »Es ist so verdammt wahr!«
Der wiederum nächste Tag kam, von ihm sehr erwartet. Am Morgen arbeitete er wie immer im Garten von Bernd, am Mittag machte er einen Spaziergang auf dem Höhenweg und begegnete seinem Freund Tobi. Er erzählte ihm von Cora. Und dann erzählte Tobi von ihr. Sie hätte in ihrem Leben nicht viel Glück gehabt, sagte er in Sympathie von ihr.
Am Nachmittag holte David sie dann von der Arbeit in der Gemeindeverwaltung ab. Er betrat die Räume mit einer pittoresken Garbe bäuerlicher Blumen in der Hand. Die strenge, graue Dame empfing ihn. Sie starrte auf die Blumen. Dann sagte sie zurückhaltend und fast gedemütigt: »Schöne Blumen sind das. Sie wird sich darüber freuen. Warten Sie. Cora ist im Archiv. Sie wird gleich kommen.«
»Gefallen Ihnen die Blumen, ja?«
Sie nickte.
»Das ist gut. Diese Blumen sind nicht für Cora. Die sind für Sie, Juliane. Für die Landkarten und weil Sie immer da sind, eine offene Tür haben. Und auch danke, dass Cora mal früher gehen durfte.«
Juliane hob die Hände zu einer Geste der Sprachlosigkeit. Kopflos erfreut suchte sie in Schränken nach einer Blumenvase, während Cora erschien und David zuzwinkerte und sich mit ihm verabschiedete.
»Das war clever«, lachte sie draußen.
»Ich weiß«, sagte er lächelnd.

»Das war echt ein cleverer Zug von Ihnen, chapeau! Und nett war es auch. So erfreut hab ich die Juliane selten erlebt.«
An diesem Nachmittag gingen sie raus auf die Felder. Sie holten weit aus. Sie ließen sich Zeit.
»Es ist Sommer«, sagte Cora, »warum sollten wir drinnen sitzen? Der Sommer wird vorüberfliegen. Also genießen wir ihn. Sie ziehen mich mit hinein in ihren Aufenthalt. Ja, ich denke, das tut mir gut.«
Und David konnte sich nichts Schöneres vorstellen, als mit dieser Frau diesen besonderen Sommer zu genießen, dieses Leben zwischen Himmel und Gras. Es erschien ihm das Leben zu sein, so wie es sein sollte.
»Gestern Abend im halbdunklen Flur«, sagte er zu ihr, »da hab ich meine Arme betrachtet. Die haben mit dem weißen T-Shirt kontrastiert. Ich bin hier schon richtig braun geworden. Mandelbacher Landbräune sozusagen!«
Cora lachte.
»Mandelbacher Landbräune«, wiederholte sie genussvoll, »das klingt ja wie eine Kaffeemarke!«
»Darf von der Gemeindeverwaltung zu Werbezwecken verwendet werden!«, feixte er.
»Die Gemeindeverwaltung wird darüber nachdenken«, erwiderte sie.
Sie gingen den Höhenweg zur anderen Seite des Dorfes. Da war er steiniger, er war trockener, es war der ockerfarbene Boden, steinig durch den Kalkstein, und er war nicht gerade und teilte sich auf. Aber der Eindruck der

Weite und der offenen, an den Himmel gewölbten Landschaft war ebenso faszinierend. Man konnte seinen Blick auswerfen, und besonders in Richtung der Pfalz ging dieser Blick über Höhen aus Feldern und Wäldern, die sich ständig einsenkten zu Tälern. All das in seiner luftigen Weite drückte Natur und befreiende Stille aus. Dies mit dieser Frau zu teilen, machte David glücklich.

Sie standen an einem reichen Kirschbaum. Tief hingen die großen, schwarzen, süßen Früchte. Es kam ihm wie ein »Schlaraffen-Bauernland« vor. Sie labten sich an den Früchten und hatten die Backen so voll, dass sie nicht sprechen konnten. Mit ›gefüllten‹ Gesichtern sahen sie sich an und lachten innerlich. Dieses Lachen, das sie teilten, fühlte sich vertraut an.

In einer großen, fruchtbaren Hecke aus Schlehen und Wildkirschen hörten sie das Holz knacken und brechen. Tiere schufen sich Zutritt zum Schatten. Es war die Herde mit den zotteligen, langhornigen Rindern. David kannte mittlerweile auch den genauen Namen: Es war das schottische Hochlandrind. Er mochte die Herde, sie strahlte so eine Ruhe aus. Einige Tiere kauten gleichmütig das Laub junger Kirschbäume, andere standen regungslos im Schatten des Rains. Die Weide selbst war verlassen, sie lag in der starken Sonne.

An diesem Weg setzten sie sich auf eine Bank, von Wiesen umgeben, inmitten der ländlichen Weite des Mandelbachtals, das man hier vor sich hatte und um sich. Es war der Platz, den David für sich entdeckt hatte und den er sehr mochte. Dort stand der kleine Walnussbaum. Er breitete einen leichten, verspielten Schatten um sich, und so setzten sie sich zu dem jungen Stamm ins Gras hin. Etwas Wind ging und fing sich in den robusten Zweigen, ein wohltuender Fluss, beinahe wie das Plätschern eines Bachlaufs. In seiner Bewegung lag eine idyllische Ruhe. Eine balsamische Luft auf ihrer Haut. Weite und Stille der Landschaft wirkten in ihrem Eindruck erfüllend.

»Ich kann mich nicht erinnern, jemals so entspannt gewesen zu sein«, sagte er.

»Vielleicht waren Sie es mal, ohne dass es Ihnen bewusst war.«

»Vielleicht ... Aber bewusst ist es schöner.«

Dann gingen sie weiter, einen Kilometer durch die Weizenfelder. Weg und Felder waren hier fast ohne Umgebung, also eigentlich ganz an den Himmel gehoben. Ein Ableger des Weges senkte sich etwas und lief auf waldiges Gebiet zu. Dort saßen sie wieder auf einer Bank. Zur Linken konnten man hier hinüber in die Pfalz blicken, ein weiter Ausblick über Wiesen und Windräder bis zu den dunklen Höckern des Pfälzerwaldes, und vor sich hatte man die vertraute Landschaft. Die beiden blickten eine Weile schweigend vor sich hin.

»Vorgestern haben Sie gesagt, dass Sie einsam sind«, sagte Cora zu David und ließ damit die Worte fallen, die sie beschäftigten.

»Nun ja, es ist der Zustand, in dem ich schon lange lebe. Ich glaube nicht, dass es der Zustand ist, der mich glück-

lich macht«, erklärte er.
Er sagte weiter: »In der Stadt gibt es so viele einsame Männer. Ich kenne einige, oder sagen wir, ich weiß von ihnen. Viele sind neurotisch. Ich kann mir nicht vorstellen, dass sie für eine Beziehung noch geeignet sind.«
»Vielleicht sind Sie einer von ihnen«, meinte sie.
»Wenn man so romantisch und naiv ist, wohl kaum. Ich spüre, ich habe noch die Begeisterung und Kraft, von einem schönen Leben zu träumen. Und dieses Leben, das ich mir vorstelle, das findet nicht im Einsamen statt. Es ist ein Leben in Nähe zu jemandem. Von dem man verstanden ist und auf den man sich verlassen kann. Mit dem man Seit an Seit ist. Den man liebt und mit dem man sich teilen darf.«
»Mit dem man sich teilen darf«, wiederholte sie und taumelte bei diesen Worten in Selbstvergessenheit.
»So wirklich hab ich das noch nicht erlebt. Gibt es das?«, fragte sie, und ihre Melancholie schien sich dabei so zu entfalten, dass sie in das dunkle Loch fast fiel.
»Ja, auch wenn man schlechte Erfahrungen hat. Ich glaube daran. Glück ist das, was man vom Leben verlangen darf, liebe Cora. Man muss es nur selbst finden.«
»Ist das nicht zu viel verlangt?«
»Nein, ist es nicht, denke ich.«
»Es ist nur so schwierig«, meinte sie wie in einem Selbstgespräch.
Er griff den Satz auf und sagte: »Es ist schwierig, jemanden zu finden, mit dem man die gleichen Gedanken hat,

mit dem man seelenverwandt ist. Um das zu finden, muss man sich sehr öffnen. Man muss etwas zulassen. Und das können viele Menschen nicht gut. Mich beschäftigt die Einsamkeit des Menschen. Und die Einsamkeit zwischen den Menschen. Es ist diese Einsamkeit der nicht gesagten Worte. Und die Einsamkeit zwischen Partnern. Ich habe sie auch selbst erlebt. Etwas hat nicht zueinander gepasst. Und ich ging wieder auf die Suche. Wir müssen hinnehmen, dass wir oft einen langen Weg gehen müssen ...«
Sie hörte ihm zu und sagte lange nichts. Sie starrte wie abwesend vor sich hin, und er konnte etwas spüren von ihrer stillen Verzweiflung. Dann erzählte sie etwas.
»Als ich vor ein paar Tagen gesagt hab, dass ich mit dem Thema fertig bin, da war das nicht ganz die Wahrheit. Vor Wochen hatte ich jemanden übers Internet gesucht. Ich weiß nicht, was mich da geritten hat. Eine schwache Phase – ich war wund vor Einsamkeit. Jedenfalls hab ich einen netten Mann kennengelernt. Digital versteht sich, eben Internet. Eigentlich hab ich ihn nicht gekannt. Vor kurzem hab ich ihn dann getroffen. Es war eine herbe Enttäuschung. Er war ganz anders, als ich mir vorgestellt hab. Er war nicht der Seelenverwandte, von dem Sie eben gesprochen haben, David. Nein, ich hatte mir ein Bild gemacht. Und das hat dann mit der Wirklichkeit nicht übereingestimmt. Vielleicht war es ja gar nicht seine Schuld ...«
»Mir ist das auch mal passiert«, sagte er, »dass ich mir so ein Bild gemacht hab, übers Internet. Ich kannte ihren wirklichen Namen nicht, nicht einmal ihr Bild, es gab

kein Foto. Wir haben uns wochenlang geschrieben. Ich wartete immer auf die nächste Nachricht. Dieses Warten wurde ein bisschen zur Sucht. Eines Tages entdeckte ich, dass ich mich verliebt hatte. Es hat sich jedenfalls so angefühlt. Das erschreckte mich so sehr, dass ich sofort alles abbrach. Was wusste ich denn von ihr? Nur vier oder fünf konkrete Dinge. Und daraus macht man sich dann das schönste Gemälde! Man projiziert seine ganzen Vorstellungen, Wünsche und Träume hinein, man schafft sich eine Illusion! Ich glaube, Cora, Sie haben das Gleiche erlebt ...«

»Viele Leute lernen sich übers Internet kennen, das ist heutzutage schon Standard«, meinte sie schulterzuckend, »und manchmal passt es ja auch. Aber es ist nun einmal so, dass man sich ein Bild macht und dass in der Wirklichkeit die Gefahr liegt, dass dieses Bild zerstört wird und man total enttäuscht wird.«

»Das Internet ist etwas so Erstaunliches. Es ist eine Stufe der Evolution im Laufe einer einzigen Generation. Es hat unser Wissen, Denken und Bewusstsein so enorm erweitert. Es ist das Gehirn unserer Zeit. Und für manche ist es sogar das erweiterte Ich. Doch es nimmt immer mehr unserer Zeit in Anspruch. Und seitdem es portabel ist, gibt es Leute, die nur noch durch dieses winzige Fenster leben – sie führen ihr Leben als App. Wir verlegen unser Leben ins Digitale. Wir haben eine virale Identität. Wir haben Kontakte, die nicht mehr echt sind. Wir haben Ereignisse, die eigentlich nicht stattfinden. Und ich glaube nicht,

dass es der beste Weg ist, jemanden so kennenzulernen, dass es für das wirkliche Leben geeignet ist.«
»Und was ist der beste Weg?«, wollte sie wissen.
Als wüsste er es nicht oder wollte es nicht sagen, vielleicht weil es so offenkundig war, schaute er von ihr weg und warf seinen Blick für lange, ruhige Momente auf die Landschaft.
»Es ist schön, hier zu sitzen. Ich liebe den Blick auf das Land, die Bäume und die Felder. Und das große Gefühl des Sommers. Ich habe es gerade, ich fühle mich darin lebendig und frei – und das hat etwas Vollkommenes«, sagte er.
Sie schwieg, als schaute sie seine Worte an, die sich im Grün spiegelten. Dann erwiderte sie leise nickend und lächelnd, als hätte sie etwas gefunden: »Der beste Weg ...«
Er sagte: »Manchmal denke ich, Menschen können sich nur in der Natur und in Natürlichkeit wirklich begegnen.«
»Ja, das fühlt sich so an. Es ist ruhig und verlassen hier, nur Natur um uns herum. Da ist keine lärmende Musik, keine anderen Stimmen. Man ist so schön mit sich allein ... mit sich zu zweit ...«
Er hörte. Dann lachte er leicht auf.
»Ich würde wirklich gern mal sehen, wenn Tobi seiner angehimmelten Horrorprinzessin hier begegnet. Gebleichte Haut vor einem bunten Hintergrund aus Wiesenblumen. Da könnte man Vampire weinen sehen!«
Sie war nachdenklich und sagte: »Damals war ich mit Freundinnen manchmal in der Disco. Ich ließ mich mit-

ziehen, ging nicht gerne hin, es ging gegen meine Natur. Ich sah, wie affektiert Männer und Frauen sich dort begegneten. Vielleicht ist es heute im Erwachsensein nicht anders, wie man sich begegnet. Da zählt das Aussehen und die Stellung. Man will sich interessant machen. Man stellt sich im besten Licht dar und prahlt vor dem Andern. Es sind Effekte, die hin und her gehen. Man befriedigt dieses Traumbild, das der andere sich machen will. Und man selbst will dieses Traumbild haben, von sich selbst und von dem Andern. Aber es bildet die falsche Basis.«
»Die Menschen wollen träumen können. Was ist denn schöner?«, sagte er, nur um einen Kontrapunkt zu setzen.
»Und bei der ganzen Träumerei kann man sich so leicht täuschen.«
»Vielleicht sollte man diese Effekte und Träume auch genießen. Man genießt es, sich interessant zu machen. Es reizt einen. Es gehört irgendwie dazu. Wenn man sich verliebt, dann ist es ein Rausch. Aber irgendwann sind die Effekte verbrannt, der Zauber des Neuen und Aufregenden. Man muss weiterschauen.«
»Sich faszinieren, ohne sich fremd zu bleiben. Sich liebgewinnen. Spüren, dass man zueinander passt«, stimmte sie ein.
»Am Ende kommt es auf die Basis an, wie Sie sagen. Man kann nicht geborgen sein in der Schönheit eines Menschen, in seiner Macht oder in materieller Sicherheit. Das ist auch wichtig, aber es ist nicht der Kern. Es ist nicht das, was zwei Menschen zusammenhält.«

»Das denke ich auch«, stimmte sie zu.
»Es ist egal, wie groß ein Haus ist. Ein Haus ist nichts wert, wenn der Kamin darin kein Feuer hat!«
Sie sagte: »Welcher Mensch will nicht bei einem anderen warm haben? Ich will mich anlehnen. Und mich sinken lassen können. Unbedacht sein. Ich will mich nicht verstellen müssen, nichts vorspielen müssen.«
»Nicht anders sein müssen, als man wirklich ist.«
»Ja«, sagte sie und streckte entspannt ihre Beine aus, »ich will so sein können, wie ich bin. Bei sich sein – in Gegenwart eines anderen Menschen. Und mehr noch: mehr bei sich sein als allein. Der Andere sollte meine guten Seiten entdecken und inspirieren. Man hat doch so viel Gutes, das darauf wartet, erweckt zu werden und zu leben!«
»Darum geht es. Man sollte das gefundene Glück leben. Ich hab so viele Beziehungen gesehen, in denen es nur darum ging, sobald man zusammengefunden hatte, sein gemeinsames Leben auf großen Fuß zu stellen. Man verliert sich in der Habgier des eigenen Wohlstands, in den Zwängen eines überzogenen Lebensstandards. Es gibt diese tausend Kleinigkeiten. Aber das hat nichts mit liebevollen Details zu tun. Es sind Dinge, in denen sich das eigentliche Leben auflöst.«
Sie stimmte dem zu: »Man sollte versuchen, zu leben, ohne sich darin aufzureiben. Den Alltag teilen, ohne dass das Leben und die Liebe sich in den tausend modernen Kleinigkeiten verlieren. Das wär doch schön, wenn man ein Leben lang verliebt sein könnte.«

»Die Partner sind so gestresst durch die ganzen Ansprüche des modernen Lebens, dass Gefühle abflachen und Liebe sich verliert. Dabei geht es doch um dieses Feuer im Kamin. Die Wärme. Nähe, Innigkeit, Verlässlichkeit. Wahres Vertrauen. Sich miteinander vertraut zu fühlen. Sich nicht fremd zu sein. Sich alles sagen zu können. Seelenverwandt sein. Ein Team sein. Der richtige Partner ist gleichzeitig der beste Freund. Einer, mit dem man Pferde stehlen kann. Ich denke, das ist es!«
Sie nickte.
»So ein schönes Wort: Innigkeit«, sagte sie mit einer wunden und abgrundtiefen Stimme.
Cora fiel tief in ihre melancholischen Gedanken. Und schwieg eine Weile. Dann hielt sie sich an den letzten Worten Davids und riss sich an diesem Faden aus ihrer Versunkenheit heraus. Ihre Züge wurden wieder heiter und dann geradezu übermütig. In ihren Mundwinkeln krümmte sich ein diebisches Lächeln. Sie stand auf und ging hinüber zu einem Bretterzaun und betrachtete das braune Pferd, das dort auf der Weide stand. Sie legte ihre Hände verschränkt auf das Holz und ihr Gesicht darauf. Mit einem Blick zur Seite, beinahe kindlich, äugte sie zu David, betrachtete ihn, der ihr an den Zaun gefolgt war. Beide sahen sich an. Etwas daran beunruhigte ihn, er schaute auf das ahnungslose Pferd, das da in der Koppel stand.
»David, würden Sie jetzt mit mir dieses Pferd stehlen?«, wollte sie wissen.
Er lächelte und sagte: »Wissen Sie, ich meinte das eher

bildlich gesprochen.«
»Ja, ich weiß, wie Sie es meinten – im übertragenen Sinne, metaphorisch. Aber ich glaube, wenn ich jetzt sagen würde, lassen Sie uns doch miteinander dieses Pferd dort drüben stehlen, lassen Sie es uns einfach tun, dann würden Sie es tatsächlich tun. Ich denke, so sind Sie.«
Er verspürte ein wenig Angst vor seiner eigenen Unberechenbarkeit, und sie sah es ihm an. Da stieg er auf den Zaun. Er fasste das Pferd ins Auge, sprang vom Zaun hinab und dann stand er in der Koppel. Das Pferd und er schauten sich peinlich verängstigt an. Doch Cora hielt ihn am Arm zurück.
»Es genügt mir zu wissen, dass wir es tun würden, David. Es genügt mir, es gewusst zu haben, noch bevor ich Ihnen diese Frage gestellt hab …«
Er sah sie an.
»Romantische Menschen lieben immer das Abenteuer«, sagte sie in ihrem Lächeln, »und vielleicht gehört das Abenteuer auch zu diesem wunderschönen Wort dazu. Ich meine das Wort Innigkeit.«
Er sah sie an, er lächelte und erwiderte: »Cora, ich glaube, ich weiß, was Ihnen fehlt.«

***

Auch am nächsten Tag holte er sie von der Arbeit ab. Sie gingen den gleichen Weg. Neben dem Schützenhaus war ein Gehege mit drei braunen Ziegen. Die streckten ihnen die langen Schnauzen neugierig entgegen. David zögerte.

Aber Cora streckte ihre Hand hin. Die Ziegen leckten ihre Handfläche und knabberten an ihrem Daumen.
»Die knabbern ganz leicht, das ist fast wie Nuckeln!«, kicherte sie.
»Man könnte meinen, das sind Ihre Haustiere, so vertraut sind Sie mit denen.«
»Ich bin hier aufgewachsen, mit den Tieren. Da gibt es keine Berührungsängste«, sagte sie.
Sie war gekommen, um das winzige, eingemauerte Friedhofsgeviert vor dem Dorf zu besuchen und die Blumen auf dem Grab des Vaters zu gießen. Sie sprach nicht darüber. David begleitete sie still und verstand es als etwas sehr Privates, Vertrauliches, in das sie ihn hier einbezog. Es machte ihn zufrieden, bei diesem Gang an ihrer Seite sein zu dürfen.
Am darauffolgenden Tag gab es wieder etwas, was sie ihm zeigen wollte: »Ich will mal sehen, ob ich mit Ihnen einen Ort wiederfinde, an dem ich sehr lange nicht mehr war.«
Sie gingen an den letzten Häusern vorbei, raus auf die andere Seite des Höhenweges, jene Gerade, die David so gut bekannt war. Auf der Leitung, die auf Holzmasten den Weg begleitete, saßen gerade einige Rauchschwalben. David betrachtete sie. Er hatte sie auf seinen täglichen Spaziergängen längst bemerkt. Sie gefielen ihm sehr.
»An alten Bauernhäusern, wie meinem, bauen die gerne ihre Nester unterm Dachvorsprung«, sagte Cora.
Die Schwalben flogen mit ihren weißen Bäuchen flink herum und zwitscherten lieblich, sie flatterten tief über das

Gras und das Korn und jetzt saßen sie gerne auf der Leitung. Cora sah David fragend an, der Geste machte, die Schwalben zu zählen.

»Siebzehn Schwalben machen schon einen Sommer!«, erklärte er.

»Siebzehn schon«, stimmte sie heiter zu.

»Die sind so schön. Die gibt es bei uns in der Stadt nicht«, sagte er, »in der Stadt, da gibt es nur die Mauersegler. Zu denen sagen die Leute Schwalben. Aber das sind sie nicht. Sie sind anders. Die Mauersegler schwirren die ganze Zeit durch die Luft, sie sind ahasverisch, ruhelos, sie scheinen die Erde nicht zu kennen. Sie schwirren durch die Luft wie stählerne Sicheln. Und dabei schreien sie. Es sind ganz schrille Schreie. Die machen einen wahnsinnig! In der Stadt steht die Hitze. Das ist wie Fieber. Und diese Vögel kreisen durch dieses helle, leere Himmelsblau, es ist ein reißender Flug, und sie werfen diesen Flug gegen die Mauern, bevor sie scharf abdrehen und gleich darauf in ihrer Schar wiederkehren. Das tun sie bis in den späten Abend, bis die untergehende Sonne in ihren Flügeln schimmert wie in mattem Metall. Während die luftleere Stadt auf ein wenig Erlösung wartet, drehen sie ihre reißenden Kreise, treiben ihren Flug wie Wellen gegen die Mauern, und dabei schrillen sie, das ist so durchdringend wie scharfe Klingen. Das scheint der unerträglichen Hitze die perfekte Stimme zugeben.«

»Jetzt gibt es Schwalben«, sagte Cora besänftigend und bündig.

Sie kamen an den Panorama-Hof. Hier hatte sie schon als Kind den Kälbchen die Flasche gegeben und auf dem Traktor war sie mitgefahren. Sie schauten hinein in den offenen Holzschuppen des »Eier-Heisjes« und kauften sich dort ein Eis. Setzten sich auf die kleine Bank vor dem Schuppen und warteten, ob Tobi wohl ein Zeichen von Anwesenheit zeigte. Vielleicht war er ja nicht in den Feldern oder bei den Tieren in den Wiesen, sondern in den Ställen oder schraubte am Traktor und kam zufällig vorbei.
»Ich kenne Tobi, seit er ganz klein war. Er war immer ein guter Junge, leiser als die anderen, aufmerksam, empfindsam, sensibel. Ich mag ihn«, sagte sie.
»Ich mag ihn auch. Er hat den Mut zum Denken und zum Träumen. Vor ein paar Wochen, als wir uns kennenlernten, da wollte er mich überreden, mit ihm irgendwo in der Ferne in eine Bude zu ziehen. Er träumt davon, dass er und ich unsere Studentenzeit nachholen«, lächelte er.
»Und von was träumen Sie?«, fragte sie.
»Tobis Traum ist schön. Ich mag den Traum. Aber meiner ist stärker. Ich würde gerne ... wenn ich den Wunsch hätte ... ich würde gerne hierbleiben.«
Er sagte es mit einem tiefen Blick durch ein Feld. Auf das zufällige Erscheinen Tobis wartend, hatten sie sich nun an das Feld neben dem ›Heisje‹ gestellt. Und schauten hindurch und dabei in das tiefe, reiche, endlos erscheinende Antlitz einer Million kleinwüchsiger Sonnenblumen. Die Pflanzung wuchs gerade gewaltig an. Ein gelbes, strahlendes Meer wogender Blütenköpfe. Es war eine

wundervolle Impression des Sommers. Ein starkes Sinnbild. Jetzt die Zeit festhalten dürfen, dachten sie beide – jetzt so bleiben dürfen, die Ewigkeit unseres Lebens lang oder die Ewigkeit an sich.

Sie aßen den Rest ihres Orange-Minze und schwiegen, erfüllt von dem gemeinsamen Moment. Am ›Heisje‹ und auf der kleinen, gastlichen Wiese dahinter tauchten immer wieder Leute auf. Wanderer und Radfahrer, die vorbeikamen und einen kurzen Halt machten. Sie entdeckten im ›Heisje‹ eine neue Eissorte oder das würzige Malzbier und rasteten ein Weilchen. Man grüßte sich und betrachtete sich wohlwollend. Man gönnte einander das Gastsein. Und man warf einen erfüllten Blick in das fotogene Feld, in dem die Blumen lachten wie das geborene Antlitz der Sonne auf Erden, und setzte seinen Weg dann fort.

Der Spaziergang ging weiter und sehr bald kamen Cora und David an den letzten Hof des Höhenweges. Sie führte ihn nach rechts in den Weg hinein, der dort lag. Es ging ein kleines Stück abwärts, fast bis zum Rand des Waldes hin. Dort lag eine Lichtung mit einem alten, verfallenen Hof. Sie traten ein in die wilde Romantik eines aufgegebenen Ortes.

»Den Hof kannte ich schon, als hier noch Leben war«, erzählte sie.

Jetzt stapften sie durch hohe Gräser, in denen alles versank. Cora schwankte, sie war auf etwas getreten und beinahe gefallen. Er reichte ihr seine Hand. Sie hielten sich. Ein Kirschbaum lockte sie an. Es waren dunkle Wildkirschen. David pflückte für sie beide welche ab. Er musste sich ganz strecken. Er bog sich in die Höhe und wankte auf dem unsicheren Grund. Cora legte, wie bei einem Tanz – ihre Hände um seine Taille, um ihn zu halten. Sie genossen die köstlichen Früchte.

Dann wagten sie sich gemeinsam zu den alten Stallungen. Da woben sich Reste von Schafwolle in das Stroh am Boden. Die schwere Tonne eines alten Eisenofens lag festgemauert da. Das schwere, dunkle Gebälk des Stalles roch nach sich selbst und offenbarte lange vergangene Zeiten. Die Mauern waren offen zu einem Hintergrund aus Gestrüpp. Eine blinde Wildnis, die sich ballte und in der man vom vergangenen Hofbetrieb nichts mehr sah. Wo es vorher vielleicht ein Holzlager oder kleine Ziegengatter oder ein Futtersilo gegeben hatte, war jetzt nichts mehr. Alle Spuren hatten sich ausgewachsen und waren verwischt. Sie gingen wieder hinaus. Als sie wieder durch die unsichere Wiese gingen, hielten sie sich an der Hand. Cora wollte zu der Schaukel, die noch dastand. Sie war verwittert, bewegte sich aber noch.

»Mit den Kindern hier haben wir oft gespielt« erzählte sie, während sie sich auf die Schaukel setzte und sich anstieß. Sie schwang sich empor, der Wind ihrer Bewegung wehte das tiefbraune, lockige Haar berauschend auf. Er saß vor ihr im verwilderten Gras und sah sie an. Sie trug ein leichtes, kurzes, schokobraunes Sommerkleid mit weißen Punkten. Ihre Schultern waren frei, sie zeigte viel Haut. Und er sah in ihren Ausschnitt, der die nackten Ansätze

ihrer üppigen Brüste zeigte und die erregend tiefe Spalte dazwischen, sie war dunkel und warm und schien Einblick zu bieten bis scheinbar zum Herzen hin. Der Einblick war purer Reiz, er versprach sexuelle Geborgenheit, er zeigte diese Formen, die die Symbole eines zeitlosen, ewig bleibenden Glückes einzelner Stunden waren. David war voller Sehnsucht nach Cora. Er sehnte sich nach der Vollendung ihrer gemeinsamen Nähe und er sog an ihrem körperlichen Duft und an den leichten, beiläufigen Berührungen, die es zwischen ihnen gab. In der Luft lag Lust!
Und sie öffnete im Taumel des eigenen Windes einen weiteren Knopf des Kleides. Sie schwang ausgelassen und spürte den Rausch des Windes auf ihrer Haut. Dass er sie berührte bis an alle Stellen ihres Körpers hin. Sie fühlte sich wie nackt und sie genoss es, gab sich dem Gefühl ganz hin. Auf der Schaukel flog sie David entgegen und lachte. Ihre schönen Augen schauten ihn warm und abenteuerlich an. Ihr Gesicht war voller Lachen und voller Atemlosigkeit, die ihre roten Wangen hoben. Nicht den Boden verlieren, sagte ihr eine Stimme, aber dann dachte sie bei sich: Dieser Mann, der lässt mich fliegen! Sie flog, und je wilder sie war, desto fester und verwegener hielt sich der Blick der beiden. Ihre lebhaften Augen ließen einander nicht los.
»Ich war so lange nicht mehr hier. Erst jetzt mit Ihnen. Ist ein bisschen so, als wären Sie für mich ein Schlüssel, David.«

»Schlüssel?«, fragte er und verkniff die Mundwinkel, »klingt irgendwie hart und metallisch.«

»Ist länglich, hat eine empfindliche Spitze und ist nur für eine einzige Tür gedacht!«, ulkte sie deftig.

Sie war für den Sommergast dankbar. Mit seinen Augen entdeckte sie ihre alten Orte wieder. Plätze, an denen sie lange nicht mehr gewesen war. Es fehlte der Anlass, sie wiederzusehen. Jetzt führte der Gast sie im Laufe der Tage in ihrem ganzen Umkreis herum. »Hier sind wir als Kinder Schlitten gefahren … hier stand früher ein Baum mit riesigen Birnen … die großen Bäume da drüben haben wir damals gepflanzt … wenn man an dieser Wiese hier frühmorgens vorübergeht, dann kann man sehen, wie aus den Gräserspitzen die Ohren der Wildschweine herausschauen …«

***

Am nächsten Tag gingen sie nicht. Denn es war ein heftiges Sommergewitter gemeldet. David ging alleine hinaus auf den Höhenweg. Er konnte nicht widerstehen. Er hatte geahnt, welches Schauspiel in diesem großen Horizont von Himmel und Erde aufziehen und sich bieten würde. Es war voller Reinheit und Kraft in einem wunderbaren Panorama heftiger, dunkler Farben. Der Sommergast erlebte die erhabene Gewalt des Unwetters hautnah. Er hatte das Gefühl, das Wetter schon lange nicht mehr so nahe und so intensiv erlebt zu haben. Und wenn er in sich fühlte und sich nach diesem Gefühl fragte, dann waren es wieder nur die Erinnerungen aus einer Zeit, in der er viel jünger gewesen war. Als hätte er nur damals wirklich gelebt. Am Ende, als die Nässe wie gischtende, zerspringende Wellen herabtraf, rettete er sich in das »Eier-Heisje« vom Panorama-Hof. Das Wasser kam mit elementarer Kraft. Und er saß in dem kleinen Holzverschlag, mit einem Gefühl von Herzklopfen und von Geborgenheit.

An den Tagen danach war es nicht heiß. Cora und David gingen unter einem schön gemalten Wolkenhimmel mit etwas Sonne dahin. Wieder ein langer, entspannter Spaziergang. An einem Rain bog sie ein und stapfte durch hohes Gras, eine verwilderte Stelle zu einem Apfelbaum hin, der sich unter seiner Frucht noch tiefer neigte als ohnedies. Stamm und Äste waren klein und krumm. Die Zweige hingen fast bis zum Boden und schlossen sich mit den hohen Gräsern zu einer Dichte. Es war eine zutiefst heimliche und lauschige Stelle.

»Ich hab schon als Kind hier gelegen. Hier hat kein Mensch einen gesehen. Man konnte ganz für sich sein«, erzählte sie.

»Ein wunderbares Refugium«, fand er.

»Nicht sprechen!«

Sie neigte sich ganz zu ihm hin. Sie sah ihn an. Und er versank in ihren wunderbaren, bunten, belebten Augen. Und sie, in intensiver Geste, beschwor ihre beiden Worte indem sie einen Finger auf ihre Lippen legte.

»Nicht sprechen«, flüsterte sie zart und zeigte verspielt ihre Angst, »sonst entdeckt er uns. Er hat scharfe Augen und scharfe Krallen!«

Ihr Finger wies nun an den Himmel. Und er spähte durch die kleine Apfelkuppel empor. Über ihnen in der blauen Luft lag kreisend ein riesiger Greifvogel. Er hatte selten so ein schönes Tier gesehen.
»Roter Milan. Selten. Gibt's bei uns. Genau die richtige Landschaft – Hecken und Wälder und viele gemischte Felder, Äcker und Wiesen. Das ist das Mosaik, das er braucht. Er fühlt sich hier wohl.«
David bestaunte die Erscheinung. Folgte dem elegant schwebenden, fast schwerelosen Suchflug des Greifvogels in der Schönheit und Freiheit des Sommerhimmels. Er sah ihn nah, er sah die starke, fuchsbraune Brust, die sich gefiedert ausstreckte in die weiße und schwarze Weite der Flügelspitzen.
»Mit ausgebreiteten Flügeln ist er so groß wie ein Mann«, flüsterte sie.
Aus ihrem Apfelversteck betrachteten die beiden eine stille Weile diese schöne und wilde Gestalt. Dann, mit einem hellen, langgezogenen Ruf, welcher dem Land gleichsam schamanisch eine Wildnis gab, drehte der rote Milan ab. Es schwang ab und verschwand zu einem anderen Punkt des Mandelbacher Horizontes.
Cora und David blieben so still, wie sie waren. Sie brachen die Stille nicht und lagen im niedergelegten hohen Gras. Sie lagen in diesem kleinen, intimen Rund wie in einer Art von Bett. Völlige Entspannung nahm sie ein. Sie blieben nur wach durch die Anwesenheit des Andern ...

Am folgenden Tag hatte Cora keine Zeit. Wieder wollte sie jemanden besuchen. David fragte sich, ob es ein anderer Mann sei. Er hatte sie nicht zu fragen gewagt. Aus Angst vor der Frage und aus Angst vor der Antwort. Als er in der Nacht im Bett lag und das schwärmende, berauschende Gefühl in sich spürte, wie es sich gegen den kommenden leeren Tag auflehnte, da wusste er, dass er in dieser Nacht nicht schlafen würde. Er spürte nichts als sein Gefühl, diese übermächtige Sehnsucht, bei Cora zu sein und sie zu spüren. Er war voller Glück und kopfloser Energie. David war nichts als großes Gefühl, etwas Pures, eine glühende Reinform des Lebens. Und er kam über sich zu der Erkenntnis: »Für dich ist in einem Zimmer kein Platz. Für dieses Gefühl, aus dem du gerade bestehst, ist ein Zimmer viel zu klein!«

Er beschloss, seiner Schlaflosigkeit zuvorzukommen und spontan zu einem Spaziergang in die klare Nacht hinauszugehen. Dieses Gefühl, das er gerade hatte: Es ließ sich nicht in Schlaf legen. Es war so groß, dass er es den Sternen anvertrauen musste. Er stand auf, ging leise die Treppen und verschwand aus dem Haus. Er ging hinaus auf den vertrauten Höhenweg. Den hätte er mit verbundenen Augen gehen können. Dass der Weg wie eine Linie am Himmel entlanglief, war jetzt etwas ganz Besonderes. Dass diese Landschaft Mandelbachs gleichsam an den Himmel gehoben war, bedeutete nun eine Fülle von Sternen! So viele hatte David vielleicht einmal am Meer oder in den Bergen gesehen. Er betrachtete das astronomische

Panorama und wusste noch nicht, dass er die ganze Nacht und alle Wandlungen des Firmaments erleben würde – er sollte erst am Morgen in sein Zimmer zurückkehren.

Er setzte sich auf die hölzerne Bank, die ein Stück hinter dem Panorama-Hof am Weg stand. Und schaute aus. In der frühen Nacht war über der berauschenden Weite von Wäldern, hoch im Norden, ein letzter Glanz von überirdischer Helle zu sehen, die nur langsam abklang. Auch die Stimme des Sommers – das Stridulieren der Heuschrecken, das mit schwerelos rasselndem Schall schillernd die Luft durchdrang – klang tief in der Dunkelheit langsam ab. Und auch das kosmische Pfeifen der Feldgrillen, das lange das idyllische Bild der Abendstille riffelte, legte sich in die Nacht hinein irgendwann.

Er legte sich auf die Bank hin. Der Mond war in dieser Nacht nicht im Dienst. Es war klar und dunkel, als David über die Milchstraße spazierte. Staunend und still. Der Himmel präsentierte seine ganze Pracht. Davids Blick ging weit. In alle Tiefe. Galaktisch. Er schwärmte durch diesen Himmel, in dem die schwarze Erde schwebte. Jetzt begriff er den Raum als das Umgebende. »Die Sterne, die stehen gar nicht über dir. Die liegen vor dir, die liegen rechts und links und sogar unter dir, in alle Richtungen. Wie wahr es ist, dass die Nacht das Eigentliche ist, vordergründig verdeckt vom hellen Blau des Tages. Und dass die Erde nur ein Klumpen ist in der Welt der Sterne ...«

Er sah den klaren Raum mit seinen Sternbildern und seiner verstreuten Menge bildloser, heller Punkte, dazwischen die nächtlichen Flugzeuge und Satelliten wie Bojen auf endlosem Meer. Die Sternenwelt umgab ihn, er war in sie eingetaucht. Er überließ sich ganz dieser lautlosen Pracht. Er sah den Raum, wie er wirklich ist. Und er verstand etwas von den Dimensionen. Als würde er darin eine höhere Wirklichkeit verstehen. Und mit einem Mal da war es ihm sogar schlagartig klar. Es gab vor seinem bewussten Auge einen astronomischen Schuss. Eine gewaltige Sternschnuppe streifte die Atmosphäre. Eine Erscheinung, die atemberaubend war in ihrer Geschwindigkeit und Länge. Ein Licht, aufgetaucht aus der Tiefe des Alls. Ein Zeichen. David dachte an Cora. Nichts anderes stand für ihn geschrieben. Er sagte sich ihren Namen und damit seinen Wunsch. Und er spürte, dass es keine leere Sehnsucht war. Dieser Moment machte ihn glücklich, er erfüllte ihn. Er war beschenkt von dem Gefühl, das ihn trug. Und dieses außerirdische Licht machte diese Nacht für eine ewige Sekunde umso feierlicher.

Irgendwann wurde es kühler. David hatte vor ein paar Tagen eine Decke von Cora mit nach Hause genommen. Die hatte er jetzt dabei und deckte sich zu. Er hielt sie fest, drückte sie an sich, und darin waren Coras Wärme und ihr Duft. David verbrachte eine Nacht in den Sternen, fühlte sich dort zugleich verloren und gefunden und sprach in dieses allbedeutende Nichts: »Cora, ich liebe dich! Dieses Gefühl hat mein Leben aus seiner kleinen Spur gerissen und in eine planetarische Bahn geworfen!« Er legte sich in einen Halbschlaf und spürte eine Nacht lang sich selbst. Irgendwann packte ihn die offene Kühle. Die Milde der Nacht war abgeklungen. Er erwachte ganz und setzte sich auf. Es war etwa vier Uhr. Es gab den Ruf einzelner Vogelstimmen – er erklang nur, um zu hören, ob es eine Antwort gab. Aber noch herrschte die völlige Dunkelheit.

Er blieb nun sitzen. Eingetaucht in die Art von Innigkeit, die in völligem Dunkel lag. Jetzt herrschte die felsige Frische des Morgens. Die Sphäre der Nacht verklang. Die Sterne zogen sich zurück in die ewige Tiefe und verschwanden. Es war, als würde ein Bewusstsein abgelöst von einem anderen. Es war das Erwachen der Erde aus ihrem Schlaf. Mit jeder Vogelstimme mehr, die sich wagte, kehrte die Natur zu sich zurück. Nun wurde alles wieder irdisch.

Dies dauerte lange Zeit. Als ringe dieses irdische Bewusstsein mit sich selbst. Es war nicht mehr als ein blasser, kaum bemerkter Schimmer. Es schien, er müsse sich einer Farbe klar werden. Es war Blau. Noch lange blass. Und doch lebendig. Es war wie Schöpfung. Es gab nur Himmel und Boden. Als dumpfe Massen. Vom Licht noch nicht aufgeklärt und nicht verfeinert, nicht in die Faser belebt. Doch das Licht wurde sich gewiss. Das Blau wurde stärker. Wie ein Meer, das sich erwärmt. Und dann war es ein sphärisches Spiel, wie alle Variationen von Licht und Farbe durch Himmel und Land gingen, wie eine wunderbare Abfolge von Klang, wie eine Sinfonie von kosmischem Violett, kosmischem Purpur, kosmischem Gelb.

Die einzelnen Bäume und Häuser tauchten auf. Wurden wieder zu Wirklichkeit. Das Dunkel zog sich zurück wie Flut. Wie Wasser floss es ab, konnte man sehen. Erst aus den offenen Flächen und von den Wegen. Es staute sich noch in den Gräben und in den Tälern, es rann aus den Büschen rascher als aus den Wäldern. Auf der nördlichen Seite erhoben sich hingestreckt die dunklen Wälder, still und mythisch lagen sie da, als seien es schlafende und erwachende Riesen. Die Größe der Natur und die Weite des Landes tauchte wieder auf. Und dann brach das blanke Licht seinerseits den Damm. Der Tag flutete als gleißendes Gold über den Horizont.

David hatte in großem Rahmen gefeiert. Das schönste aller Gefühle. Es hatte ihn unter dem kleinen Winkeldach hervorgeholt. Er hatte aus Liebe eine Nacht in den Sternen verbracht. So groß und einzigartig erschien ihm dieses Gefühl, dass er es an den Himmel steigen ließ. Er hatte sich ihm anvertraut. Ein riesiger Raum von Intimität. Und jetzt war es, als sei dieses Gefühl für Cora umso mehr. Er war von seiner Müdigkeit angenehm benommen. Er neigte zum Lächeln. Mit diesem Tag verband ihn etwas ganz Besonderes. Er verschwor ihn geradezu. Er hatte seine Geburt erlebt. Und er spürte, wie dieses Erlebnis ihn noch näher zu dieser Landschaft brachte. Ihn mit ihr noch vertrauter machte. Tief. Er hatte diese Landschaft in ihrem Schlaf berührt. Er hatte in ihren ruhenden Armen gelegen wie auf sanften Wellen. Von morgendlicher Flut an ein Ufer gespült, raffte er sich auf. Die Frische des

Morgens war stark und ging ihm ins Blut, als wär er mit Natur verwachsen. Er legte Coras wärmende Wolldecke zusammen und ging auf dem Höhenweg zurück. Er genoss aus vollkommener Nähe den Eindruck der durch die Nacht erfrischten Natur. Und es war wie Cora gesagt hatte: Bei den Wiesen am Waldrand sah man so früh am Morgen, wie die Ohren von Wildschweinen lauschend aus den Gräserspitzen schauten.

Er kam zum Dorf zurück. Alle schliefen noch. Er ging in den Seitenweg und blieb einen Moment an Coras Haus. Er hätte sie jetzt einfach aufwecken können. Sie hätte ihn schlaftrunken angesehen. Sie hätte sich nicht beschwert, nein, nur irritiert gelächelt. Es passte nicht. Sie war noch in der Welt der Sterne, unerreichbar für David. Das hatte einen Reiz. Etwas, was diese Frau noch kostbarer machte, und sein Gefühl umso stärker. Er genoss den starken, fast schmerzhaften Traum, der in Coras Unerreichbarkeit lag. Er träumte vom nächsten Tag und vom übernächsten und ... so ging er nach Hause. Nach seiner ›wilden‹ Übernachtung ging er ins Bett und schlief bis zum Mittag. Die restlichen Stunden bis in den Schlaf der nächsten Nacht waren ohne erzählerischen Wert.

5   EINSSEIN

Der einsame Tag war vergangen. Am nächsten Nachmittag holte David Cora wieder von der Arbeit ab.
»Ich hab mich schon den ganzen Tag darauf gefreut«, gestand sie.
»Ich mich sowieso«, sagte er.
Und hängte an: »Schön, dass du heute Zeit hast.«
»Die Gemeindeverwaltung kümmert sich um ihre Gäste!«, proklamierte sie lachend, und sie verließen die amtlichen Räume.
»Streifen wir einfach ein wenig umher. Ich glaube, wir haben Talent dazu.«
»Mit dir führt jeder Weg zu einer Entdeckung«, stimmte er zu.
Sie war jetzt daran gewöhnt, seine ländliche Auszeit zu teilen. Sie genoss die Stunden in der freien Natur. Die Monotonie ewigen Sonnenlichts wurde ihr dieses Jahr nicht langweilig. Sie war vorbereitet auf die Hitze, die jetzt wie ein beständiger Wert herrschte. Als würde sie zum Strand gehen, hatte sie eine große, bunt gestreifte Sommertasche bei sich. Darin waren eine Picknickdecke, Sonnencreme, Limonade, eine Sonnenbrille und ein Lesebuch. Es kam ihr vor wie Urlaub in der eigenen Heimat ...
Wieder variierten sie den Weg. Und landeten diesmal in einer Verlassenheit, die in den Rainen lag, den Feld-

hecken aus Schlehen, Wildrosen und Kirschen. Ein paar Ringeltauben flogen auf. Ein großer Feldhase nahm einen neugierigen Blick und dann Reißaus. Einige hängende Zweige boten reife Mirabellen an, sie waren gelb und voll und köstlich, und die beiden aßen ausgiebig davon. Dann raffte David vom nahen Weg etwas von dem trockenen Heu, das bei der Mahd angefallen war und das auf dem Asphalt zu einer goldenen Lage getrocknet war. Darauf legten sie sich in der versteckten Wiese, geschützt vom Schatten des fruchtbaren und dicht verflochtenen Rains. In der Luft lag der rasselnde Schall der Heuschrecken und schraffierte als charakteristischer Klang das Bild der ländlichen Idylle des Sommers.

Das Blau über ihnen war völlig unbewölkt, pur, und so schien es schwach zu sein, so hell war der Himmel. Erst am Abend bekam er sein Blau zurück. Die Sonne durchdrang ihn, und er umgab jetzt alles mit seiner Freiheit. Der Ruf des Mäusebussards in der Luft zeichnete sich darauf wie ein Pinselstrich, der die Weite des Raumes beschrieb. Vom nahen Flugplatz stiegen kleine Maschinen auf, sie flogen vereinzelt und langsam durch dieses Lichtblau und quirlten hell brummend wie Fischkutter. Die beiden betrachteten sie. Sie lagen im Gras. Taten nichts und genossen zugleich das Leben. Erlebten entspannte und erfüllte Stunden. Sie schliefen mit offenen Augen, sie lasen ein Buch und hingen Träumen nach. Und fühlten sich nah beieinander, denn in diesem Leben zwischen Himmel und Gras empfanden sie nichts so stark wie ihr Zusammensein.

Sie spürten, welche Intimität dieser Platz bedeutete, den sie sich gemacht hatten. Und nachdem sie in verlorenem Zeitgefühl für Minuten oder eine Stunde hingesunken waren, legte Cora das Kinn auf die verschränkten Handrücken und betrachtete mit verträumter Konzentration die Lebenszeichen der Grashalme. Sie tauchte ein in das Wunder im Kleinen und ergründete es. Ein filigraner und fast spiegelnd grüner Käfer krabbelte vorüber. Sie fixierte ihn liebevoll und folgte seinem Weg. Mit ihren bunten Augen glitzernd betrachtete sie das kleine Schmuckstück, während David sie dabei ebenso fasziniert anschaute und ihre glückliche Melancholie genoss. Und er schloss sich ihrem Bestaunen an, senkte sein Kinn auf seine verschränkten Handrücken, und nun sahen sie beide das Wunder im Kleinen, und es war wie verstärkt. Sie atmeten zart, während sie in den Zauber des Kleindimensionalen eintauchten.

»Geht es dir gut?«, fragte er sie.

Sie hatte die Schuhe ausgezogen und streckte die nackten Füße ins Gras aus und fühlte sich unendlich wohl.

»Ja«, sagte sie schnurrend, »dein Eindruck täuscht nicht.«

Sie genoss es, wie er mit ihr sprach.

Dann fragte sie ihn: »Sag mal: Seit wann duzen wir uns eigentlich?«

Die Antwort darauf war: »Seitdem ich dich zum ersten Mal gesehen hab, du süße Frau. Seitdem ich zum ersten Mal in deine bunten Augen geschaut hab und seitdem nichts anderes mehr sehen oder denken oder träumen kann und mit der Liebe zu dir eine ganze Nacht in den Sternen verbringe!«

Natürlich dachte er diese Worte bloß und sagte: »Seitdem ich deinen Nachnamen vergessen hab.«

Sie lachte: »Den hast du doch nie gekannt!«

Er lächelte verschmitzt und reichte ihr die Hand, um sich förmlich vorzustellen: »David«

»Und Cora!«

Sie hielten sich die Hand, bewahrten sie und sahen sich an. Dieser gemeinsame Moment schien ihnen zeitlos. Es vergingen Stunden. Die Sonne ging unter. Hoch am Himmel zogen Flugzeuge. Sie reisten mit einem Schweif. Sie spien ihn lautlos und groß aus, und er verflog. Er sah aus wie Flammen, und es schien, als würden Raketen oder große Kometen vorüberfliegen. Sie sahen den Spuren beim Verschwinden zu. Und die Natur verlor die Gestalt des Lichts und formte sich zu Silhouetten, Scherenschnitten. Von all dem Leben blieb nur ein schwarzer Umriss. Es blieb nur der Raum über dem Irdischen und die Sphäre der Gefühle, die sie verband.

Sie lagen so lange da, bis ihr Platz in die kosmische Lauschigkeit der Dämmerung eingetaucht war. Es kam sogar die Dunkelheit, die David seit der vorletzten Nacht so bekannt war, er hatte sie durchlebt und ihr seine Gefühle anvertraut – sein Geheimnis stand jetzt am Himmel. In dieser Dunkelheit verloren sie sich nicht. Sie fühlten sich eins geworden mit allem und lagen da in ihrer wunderbaren Zweisamkeit. In sichtbare Nähe, am Rande eines klei-

nen Waldes, tauchte ein anderer Zauber auf, den David seit langer Zeit nicht mehr erlebt hatte: Glühwürmchen ... In der Tiefe dieses Abends nahm Cora ihn mit zu sich nach Hause. Sie wollte ihn weiter einlassen in ihre kleine Welt. Sie vertraute darauf, dass er dieser kleinen Welt würdig sei, sie verstehe und sich hineinfinde, so wie er sich für ihren Garten begeistert und damit instinktiv ihr Haus entdeckt hatte. Zum ersten Mal trat er bei ihr ein. Er sah in der Küche getrocknete Kräuter hängen. Auf dem Schrank hockten zwei grinsende Hexen. Eine weitere hing – wild lachend und verwegen auf einem Reisigbesen reitend – an einem Faden von der Küchendecke herab.
»Meine Hexenhöhle!«, präsentierte sie ihre Küche.
»Die Hexen mache ich selbst«, sagte sie und zeigte ihm ein dunkles Tuch, »die nähe ich für den Basar der Gemeinde. Die werden dort verkauft für den guten Zweck.«
»Hexe für den guten Zweck«, wiederholte er ironisch und lachte sie neckend an.
Mit einem jähen Schwung hüllte sie sich ein. Es war ein nachtblaues Tuch aus samtenem Stoff, auf dem ein geheimnisvoller, fast magischer Schimmer lag. Sie schlang es um ihren Kopf. Und ihre Hand formte sich zu einer dämonisch beschwörenden Geste, und mit ihren großen, schönen Augen funkelte sie David dunkel an.
»Hexe für den guten Zweck«, fauchte sie, »aber sei dir nicht zu sicher, Männlein!«
Im gleichen Moment ging das Licht der Deckenlampe aus! Auf einen Schlag war alles schwarz. Das Zimmer war

weg. Stockdunkel. Bewusstes Nichts. Cora lachte schallend auf. Im Unsichtbaren berührte sie David, als dürfe es im Unsichtbaren sein. Sie streifte ihn übermütig mit den Fingern, wie ein gespensterhafter Hauch. Den Sommergast packte der Schreck. Irgendwann flammte eine Kerze auf. Er stand erstarrt da.

»Großer Gott! Wie hast du das nur geschafft? Wie hast du es denn mit einem Mal dunkel gemacht?«

»Das war nur Zufall«, meinte sie auflachend, »ein Wackelkontakt in der Lampe, was weiß ich? Das Ding spinnt seit ein paar Tagen.«

In David war der Schreck gefahren und er suchte, sich zu beruhigen. Cora betrachtete ihn amüsiert. Und neckte ihn mit dämonischen Augen.

»Weiche von mir, Hexe!«, schnaufte er.

Dann schaute sie ihn sanft an.

»Wenn ich wirklich eine Hexe wär' und böse Kräfte hätte, dann wär' ich doch zu dir nur gut.«

Ihre Augen strahlten still. Und er nickte.

»Ich weiß«, sagte er leise.

Als er nach Hause ging, sah er Gewitter, die in der Ferne am Horizont vorüberzogen. Giganteske Blitzlichter, die unaufhörlich aufflammten und eine gespenstische Stille nach sich zogen – lautlos in einer trockenen und warmen Luft. Mit den grellen Adern aus Licht wirkte der Himmel wie eine einzige Kuppel aus Amethyst, erfüllt von magisch wirkendem Geblitzel.

Die Stille einer unruhigen Stimmung blieb die ganze

Nacht. David wand sich in Halbschlaf. Er erinnerte sich an den Moment der Angst. Und als sein Halbschlaf sich vertiefte, da träumte er von Hexen. Eine kam über ihn, ihr Haar war wildes, lockiges Schwarz, ihre Augen waren ausdrucksvoll und voller Leben, intensiv und klug, sie war schön und dämonisch, durchdringend und liebevoll. Der Traum war wirr und berauschend. David schreckte auf. Er war atemlos, und sein Herz hallte in der Brust. Er war stark gereizt, voller Erregung und Verlangen, er lag in sexuellem Fieber, er brannte! Diese Macht, die ihn in seiner nächtlichen Fantasie beherrschte, war gleichermaßen schrecklich und wunderbar. Es verwirrte ihn, wie viel Reiz darin lag.

***

Am nächsten Tag, als es draußen noch lange genug hell war, ging er wieder zu Cora.
»Ich will mal nach der Lampe schauen. Das war ja schauerlich gestern«, sagte er an der Tür.
»Herein in die Hexenhöhle!«, sagte sie.
Sie machte sich noch immer über ihn lustig, umso mehr, nachdem er erwähnte, dass er in der Nacht von Hexen geträumt hatte. Er nahm sich des Wackelkontaktes an. Er prüfte die Sicherung, die Leitung und den Schalter, er verschraubte die Drähte in der Lüsterklemme neu und drehte die Glühbirne fest.
»Hast du Angst, dass die Hexe wieder über dich kommt?«, fragte sie lachend.

Dann sagte sie: »Danke, dass du mal danach schaust. Ich mag Männer, die Dinge schnell reparieren wollen. Und dann setz dich hin zu mir und iss ein Stück von meinem Kuchen.«

Sie saß am anderen Ende des Tisches und betrachtete ihn lange, während er zufrieden aß und schwieg. Ihr Blick ruhte auf ihm. Sie genoss ihren Gast, seine Anwesenheit, sein Wesen und dass er sich wohlfühlte bei ihr.

»Geht es dir gut?«, fragte sie.

Er lehnte sich nach dem Bissen etwas zurück und sagte offen: »Ja. Eigentlich fühle ich mich in deiner Hexenhöhle unendlich wohl.«

Sie lächelte.

»Das ist schön«, sagte sie, als sie aufstand und zum Küchenschrank hinter David ging und ihm dabei mit den Fingern und melancholischer Zärtlichkeit über die Schulter streifte.

»Bleib noch ein bisschen, ja?«

Er saß da und rührte selbstvergessen etwas Zucker in seinen Tee. Sie betrachtete ihn noch eine Weile. Einmal lachte sie auf. »Apropos Zucker«, sagte sie und holte etwas aus dem Küchenregal.

»Ich muss dir was zeigen. Schau mal: das hab ich gestern gekauft. Ein Päckchen Himalaya-Speisesalz. Was ganz Besonderes. Lies mal, was vorne drauf steht.«

»Vier Millionen Jahre alt«, las er vor.

»Okay, und jetzt die Rückseite.«

Er las und lachte auf: »Nur haltbar bis nächstes Jahr.«

»Also hatte ich doch unheimlich Glück, dass ich diese Köstlichkeit so kurz vor Verfall noch bekommen hab!«
»Ja, gerade noch einen Hauch vor dem Ende einer Ewigkeit. Im letzten Moment!«
Sie lachten. David hatte nicht gelogen. Es gefiel ihm in Coras Welt, er fühlte sich wohl in ihrer Atmosphäre und in ihren Dingen. Er äugte umher. Die Schränke der Küche waren aus echtem Holz und hatten eine warme, honigfarbene Lasur. Die Wand dazwischen war in einem besonderen Blau gestrichen – es war leicht dunkel, es war aquarellhaft und lebendig. Das Blau erinnerte David an Marc Chagall oder an rasch ziehende Wolken in einer nassen Spätdämmerung. Es war eine aufregende Farbe, die ihm sehr gefiel. An einer Stelle fehlte ein Bild. Am nächsten Tag rief er seine Kunsthandlung in der Stadt an und bestellte etwas. Dann kehrte er mit einem geheimnisvollen Rahmen zu Cora zurück. Sie entfernte das Packpapier vom Rahmen. Und brachte ein Bild zum Vorschein.
Er erklärte: »Vahine no te Vi – Frau mit Mango. Ich mag dieses Bild sehr. Sieh: das Kleid hat dasselbe Blau. Und es passt gut an diese Stelle an der Wand, wenn du es magst. Es ist ein Geschenk von mir.«
Sie betrachtete das Bild, fand es wunderschön und fragte: »Sag mir: Was gefällt dir an ihr?«
»Die vollen Farben. Und die milde Stärke in ihrem Gesicht. Ihr Bewusstsein trägt sich aus Instinkt. Sie ruht im Gefühl wahrhaften Lebens. Sie hält eine Mango in der Hand, aber eigentlich ist es das Leben. In ihrer warmen

Hand hält sie das Leben, sie hält es mit so einer Kraft und Wärme. So sehe ich das Bild.«
»Und siehst du mich auch so? Als schöne und starke Naive?«
»Ich will dich nicht gleichsetzen oder vergleichen. Doch ich sehe auch dich so voller Lebendigkeit, Natürlichkeit und Ausstrahlung. Wie die Frau auf der tropischen Insel liebst du deinen vertrauten Horizont. Und du weißt, wie es dahinter aussieht.«
»Paul Gauguin hat dieses Bild gemalt. Er hat Paris verlassen und auf Tahiti gelebt, er hat sein Paradies dort gesucht und ist auch dort verstorben. Ich kenne seine Geschichte. Du weißt doch: Piroschka hat Abitur!«
Er lachte. Sie aber wurde still und legte ihre Wange nachdenklich in die stützende Hand.
»Natürlich zu sein und über den Horizont zu schauen – beides kann einen Menschen sehr einsam machen, weißt du«, seufzte sie.
Er sah sie an und nickte.
»Die Menschen sind den Leuten fremd, hab ich mal geschrieben. Es ist leider so. Man bleibt allein, weil man sich nicht gemein genug machen kann.«
»Also haderst auch du damit. Du verstehst es einfach nicht. Du leidest unter der Einsamkeit, und es macht dich verzweifelt, dass sie dich so umgibt. Hast du das denn verdient? Sollte es denn nicht mehr nette Menschen um dich herum geben? Die auf dich zukommen und mit dir in Kontakt treten? Menschen, die dich einbeziehen, zu dir

stehen, dich verstehen, dich so annehmen, wie du bist?«
Sie fragte in der Art eines traurigen Selbstgespräches, und er nickte mit einer gewissen Bitternis.
»Es gibt manche Menschen, für die ich tatsächlich exotisch bin. Weil ich nicht in ihr Raster passe. Weil ich nicht das wollte, was für sie selbst wichtig ist. Ich komme ihnen leicht verrückt vor, und sie belächeln mich, so von oben herab. Da ist zum Beispiel eine alte Schulfreundin von mir. Wir haben keinen Kontakt. Dabei wohnt sie nur ein paar Häuser weiter – ein klinisch weißer Bungalow mit großer Terrasse und Doppelgarage. Gelegentlich sieht man sich auf der Straße. Dann sieht sie mich immer so herablassend amüsiert an – mich: die Geschiedene und Kinderlose, die allein in einem kleinen, farbenfrohen Hexenhaus lebt und früher gern Laientheater spielte.«
»Und die neuerdings gern mit Schriftstellern in den Wiesen rumhängt«, ergänzte David flachsend.
»Nein, liebe Cora, ich kenne diese amüsierte Herablassung nur zu gut. Dieses schlechte Gefühl, das manche Leute einem geben. Sie sorgen dafür, dass es einem nicht gutgeht. Meine Familie ist klein, zerrüttet, verstorben. Eine Cousine ist mir noch geblieben, eine ältere, alleinstehende, kinderlose Frau. Wir haben nur uns. Doch ich halte es nicht mit ihr aus! Ich bekomme immer zu hören, dass Geld mir doch viel wichtiger sein sollte. Sie drängt mich zu Grundbesitz, Haus, Auto, Zinsen. Sie versteht nicht, dass ich bei meinem Bank-Job nicht mehr auf solche Werte ziele. Ich müsste schon viel weiter sein im Le-

ben, meint sie. Von meinem Schreiben hält sie nichts. Sie sagt lapidar, sie sei kein Mensch mehr auf der Suche, sie habe den richtigen Weg längst gefunden.«

»Ist wohl nicht so ihr Ding, Menschen zu verstehen und auf sie einzugehen«, wandte Cora ein.

»Nun, sie ist studierte Diplompädagogin und Ressortleiterin im Sozialamt der Stadt«, erwiderte David.

Cora blickte erstaunt. Sie verkniff die Mundwinkel und zuckte beklommen die Schultern. Dann meinte sie lakonisch und geradezu aphoristisch: »Berufe können sich nicht wehren gegen den, der sie sich aussucht.«

»Von oben blickt sie mit süffisantem Unverständnis und gönnerhafter Härte auf ihre Fälle herab. Sie ist hochmütig und zeigt ausdrückliche Stärke. Ständig muss sie sich einreden, wie stark sie ist. Deshalb baut sie sich auch gerne an mir auf. Das Schlimmste an ihrer Lebenslüge ist, dass sie mich als Gegenpol benutzt. Sie sagt zu mir: Bei dir, da muss alles ordentlich sein, organisiert und geplant, da ist alles so beherrscht und nichts ist frei. Sie dagegen sei wundervoll spontan, weltoffen und tolerant, kreativ und inspiriert, jung und dynamisch, in jeder Art beweglich. Aber weißt du: Was ich sehe, ist eine alternde, ängstliche, erstarrte Frau. Voller Argwohn und Machtbewusstsein, voller Vorurteile und verstockter Meinungen. Mit ihren dürren Lippen spricht sie von sinnlicher Fülle. Sie erscheint mir wie eine Holzfigur, die sich in einer Leier sagt, wie fließend sie sich im Leben bewegt. Dabei ist sie engherzig und geizig, dominant und dis-

tanziert, und nichts geschieht bei ihr aus der sinnlichen Güte eines intuitiven, offen fließenden Herzens! In ihrer starren, harten Art verletzt sie Menschen mit dem, was sie für die Wahrheit hält und was sie sagt. Es ist wie ein böses Gebet, wie ein Fluch, von dem ich mich zu befreien suche. Ich habe oft versucht, ein anderes Bild von mir zu geben. Doch das ist nicht gewünscht. Sie presst mich in eine Form, die ich niemals lösen kann. Aus dieser Schublade komme ich nicht mehr raus. Die ist verschlossen, zugenagelt!«
Er sagte das fiebernd, er schnaufte, er redete es sich von der Seele.
»Man hat die Lebenslüge der Leute vor Augen und nicht den Mut, es ihnen zu sagen«, meinte Cora ratlos.
»Und vielleicht haben die von uns ja dasselbe Bild, wer weiß. Dass wir in irgendeiner Lüge oder Traumwelt leben. Vielleicht denken die noch, wir wären unzufrieden mit uns selbst oder neidisch auf sie«, wandte David ein.
»Wenn ich an meine ehemalige Klassenkameradin denke, glaub mir: Ich hätte ihr Leben nicht gewollt. Sie ist genauso alt wie ich. Sie will immer glauben, wie lebhaft und aktiv sie ist. Aber wenn du sie dann reden hörst: Welche Krankheiten es gibt und wer gestorben ist. Und was sie an diesem Tag im Haus geputzt hat. Mit dem Wischmopp kreist sie um ihre Lebensmitte, sie beschwört sie. Der nächste Geburtstagskaffee mit der erweiterten Familie oder der abendliche Fernsehfußball mit dem Ehemann, vom täglichen Rotwein legal betäubt – das ist für

sie der paradiesische Zustand. Darin liegt alles, was sie will. Weißt du: So wie diese Frauen bin ich nicht. So wollte ich nie sein!«

»Bist du ja auch nicht.«

»Aber manchmal frage ich mich schon, wie ich dann bin. Bin ich denn glücklich? Bin ich zufriedener als sie?«

»Du hast dir dein eigenes Leben gesucht.«

»Und noch nicht gefunden.«

»Du bewegst dich noch im Leben. Das ist bei mir nicht anders. Du bist auf deinem Weg. Du suchst noch nach der endgültigen Form und willst sie vielleicht noch gar nicht gefunden haben, es wäre zu früh. Bei diesen Frauen aber ist schon alles fest. Zementiert in einer sehr kleinen Lebensmitte, wie du sagst.«

»Die sitzt in so einer Enge drin und lauert auf jede Abweichung vom Normalen. Wenn sie einen fragt und zuhört, dann scheint sie nur zu warten. Um dann geladen wie eine Sprungfeder loszulachen. Dafür dreht sie deine Worte auch gern mal auf den Kopf. Sie lacht viel und vollmundig, sie lacht ganz ausdrücklich. Und immer ist es Hohn und Spott auf die, die nicht so sind wie sie. Eine enge, gepresste Stimme hat sie, die klingt schneidend, wenn sie richtig anhebt. Diese Frau bohrt sich rein, sie diskutiert und will moralisch recht behalten. Doch nichts an ihr ist wirklich moralisch, weißt du. Trotz all der Engherzigkeit und Strenge, trotz all der bürgerlichen Vorschriften, die ihr sagen, was normal ist. So spießig sie ist, so verdorben ist sie. Sie ist clever und gerissen. Und dieser ganze Eigennutz, die Missgunst und die Lästerei, die Intriganz und die Intoleranz der kleinen Leute – das bezeichne ich als zutiefst unmoralisch!«

Cora war emotional, aufgebracht, wütend, verletzt, enttäuscht und einsam, sie verstand es nicht und redete es sich angeekelt von der Seele.

»Diese Art. Diese ätzende Lebhaftigkeit, die sie aufsetzt. Diese biedere Kernigkeit, die sie zum Ausdruck bringt. So quirlig und sich selbst bestätigend. Amüsierte Geringschätzung und Strenge gegenüber denen, die anders sind. So ein höhnischer Argwohn aus engem Geist heraus. So ein zwanghafter Hohn. Sie muss furchtbar lachen über Menschen, die anders sind. Wie Säure ergießt sich ihr Spott über einen. Sie macht einen ganz klein vor sich selbst und macht, dass man sich schlecht fühlt. Es ist einfach kein menschliches Gespräch. Sie gönnt nicht und sie zeigt keine Gefühle. Sie wartet nur auf diesen Punkt, an dem sie dich vor dir selbst lächerlich machen kann. Jedes deiner Worte kann verbogen werden und sich gegen dich richten. Sie bohrt sich rein und sie verbeißt sich. Kleinliche Diskussionen entzünden sich. Sie sucht die Lücke, auf die sie ihre negative Kraft ausübt. Sie ist so negativ wie eine Seite des Magneten. Das hat Kraft – wenn auch keine gute.«

Sie schnaufte hitzig und schwieg nun, und er schwieg eine Weile mit ihr.

»Weißt du, vor Kurzem da hab ich zu Tobi gesagt: Wenn sie irgendwann nicht mehr über dich lachen, dann weißt du, dass du irgendwas falsch machst. Du könntest es so sehen: Solange du das Hohnlachen dieser Frau hast und ihre Ablehnung, weißt du, dass du nach deinen Begriffen richtig lebst.«

»Ja, aber weißt du, wie schwer es manchmal ist, sich damit gut zu fühlen? Weißt du, wie schwer es ist, sich über all das zu erheben und wirklich frei zu sein? Wenn man ein bisschen anders ist als die Leute, dann geben sie es dir zu spüren. Sie lehnen dich ab, sie kippen deinen Tag, und das geht einem nach, unweigerlich.«

»Tobi, unser junger Freund, hat leider die gleiche Erfahrung gemacht und das Gleiche gesagt. Er meinte, wir alle wollen doch von unseren Mitmenschen akzeptiert und respektiert werden.«

»Wir drei müssen wohl damit leben, dass wir Außenseiter sind ...«

»Es aushalten und damit einigermaßen zufrieden zurechtkommen ...«

»Die Leute sind so anders. Oder du bist so anders. Du zweifelst. Du kannst dich nicht wehren dagegen. Man fühlt die Ansprüche der ganz normalen Leute an sich gestellt und fragt sich unweigerlich, ob man ihnen gerecht wird. Manchmal denkt man dann: So sollte ich eigentlich sein, wie die. So hätte ich werden sollen. Aber es hat irgendwie nicht funktioniert«, meinte sie schulterzuckend. Wieder schwiegen sie eine Weile.

»Du siehst, liebe Cora: wir beide quälen uns mit Gedanken an Menschen, die uns nahe sind, aber uns näher sein sollten. Die uns gerne haben sollten. Die uns guttun sollten. Die uns verstehen und uns annehmen sollten, so wie wir sind. Und dass es nicht so ist, das verletzt uns und macht uns verzweifelt.«

»So wie sie bin ich einfach nicht geworden. Diese Frauen stehen seit zwanzig Jahren am Fußballplatz. Sie stehen am Rand und feuern in faden, seltsam leeren Wochenend-Stunden ihre Freunde, Verlobten, Ehemänner an. Und dann ihre Söhne. Die haben tatsächlich nie was anderes erlebt. Der heimische Acker als Horizont – das gibt es. Sie gehen darin auf. Ein ganzes Leben im Kleinen. Da bleibt kein Sinn für Unerfülltes, keine Sehnsucht. Nichts zieht sie weg. Mal an die kühle Nordsee im Sommer oder ins bayerische Trachtendorf, das war's. Ansonsten immer schön den Horizont kleingehalten. Sie verteidigen ihre engen Grenzen gegen jeden, der darüber hinausgeht. Sie wollen nicht wissen, was die Fernreisenden ihnen berichten. Sie wollen nicht wissen, dass es den Rest der Welt gibt. Sie wollen keine Ahnung haben von dem, was an Kultur und Bildung vor sich geht. Sie wenden sich dagegen. Und machen es nieder. Deshalb geht offen sprechen nicht. Jedenfalls nicht für mich.«

»Sei froh, dass du so bist, wie du bist, Cora. Ich bin es auch ...«

»Du bist froh, dass ich so bin, wie ich bin?«

»Ja, ich bin es.«

Da sah sie ihn an.

Und fragte ihn: »Sag mir, Herr Schriftsteller: Bin ich nicht zu einfach für dich?«

David sah sie an und sagte: »Nein, Cora, bist du nicht. Es ist gut so, wie du bist. Ich finde dich genau gut so.«
Sie lächelte.
»Morgen hab ich keine Zeit für dich«, sagte sie nach einer Pause abrupt, »da gehe ich wieder jemanden besuchen.«
Er sah sie an und wusste, dass es ihn wieder daran erinnern würde, wie langsam ein Tag in der Qual der Einsamkeit verging und wie weit er sich von seiner Einsamkeit nun schon entfernt hatte. Und so rutschte es ihm nun heraus.
»Sag mir: Ist es ein Mann, mit dem du dich triffst?«
Sie sah ihn an, auf eine Art völlig überrascht und verwundert, dann schüttelte sie aufrichtig den Kopf.
Und sie entschied: »Weißt du, mein Lieber, wir beide verbringen fast jeden Tag miteinander. Wir tun es gern und anscheinend können wir uns alles sagen. Also: Komm doch morgen einfach mit!«

***

Am nächsten Tag holte er sie wieder von der Arbeit ab. Er wusste nicht, was ihn erwartet. Sie fuhren mit dem Wagen bergab nach Blieskastel, dem kleinen, hellen, spätbarocken Städtchen, das wenige Kilometer entfernt war. Vor einem Altenheim parkten sie. Sie betraten das große, amtlich aussehende Haus. Sie gingen vorüber an einem Saal, in dem die Alten in einem Kreis auf Stühlen saßen und sangen. Schwächelnde Stimmen hatten angehoben, ein zittriger, frömmelnder und doch auf seine Art heiterer Chor. An der Reihe war gerade das Lied: »Horch, was kommt von draußen rein«.

Die Besucher standen da und hörten eine Weile zu. Ein Pfleger – eine schlichte und anpackende Frohnatur – stand kurz bei ihnen und meinte: »Manche von den Bewohnern hier wissen gar nicht, wo sie sind. Aber diese Lieder, die vergessen sie nicht. Die kennen sie noch von früher. So viele Lieder und Strophen. Es ist, als würde man einen Knopf drücken. Und dann singen sie los.«

Er füllte die Gläser mit Wasser, und der Heimchor stimmte weinselig an: »Trink, trink! Brüderlein, trink! Lass doch die Sorgen zu Haus!«

David und Cora hörten den Alten zu, mehr berührt als nüchtern. Es waren wechselhafte Gefühle.

Er dachte: »Im Alter kommt dir der Horizont nahe. Deine Welt wird kleiner und klein. Unweigerlich. Was dir noch bleibt, sind deine habseligen Erinnerungen. Was davon noch übrig ist. Was du hast halten können ...«

Sie fragte ihn: »Und, was glaubst du, werden wir in vierzig oder fünfzig Jahren singen? Was wollen wir hören? Dieselben ewig alten Lieder? Ein Männlein steht im Walde, Das Wandern ist des Müllers Lust?«

»Am Brunnen vor dem Tore«, stimmte er leise an.

Und sie antwortete ihm ironisch mit: »Im Frühtau zu Berge, wir ziehn, fallera!«

»Gute Frage. Wie will man die beantworten?«, zuckte er die Schultern, »Diese alten Wald- und Wanderlieder mit ihrer antiquierten Art. Ich weiß nicht ...«

»Ein Bett im Kornfeld«, sagte sie zwinkernd.

»Schlager-Pop? Fetenschlager? Oder Volksmusik pur?«

»Vielleicht die Lieder aus den Kinderhorten und Jugendlagern. Oder alte Hits.«

»Die Pop-Hits unserer Jugend wären schön.«

»Oder die Rock-Songs unserer Jugend«, meinte sie alternativ und stimmte an: »«I can't get no satisfaction!«

»Würde ja dann zum Altsein passen«, meinte er scherzend, »passend wäre aber auch: I can't get no desinfection!«

»Du Schlimmer!«, lachte sie kopfschüttelnd.

»Galgenhumor«, meinte er schulterzuckend, »eines Tages werden wir es wissen ...«

Jetzt sangen die Alten »Ein Vogel wollte Hochzeit machen«. Und Cora zog David mit sich fort. Durch einen langen, abwaschbar freundlichen Flur bis ans Ende. Dort klopfte sie an. Öffnete die Tür und sagte zu einer alten Dame: «Hallo, Mama!»

Sie saß seit einem Schlaganfall im Rollstuhl und seit einem weiteren Anfall lebte sie in der Welt des Schweigens – sie konnte nicht mehr sprechen.

»Du siehst: mein Leben ist still«, sagte Cora lakonisch.

Die Gesichtszüge der alten Dame waren ebenso glatt wie starr. Nur mit ihren Augen drückte sie sich aus. Es waren die gleichen großen und lebendigen Augen, die Cora hatte. Und die hatte gelernt, ihrer Mutter alles von den Augen abzulesen. David erkannte rasch, dass man sich mit der alten Dame intensiv unterhalten konnte, wenn man

Kontakt zu ihrem Blick aufnahm. Der ging jetzt intensiv zwischen Cora und David hin und her. Er wanderte neugierig und fragend.
»Das ist ein Freund. Ein lieber Freund«, sprach Cora deutlich.
»Ich bin David«, sagte er ebenso deutlich und drückte der alten Dame herzlich die Hand.
»Ich bin froh, dass du mich begleitest«, sagte Cora zu ihm, »dann kann ich meine Mutter mal an Orte bringen, an die ich mich alleine mit dem schweren Rollstuhl nicht wage.«
Sie gingen raus. David war kein Kraftmensch, aber in seinem Zivildienst hatte er gelernt, mit dem Rollstuhl umzugehen. Er schob ihn über den Flur. In dem kleinen Saal hob der Chor der zittrigen Stimmen erneut an und sang nun »Waldeslust! Waldeslust! Oh wie einsam schlägt die Brust!«
David schob den Rollstuhl übers Gelände und die Straße ein Stück abwärts. Dann bogen sie zu einem kleinen Teich ein. Vorsichtig und mit etwas Mühe schob er die alte Dame durchs hohe Gras. Sie kamen ans Ufer. Einige schöne Schilfhalme standen unter der von Licht durchwirkten Kuppel einer gewaltigen, alten Hängeweide. Ihre feinen, hell belaubten Zweige hingen in langen, schlangenhaft verträumten Schleiern bis zum Boden, berührten auf einer Seite das Wasser, sanken von Luft geweht nippend hinein, als ob sie trinken würden. Um die Schleier herum lagen in dem Wasser poesievolle Seerosen, mit großen, weißen Blüten und einem großen, gelben Herz.

Die glatten, grünen Blätter lagen auf dem Wasser wie darauf gemalt. Hier war die Natur versunken schön.

»Purer Impressionismus. Man schaut drauf und glaubt, einen Monet vor sich zu haben, nicht wahr? Der alte Herr von Giverny hat es einfach so abgemalt, wie es in Wirklichkeit ist!«

David lachte die alte Dame an, deren Augen seine Worte klug wiedergaben. Und für einen weiteren Moment versanken sie in dem wunderbaren Bild. Der Raum war vom hängenden Grün erfüllt, und der Glanz des Wassers lag lebendig darin. Die Augen der alten Dame öffneten sich weit. Sie nahm diese Herrlichkeit in sich auf. Einen schöneren Ort konnte es wohl kaum geben.

Die Tochter löste sich. Sie wandelte unter dem Schleier der hängenden Weide und verlor sich daraus. Verträumt spazierte sie los, langsam um den Teich herum. Während David bei ihrer Mutter blieb und neben ihr in die Hocke ging. Sie fühlten sich von Impressionismus umschlossen. Die filigrane Gestalt der Halme und der meterlangen, herabhängenden Zweige war geschlossen und zugleich offen für das Licht, idyllisch erfüllt von Sonne. Gemeinsam gaben sie sich dem Eindruck hin. Und waren sich darin für Momente ganz nahe. Die alte Dame sah David dankbar an. Er hatte sie an diesen wunderschönen Ort gebracht. Sprechen ließ auch das sie nicht. Sie senkte ihren Blick zu ihm. Sie sah ihn an. Damit er in ihren Augen etwas lesen konnte. Es waren die folgenden Worte: »Diese Frau, das ist mein Mädchen. Sie ist besser, als du weißt. Sie ist

gut. Lerne sie kennen. Erfahre, wer sie ist. Und du wirst sie lieben. Mehr noch als jetzt. Lass dich ganz auf sie ein. Und dann verspiele nicht dein Glück!«
Das alles lag in einem Blick. David schaute überrascht in diese Augen. Als Cora wieder da war, da sagte er nichts. Die alte Frau gehörte jetzt zu der Geschichte, die zwischen ihnen begonnen hatte.
Tage später besuchten sie sie wieder.
»Heute haben wir eine Überraschung für dich«, sagte die Tochter zu ihrer Mutter: »Heute fahren wir in den Rosengarten! Da bist du doch so gerne.«
Die Augen der alten Dame leuchteten auf. Sie fuhren mit dem Wagen an weiten, talflachen Wiesen entlang, in denen Störche standen, nach denen David sich umdrehte wie nach halben Wundern. Staunenswerte Erscheinungen für den empfänglichen Städter – »tatsächlich Störche!« Sie fuhren nach Zweibrücken, was hinter Blieskastel lag, schon drüben in der Pfalz. In der kleinen Stadt gab es ein Gestüt mit einer riesigen, mondänen Rennwiese und einem klassischen Dressurplatz für die Pferde. Und auf der anderen Seite des von Bäumen alleehaft gesäumten städtischen Baches lag der Rosengarten. Ein operettenhafter Park, der 1914 von einer leibhaftigen Prinzessin eröffnet worden war.
In dem kleinen Park war die Schönheit hingemalt. Es waren komponierte Gartenbilder aus Rasen mit Skulpturen, aus Wegschleifen und blühenden Rabatten, aus prächtigen Pavillons und lauschigen, blütenüberflossenen Per-

golen und einem unwirklichen See, der hatte ein Herz aus gischtenden Fontänen, die sich über dem Wasser zu einem rauschenden Schneegipfel erhoben, welcher einen langen, herrlich kühlen Schleier warf. Mit jedem Schritt öffnete sich ein neuer Eindruck floraler Idylle. Die Rosen standen in voller Blüte, verströmten einen tiefen und eleganten Duft. Man atmete eine edle Luft, die balsamisch und beruhigend war und die einen trug wie in einem hellen, leichtherzigen Traum. »Dieser Ort lässt die Sinne träumen«, dachte David und lehnte sich in einem Liegestuhl zurück. Die drei genossen die zeitlosen Stunden. Die Rosenlimonade fanden sie super.

***

Am nächsten Tag arbeitete David mit freiem Oberkörper. Es sah grob aus, wie er nur mit einer dreckigen Jeans bekleidet im Garten stand. Er hatte gerade mit seinem Zimmerwirt Bernd einen versteinerten, fruchtlosen Baum gefällt.
»Das sind ja richtige, harte Muskeln! Als Gärtner machst du wirklich eine ganz gute Figur!«
Er hörte die Stimme und starrte zu seinem eigenen Balkon empor. Er traute seinen Augen nicht. Dort oben stand Cora!
Bernd lachte und meinte: »Ja, klar steht sie dort. Keine Fata Morgana. Cora gehört hierher. Sie ist doch mein Patenkind!«

Er erklärte zwinkernd: »Ich hab sie gefragt, ob sie mal bei dir durchwischen könnte. Wir Männer haben es ja nicht so mit dem Hausputz.«

David, von glücklicher Überraschung gepackt, eilte durch die Waschküche und hinauf zu ihr, hinein in seine kleine Ferienwohnung. Es war aufregend. Es war ein Gefühl wie früher, wenn man als Jugendlicher zum ersten Mal Besuch von einem Mädchen hatte und sie mit ins Zimmer nehmen durfte. Cora trug ein Jeanskleid mit kurzem Rock und nackten Schultern. Es gefiel ihm, dass sie Haut zeigte. Sie war für ihn umso näher und anziehender. Dass sie nun in seiner Dachstube war, hatte etwas Erregendes und Schönes, von dem er jeden Moment genoss. Sie gehörte nun umso mehr zu seiner Welt.

»Hier also wohnst du«, sagte sie und sie hatte dasselbe besondere Gefühl – sie waren tatsächlich wie aufgeregte Jugendliche.

Sie blickte sich um. Und ihre Blicke sagten: »Hier schläfst du, hier isst du, hier waschst du dich, das sind deine Bücher und hier sitzt du und liest oder schreibst«. Sie weilte hier in seinem kleinen Kreis, seinem alltäglichen Leben. In dieser Stunde gehörte sie diesem Leben an. Sie war von ihm aufgenommen, so wie sie David in ihrer räumlichen Intimität aufgenommen hatte. Sie wischte mit einem feuchten Mopp über den Boden. Er hob die Beine hoch und machte es sich in einer provokanten Pose von Faulheit und Schalk auf dem Sofa gemütlich.

»Na, hör mal«, meinte sie, »du siehst, dass ich hier für

dich putze. Da könntest du doch mal fragen, ob du mir dabei helfen kannst.«

Er nickte.

»So bin ich eigentlich ja auch«, meinte er, »ehrlich. Aber im Moment gefällt mir die Vorstellung, wir wären so ein durchschnittliches Ehepaar. Mit meiner Faulheit will ich etwas Beziehungsatmosphäre schaffen, verstehst du? Das Gefühl einer ehelichen Normalität.«

»Durchschnittliches Ehepaar, Beziehungsatmosphäre, eheliche Normalität«, nahm Cora die Begriffe auf. Als ehemalige Laiendarstellerin der Theatergruppe von Mandelbach antwortete sie auf Davids provokante Vorstellung. Sie hob drohend den Wischmopp.

»Also gut, mein Lieber, dann pass jetzt mal auf! Du verfluchter Mistkerl! Jeden Morgen deine Bartstoppeln im Waschbecken! Zigarettenkippen im Bett! Du verzockst zu viel Geld! Am Abend krieg ich dich nicht aus der Kneipe! Und hinter der Nachbarin bist du auch her! Wenn ich dich noch mal dabei erwische, dann weißt du ja, was das bedeutet: Dann kriegst du von mir nix mehr! Dann ist mit denen hier Schluss!!«

Und nun wackelte sie mit ihrem Vorbau. Sie ließ ihre vollen Brüste seitwärts schwingen wie das derbste Weib. David lachte, er schlug sich die Hände vors Gesicht vor Lachen. Cora war super. Beide lachten sie.

»Danke, dass du da bist«, sagte er danach ruhig.

Als sie gewischt und er dabei die Stühle hilfreich gerückt hatte, sagte sie zu ihm: »Sieh mal in den Kühlschrank: Ich

hab dir Kuchen gebracht.«
»Lieb von dir«, sagte er, »setz dich doch. Und wir essen Kuchen.«
»Nein. Der ist nur für dich!«, sagte sie entschlossen.
»Dann biete ich dir ein paar von den Kirschen aus dem Garten an. Die hab ich mit Bernd gestern gepflückt. Die musst du probieren.«
Sie setzte sich mit ihm aufs Sofa. Sie aßen Kirschen. Und schalteten den Fernseher an und schauten das Vorabendprogramm. Inszenierte Gemeinheiten und Nöte gespielter Herzen. Eine gestellte Gewöhnlichkeit der Eitelkeiten und Egoismen. Kämpfe und Freuden eines vorgespiegelten Alltags. Für David und Cora bedeutete das Zusehen den trivialen Moment einer scheinbaren Beziehung – die beiden genossen die Stunde vor dem Fernseher als eine Besonderheit.
»Ich weiß schon, was du meinst«, sagte sie, »so ganz und gar spaßig war es ja nicht gemeint von dir. Beziehungstmosphäre und eheliche Normalität. Ich sehne mich ziemlich oft danach. Ich bin nicht nur die unabhängige kleine Hexe, die du in meiner Küche gesehen hast. Manchmal würde man gerne mit jemandem auf dem Sofa sitzen. Jemanden neben sich haben. Manchmal bin ich schwach, weil ich einfach einsam bin.«
Er nickte.
»Man regelt alles so perfekt für sich, man richtet sich das Leben ein, als könne es in der Einsamkeit eine Vollkommenheit haben. Aber das hat es nun einmal nicht, weil

der Mensch einfach nicht dafür geschaffen ist, in seinem Leben allein zu sein«, sagte er.

Sie erwiderte: »Weißt du, manchmal ist es mir ... Ich will etwas sagen und suche das Lachen, das dann folgt ... Ich suche den nächsten Moment ... Aber der kommt nicht ... Ich bin allein ... Alleine lacht man nicht. Alleine ist man still.«

»Du kannst dich nicht selbst anlachen. Und die kleinen neckischen Zärtlichkeiten, die du so magst, gibt es auch nicht. Sie fehlen. Und du erinnerst dich nur daran«, sagte er, mit ins Nichts fallenden Worten.

»Ja, du kannst dich nicht selbst kitzeln. Das funktioniert einfach nicht«, sagte sie in trauriger Lakonie.

Und dann zwickte sie ihn frech ins Knie, um den Moment etwas aufzulockern, bevor sie ganz still wurde.

»Ich hatte kein Glück«, sagte sie dann.

»Ich weiß«, sagte er, »Tobi hat es mir erzählt. Ich hab ihn danach gefragt. Ich wollte wissen, wer du bist.«

»Und was hast du erfahren?«

»Cora hatte kein Glück. Sie kann keine Kinder bekommen. Das überstieg seinen Horizont. Aber gesoffen und geschlagen hätte der Typ sowieso. Er war einfach kein guter Mann.«

Sie nickte wortlos. Da legte er seine Hand auf ihre. Er fasste sie sanft und hielt sie. Die beiden sahen sich nicht an. Es war ein sehr intimes Gespräch, und ihre Blicke wichen sich aus. Er zog seine Hand bald zurück. Die Sonne stand für sie beide nicht mehr so hoch. Sie sank, und die

Schatten wurden länger. Es war nicht mehr so leicht, über seinen Schatten zu springen. Es war schwer.

***

Am Tag danach fuhr der Schrecken ins Haus. David und Bernd hatten am Morgen ein wenig im Garten gearbeitet, es war weniger zu tun als sonst, keine schweren Arbeiten. Dann ging der Sommergast wieder hinaus zu seinem langen Spaziergang auf den Höhenweg, den er so liebte. Als er wiederkam, fand er Bernds Frau Gisela fast sprachlos vor. Sie sprach mit gepresster Stimme und unter Tränen bat sie David herein. Er sah sie auf dem Sofa sitzen, erschüttert und verzweifelt.
»Bernd hat einen Herzinfarkt gehabt. Die Ambulanz war da und hat ihn mitgenommen. Ich bin mitgefahren und komme gerade wieder aus dem Krankenhaus.«
David informierte Cora. Und am nächsten Tag fuhren die beiden hin. Er sah wider Willen seine Stadt. Sie lag tief im Talbecken, füllte es randvoll aus, auf einem Hügel darüber lag die Klinik. Ein medizinischer Moloch. Ein angejahrter, ausgewachsener Koloss aus Aggregaten, Rohren, trüben Gängen und dunklen Abteilungen. Ein Ort, an dem die Leute Angst hatten, weil ihr Leben zur Prüfung auf einem edelstählernen Tisch lag wie auf einer Waage und dramatisch auf sein Urteil wartete.
»Krankenhäuser sind ein Schrecken für mich«, erklärte er entschieden.

Und sie stimmte ihm wie selbstverständlich zu, während sie über die Aufzüge und Flure nach Bernd suchten und ihn nach einem langen, verwinkelten Weg endlich fanden. Seine Kinder waren weit weg, in anderen Städten. Jetzt standen Cora und David wie seine Kinder da. Der Patient lächelte. Er lag matt da und schaute sie an, wie sie besorgt dastanden, am Fußende des Krankenbettes, und ihn betrachteten. Sie waren betreten, weil der starke Mann so schwach dalag.
»Schön seht ihr aus, ihr zwei, so beieinander. Als würdet ihr zusammengehören. Ein schönes Paar würdet ihr sein, ihr beiden, wirklich.«
Er sagte es ungewohnt weich. Und sie widersprachen ihm nicht. Sie wiegelten nicht ab. Sie verzogen nicht einmal eine Miene zu einer Geste der Verlegenheit. Sie gewährten es, als sei es der letzte Wunsch eines Menschen. Der makabre Gedanke kam auf, denn Bernd lag da wie einer, der sterben muss.
»Mach dir keine Sorgen, Bernd. Ich kümmere mich gut um den Garten. Und für Gisela bin ich jederzeit da. Und Cora auch, sowieso«, sagte David, »zu Hause läuft alles. Schau nur zu, dass du wieder auf die Beine kommst.«
»Ach, David. Jetzt hast du so was um die Ohren. Du bist doch nur unser Feriengast.«
»Ich hab es gern so. Mach dir keine Gedanken.«
Draußen vor dem Fenster flog der gelbe Rettungshubschrauber auf, meistens zur Autobahn hin, und kehrte bald darauf zurück.

»Wie ein Geier, der frisches Fleisch bringt«, scherzte der Patient kraftlos.

In den nächsten Tagen schaute Cora immer wieder im Haus vorbei. Einmal brachte sie David Kuchen, und sie saßen miteinander da. Die anderen Male kam sie nur kurz rein und schaute nach Gisela. Wenn sie dann nicht bei ihm klopfte, dann machte ihm das was aus. Es schmerzte ihn und machte ihn verzweifelt auf eine besondere Art. Wenn sie so nahe war, ohne ihn sehen zu wollen, dann gab es ihm einen Stich und das Gefühl, in ein tiefes Loch zu fallen.

Bei ihrem ersten Besuch in Davids Ferienwohnung hatte sie ihre wollene Weste vergessen. Sie sprach es einmal an, aber David gab ihr die Weste nicht zurück. Als sie nach Wochen kam, um wieder durchzuwischen, da sah sie, dass ihre Weste auf seinem Bett lag, direkt neben dem Kopfkissen. Da lächelte sie und schwieg und fragte nie wieder danach.

Nach ein paar Tagen wurde Bernd aus der Klinik entlassen. Er war wieder im Haus und wirkte still und nachdenklich.

»Ich hab einen Schuss vor den Bug bekommen«, meinte er.

Der vitale Mann hatte ein gutes Herz, allerdings nur im übertragenen Sinne. Er kümmerte sich um einige alte Leute in der Umgebung, das schien hier so üblich zu sein. Jetzt musste er etwas kürzertreten. Das fiel ihm nicht leicht. David half ihm nun noch mehr im Garten. Er ging darin auf. Hinten in der Wiese mussten knorrige Bäume gefällt werden und die Äste zersägt und der Platz für junge Bäume vorbereitet. Er arbeitete halbnackt mit Spaten und Hacke. Er arbeitete sich in diesen Boden hinein wie in ein gefundenes Stück Heimat. Er wuchs jetzt noch mehr über die Rolle des Feriengastes hinaus. Die Distanz sank. Er wurde Teil des Hauses. Gisela, die jeden Tag kochte, tat jetzt, ohne zu fragen, eine Portion zusätzlich in den Topf. Wenn das alte Ehepaar abends im Garten grillte – Bernd mit verwegenem Cowboyhut in der Rolle des Grillmeisters – dann war David mit dabei.

Einmal, als er zu Cora losging, da gab Bernd ihm Blumen aus dem Garten mit. Verliebt schöne Rosen. Der Sommergast staunte, wie viel Mühe sein Zimmerwirt sich mit diesem Strauß gegeben hatte. Er hatte noch die Rosenschere in der Hand. Die legte er jetzt als Geste in Davids Hand.

»Sag bitte der Cora, du hast die frisch für sie geschnitten. Die sind von dir!«

Er schaute ihn zwinkernd und vielsagend an. David lächelte und senkte verlegen den Blick. Er war gerührt, weil Bernd sich so für ihn einsetzte. Denn der hatte längst erkannt, wie es um die beiden stand. Auch Cora war verlegen, mit den Rosen im Arm. Sie lächelte …

***

Jetzt begann die größte Hitze des Sommers aufzuflammen. Am Mittag stand die Sonne steil und scharf wie eine

Klinge auf dem Höhenweg. Ihr Licht hatte eine stechende Klarheit. Sie flirrte auf dem Weg und in den reifen, bleichgoldenen Weizenfeldern. Die Hochlandrinder scharten sich wie ein mit Fell bezogener Schatten unter den kreisrund ausladenden Apfelbäumen, sie drängten aus der starken Sonne heraus. Von einer hohen Krone flog aufgestört ein Schwarm Rabenkrähen auf, sie hatten in den kleinen, schwarzen Kirschen geäst, die in ganzen Reihen jetzt überreif an den Zweigen hingen. Für die Rinder des Panorama-Hofes war der Sommer zwar die Zeit des Weidegangs, aber bei solcher Hitze blieben sie lieber im Stall. Erst am Abend wurden sie hinaus auf die Weide geführt.
Tobi war gerade zurückgekommen. Er war eine Woche mit seinen Kumpels vom örtlichen Fußballverein auf ›Malle‹ gewesen. Es wurde viel getrunken und eine brachial gute Laune gemacht. Roy Rammel – ein gefeierter Star des biergesättigten Stimmungsgesanges und Träger eines angeklebten Brusthaartoupets – hat beim Live-Auftritt im Bierstadel am Ballermann seinen Saisonhit präsentiert: »Deine Küsse voll auf meine Nüsse!« Von der lauten Gaudi in Erinnerung geblieben ist Tobi wenig. Sowieso war ein Teil seiner Gedanken immer bei dem Hof und dem Vieh. Jetzt war er noch mehr mit den Wassertanks unterwegs. In der Hitze fuhr er sie mit dem Traktor zu den Schweinen und zu den Hühnern in die verstreuten Wiesenstücke hinaus. Die sonst so munteren, braungescheckten rosa Freiluftschweine gaben jetzt keinen Mucks mehr von sich – sie lagen träge ausgestreckt im Schatten …

In einer frühen Nacht trafen sie sich mit ihm beim Panorama-Hof. Cora erzählte von früher. Sie erinnerte sich daran, wie sie mit dem Vater beim Lagerfeuer saß und später Kartoffeln in die Glut gelegt hatte. So machten sie es jetzt. Sie saßen da und machten Feuer. Sie lauschten dem wohligen Knacken und Prasseln, sie atmeten den Rauch des verzehrten Holzes, sie schauten lange in die Flammen, die zu pulsierender roter Glut verfielen. Sie schwiegen erfüllt. In dunkler Versonnenheit sprachen sie über die Kindheit im Allgemeinen. Cora meinte, dass man als Kind die Dinge stärker empfunden habe.
»Ich weiß. Du meinst, dass die kindliche Intuition tiefer blickte. Dass einem alles irgendwie näher war und einen berührte«, sagte David.
»Ja.«
Er hörte die traurige Sehnsucht in ihrem Wort. Und er stimmte ein Gedicht von Federico García Lorca an. Er wusste, dass Cora und auch Tobi es verstanden.
»Mit verlorenen Lichtern hat sich
gefüllt mein seidenes Herz,
mit Lilien und mit Bienen.
Und ich gehe weg, sehr ferne,
über die Berge, über die Meere,
bis hin zu den Sternen.
Und ich werde bitten den Herrn,
dass er zurück mir schenke
die Federkrone ins Haar
und den Säbel aus Holz.«

David nahm Coras Gefühl auf und erinnerte sich an die Art, wie er früher Eindrücke empfunden hatte. Blätter an Bäumen, der innere Glanz der kleinen Butterblumen, der Geruch der reifen Quitten im Nachbargarten, der betörende Bausch einer Pfingstrose. Er konnte seine Erinnerungen fühlen und dachte an das ganze bunte Sammelsurium der kindlichen Faszinationen. Die Bilder der ersten Bücher, Wasserläufer am See, das zum Flieger gefaltete Blatt Papier, die wächserne Herrlichkeit einer Hyazinthe, der Geschmack einer Münze im Mund und der tote Krebs in der Hand, Glühwürmchen in der frühen Nacht, diese eigene Kostbarkeit reifer Rosskastanien, nach denen man im Herbstgras stöberte. Das kindliche Spiegelbild in Christbaumkugeln und geliebte Spielzeuge. All diese Schätze eines verträumten und verlorenen Realismus. Ein Kind erfährt die Dinge anders, ganz offen, es staunt sie naiv an. Die Dinge sind einem so nah, dass man sie in Gedanken nie mehr verliert. Die Farben und die Gerüche sind intensiver, als wären die Sinne anders oder der ganze Sinn, mit dem man das Leben sieht. Ja, man sei zu verkopft geworden, meinte Cora, man sähe die Dinge zu nüchtern – man käme mit den Jahren zu sehr auf dem Boden der Sachlichkeit an.

»Erinnere dich: Der erste Schneefall des Jahres war immer magisch. Märchenhaft! Man drückte die Nase ans Fensterglas und staunte ihn an. Heute, als Erwachsene, beklagen wir ihn gern. Oder sieh die Sterne. Vielleicht hab ich sie früher gesehen, wie sie wirklich sind. Sie haben mir mehr von ihrer Welt gezeigt. Wenn ich tief in sie reingeschaut hab, dann war ich immer irgendwie berauscht«, sagte sie.

Die Sterne seien abstrakter geworden und man könne bei ihrem Anblick nicht mehr so träumen, meinte sie. Da zweifelte er und lächelte und sah sie an, sein Blick umarmte ihre Augen, und er fand Cora in diesem Dunkel so wunderschön und melancholisch.

»Glaubst du, das mit den Sternen ist wirklich wahr?«, erwiderte er.

Sie saßen eng beieinander, die eigenen Arme still um sich selbst gelegt. Sie sahen sich an und schauten in die weite Dunkelheit nach oben. Und in diesem Augenblick war das, was sie gesagt hatte, nicht mehr wahr. Der größte aller Träume war in ihnen ...

**

David und Cora genossen ihre unausgesprochene Liebe. Und hingen mittlerweile von ihrer Zweisamkeit ab. Der Eisberg ihrer Einsamkeit ging in diesem Sommer unter. Die beiden verbrachten fast jeden Nachmittag zusammen. Sie lagen irgendwo im geschlossenen Baumschatten in den Wiesen an den Feldern da und blickten über das Korn. Seine Reife war filigran aufs Land gemalt.

Und manchmal warteten sie lange, bis zum Abend, bis das Licht nicht mehr so stark stand, sondern ganz leise wurde und ruhend auf den Kornmengen des Landes lag. Es war aufgefangen von den Gräsern und dem strohigen Haar der Ähren. Und manchmal blieben sie länger noch,

bis das Licht melancholisch wurde und sich in Farben entfaltete, die hinter sich eine Welt von Sternen herzogen. Sie bestaunten das magisch stille Spiel der Schattenrisse von sanften Baumgestalten. In der tief gewordenen Luft lag noch das kosmische Pfeifen der Feldgrillen.
»Wie fühlst du dich?«, fragte sie.
»Frei«, antwortete er.
»Und was fühlst du noch?«
Er lächelte nachdenklich und schwieg. Er wusste, dass sie über alles gesprochen hatten, über Gott und die Welt, über sich selbst und über alle Gefühle, die es gibt. Sie hatten sich einander anvertraut. Nur hatten sie kaum über die Gefühle gesprochen, die zwischen ihnen gewachsen waren. Sie wussten, dass diese Gefühle da waren. Das war so gewiss, dass sie darüber nicht sprechen mussten. Sie fühlten es und sie genossen es, sie erlebten es als eine strahlende, verbindende Kraft. Und doch war in ihrem Schweigen etwas Unrichtiges ...
Mit Cora hatte David etwas gefunden, was weit mehr war als der Zustand einer erfüllenden Entspannung, so wichtig er ihm auch war, wenn er ihn in seiner Einsamkeit fand. Mit ihr gemeinsam in einer Wiese liegend, war das Leben ihm unendlich bewusst und er konnte es mit jeder Faser genießen. Gemeinsam führten sie ein Leben zwischen Himmel und Gras. Das Leben, genauso wie es gerade war. Auf den Punkt gebracht durch den Moment. Eine intensive Spitze purer Gegenwart, voller Einfachheit und Ruhe, zufrieden im Gefühl einer tatsächlichen Erfül-

lung. In diesem Zustand vergingen die Stunden wie im Flug, und der Moment ließ sich berühren. David notierte: »Es ist das Glück, ja. Da hört das vergängliche Herz der Zeit zu schlagen auf, und der Moment atmet ewig ein und bleibt.«
Cora lag ruhend da, träumend mit offenen Augen, wie er auch. Sie lagen nebeneinander, manchmal fassten sie nach Kräutern und Blüten und gaben sie einander zum Riechen, sie genossen die Wiese und lagen da und lasen oft Bücher. Manchmal las sie ihm etwas vor. Und umgekehrt. Das mochten sie sehr, dass eine vertraute Stimme ihnen etwas erzählte ...
An einem späten Nachmittag in einer Wiese, in der sie noch nicht gewesen waren, hatte er sich irgendwann aufgesetzt. Er blickte in eine Richtung über die Gräserspitzen. Sie bemerkte bald, dass er auf eine bestimmte Art abwesend war. Er war ganz versunken in einem konzentrierten Blick, den er einem kleinen Backsteinhaus in der Nähe schenkte. Das Haus grenzte an eine alte Backsteinmauer, die einen verwunschen wirkenden Obstgarten eingrenzte. Am anderen Ende des Gartens wiederum stand ein großes, altes Landhaus, zu dem dieser Obstgarten gehörte.
»Was ist da?«, fragte sie, »was siehst du da?«
»Vielleicht mein nächstes Buch.«
»Dir ist eine Geschichte eingefallen?«
»Es ist zu früh, um das zu wissen«, zuckte er die Schultern, »aber es könnte schon sein. Sag: Kennst du Rappa-

cinis Tochter?«

Sie zuckte die Schultern und erwiderte: »Ich kenne noch nicht mal Rappacini!«

Reflexhaft zischte ein Grinsen über sein Gesicht. Für einen Moment biss er sich belustigt auf die Lippen, bevor er einfühlsam erklärte: »Rappacinis Tochter ist eine Geschichte aus dem Buch ›Der Garten des Bösen‹ von Nathaniel Hawthorne. Mehr als hundertsiebzig Jahre alt. Stell es dir einfach vor wie etwas von Edgar Allan Poe. Oder wenn du die Oper Hoffmanns Erzählungen von Jacques Offenbach kennst.«

»Also etwas eigenartig Schauerliches. Dunkle Romantik.«

»Ja, genau. Es geht in dieser Geschichte um eine Liebe, die unter einer bösen Macht steht.«

»Das klingt ganz interessant.«

»Mir ist gerade eine moderne Abwandlung eingefallen«, sagte er.

»Und hat deine Geschichte schon einen Titel?«

»Ja. Sie heißt: Marianna und der Terror der Meditation.«

»Das hört sich spaßig-schräg an. Und erzählst du mir, worum es geht?«

Tatsächlich wusste er es schon.

»Also: Ein Schriftsteller hat dieses kleine Backsteinhaus dort drüben für die Zeit des Sommers gemietet. Er liebt die Idylle und verspricht sich Ruhe und Inspiration. Eines Tages bemerkt er in dem großen Obstgarten, der mit einer Mauer an sein Haus angrenzt, eine Frau. Ihr Anblick fasziniert ihn zutiefst, ihre Schönheit, ihr Wesen. Er kann seine Augen und seine Gedanken nicht mehr von ihr abwenden. Von seinem Fenster schaut er nun an jedem Tag immer wieder hinunter, in den fremden Garten hinein. Er hofft, diese Frau zu sehen. Und immer wieder begegnet er ihr auf diese Weise.«

»Das hört sich schön an.«

»Ja, er hat etwas gesucht. Und etwas hat ihn gefunden. Jetzt kann er an nichts anderes mehr denken als an diese schöne, weibliche Erscheinung.«

»Wie sieht diese Frau aus? Und wie heißt sie?«

»Sie ist so alt wie du. Sie hat genauso schönes, dunkles Lockenhaar. Und die gleichen bunten Augen, in denen das Sonnenlicht so gerne spielt. Und ihr Name ist Viola.«

»Ist sie eine böse Hexe? Ich meine, wegen des Gartens des Bösen.«

»Nein. Sie hat ein reines Herz. Sie ist wunderbar.«

»Und was macht sie dort?«

»Sie ist erst seit Kurzem dort. Weil sie nach ihrem Weg im Leben sucht. So hat sie hierher gefunden. In dem Haus lebt eine Gruppe von Frauen, die Esoterik und Yoga zelebrieren. Mit trotziger, beinahe verbissener Selbstbestärkung suchen die Damen, ihre Mitte zu finden. Die Damen sind dabei so organisiert, dass sie an eine Sekte erinnern. Wenn das Ganze auch etwas provinziell und plattfüßig ist. Es herrscht der Geist einer wurstigen Spiritualität. Die Damen haben ein festes Tagesprogramm, nach dem sie meditieren und auf der Suche nach der eigenen Aura allerhand seltsamen Zauber veranstalten. Erschöpfend wird Energiearbeit verrichtet. Die Damen beschwören ihre höhere Natürlichkeit. Es herrscht Gruppendynamik, und systematisch wird ein magisches oder strahlendes Ich geübt. Beim Yoga stehen sie da und führen mit beiden Armen bedeutsame Schwünge aus!«

Cora lachte auf. Begeistert stieg sie in Davids Fabulierkunst ein.

»Über dem Haus weht eine Fantasieflagge aus ökologisch korrekter Naturfaser?«

»Ganz genau!«

»Die Damen haben eine eigene Hymne, die auf Klangschalen gespielt wird?«

»So ist es!«

»In der Wiese blühen Bachblüten?«

»Exakt!«

»Und der Frühnebel stammt von tibetanischen ayurvedischen Räucherstäbchen?«

»Du hast es! Pendel mähen das Gras, und meditative Mineralien versorgen die Apfelbäumchen ... Und da gibt es einen weiblichen Guru. Marianna, mit einem dreifachen Nachnamen. Eine gewaltige Dame mit einem dunklen Helm aus glattem Haar. Ein charismatischer Kopf. Sie gibt das Mantra vor. Und beim Yoga in der Wiese steht sie plattfüßig da, stampfend in die Hocke gestellt, und proklamiert es als »Kriegerinnenhaltung«. Marianna ist eine walkürenhafte Führerin. Eine Schamanin des eigenen Bedeutungs- und Geltungsdranges. Sie hat eine starke Ausstrahlung. Ihre Wirkung ist fast schon erdrückend.

Ihr Blick durchdringt, beinahe medusenhaft. Und niemand kann ihr widersprechen. Sie beherrscht die Leute mit ihrer übermächtigen suggestiven Persönlichkeit.«
»Und das macht diese Viola wirklich mit?«
»Nicht so ganz. Aber sie weiß es nicht besser. Sie braucht einen Anstoß, um da herauszufinden. Sie ist wunderbar natürlich. Sie braucht diesen ganzen autosuggestiven und abergläubischen Hokuspokus gar nicht. Aber das weiß sie noch nicht. Der Schriftsteller versucht ihr das klarzumachen. In der Geschichte von Rappacinis Tochter war die Frau verloren. Der böse Einfluss war zu stark. Durch ihre Adern floss das Gift der finsteren Pflanze, und sie war davon abhängig. Das Gift hatte ihr Leben bedeutet, und so war das Gegengift ihr Tod. Der Schriftsteller aber kämpft um Viola, denn er hat sich in sie verliebt. Er will ihr helfen und sie aus dieser spirituellen Diktatur herausholen. Doch es ist nicht einfach. Es kommt zu einigen Verwicklungen und nächtlichen Aktionen.«
»Da ertönt Klangschalenalarm!«
»Und Panflötensirenen! In einer lebhaften Geschichte. Die Komödie und Tragödie zugleich ist.«
»Und am Ende? Sag mir! Kommt Viola da raus? Und kriegen die beiden sich?«
»Soll es so sein?«
»Aber ja! Mit einer abenteuerlichen Rettung!«
»Ritterlich und haarsträubend?«
»Mindestens!«
»Das ist gut.«

»Ja, die beiden sollen sich kriegen. Sonst bleibt doch wieder nur die Einsamkeit übrig. Und das kann ich nicht akzeptieren ...«
Cora äußerte ein tiefes Lächeln und David erwiderte es. Sie hatte sich aufgesetzt. Gemeinsam blickten sie zu dem Backsteinhaus und dem ummauerten Obstgarten hin, der mit dieser Idee nun etwas Faszinierendes hatte und voll mit Dingen war, die man sich vorstellen wollte oder erdenken konnte. An diesem Mittag genossen sie beide den Gedanken der neuen Geschichte und hatten noch einige lebhafte Einfälle.
Doch es blieb bei einer amüsanten und vielleicht interessanten Idee. David schrieb diese Geschichte nie. Sie verlor sich wieder, denn er notierte sich nicht ein einziges Wort. Denn es war jetzt seine eigene reale Geschichte, die ihn einnahm und seine Gedanken und Gefühle bestimmte. Er hatte sich nie vorstellen können, dass die Wirklichkeit seine Fantasie überragt. Aber jetzt war es so. Das wirkliche Leben war wichtiger als die Welt seiner literarischen Geschichten geworden. Er hatte das Hier und Jetzt gefunden. Er ahnte nicht, dass er für eine lange Zeit nicht mehr schreiben würde.
David und Cora, wie die beiden Liebenden in der fantastischen Geschichte von Rappacinis Tochter, berührten sich nicht. Er erinnerte sich der Worte des Textes: »Eine frische und gesunde Blüte wurde in ihrer Hand plötzlich welk, und das Insekt starb durch den Duft ihres Atems. Diese liebliche Frau ist seit ihrer Geburt mit Giften ernährt wor-

den. Gift war ihr Lebenselement. Ihre Liebe wäre Gift gewesen. Ihre Umarmung der Tod!« Er lächelte. Er dachte an diese fantastische, unechte Beatrice – Hawthorne hatte sie wohl nach Dantes unerfüllter Liebe genannt – und er war froh, dass es kein böser Zauber war, der ihn von Cora abhielt. Er konnte nicht darüber nachdenken, was es war. Er wusste nur, dass die Frage ihnen immer näherkam und eine Antwort verlangte.

***

Der Monat überschritt seine Mitte. Die ländliche Reife schritt rasend voran. Die dunklen Trauben an alten Mauern färbten sich, und solitäre Sonnenblumen zeigten ihre Schönheit. Der Mais wuchs hoch hinaus. Das ikonische Korn in seinen weiten Feldern stand in hingemalter Vollendung da. Aus seiner hellen Reife erhob sich das unwirkliche, durchdringende Schillern der Heuschrecken wie der Klang dazu. Der Juli herrschte hochsommerlich. Es waren jetzt die heißesten Wochen des Jahres.
Drüben in der großen Stadt trieb eine Rekordhitze bizarre Blüten – Barfüßige gingen auf der Straße, bis die Bodenplatten glühten und niemand mehr ging. Die Leute trugen in ihrer Not Regenschirme überm Kopf, und Türgriffe konnte man nicht mehr anfassen. Aus den Wasserhähnen kam es beidseitig warm und aus den Ventilatoren kam nur heiße Luft. Die Straßencafés, dem Sommer gewidmet, waren leer. Und irgendwann hockte selbst in den städtischen Brunnen niemand mehr. Ein Virus, der

auf den Thermometern anschlug. Die Tage glühten. Die Hitze legte alles lahm.

Die Sonne prägte die Straße. Das völlige Licht durchdrang den Raum, es machte ihn offen und leer. Die Dorfmitte von Mandelbach lag regungslos da. Die Hitze lag einem auf dem Kopf und auf der Haut wie ein Gewicht. Eine greifbare Last. Sie war drückend und beschränkte jede Bewegung auf Zeitlupe.

David besuchte wieder die Frisierstube von Herrn Weber und ließ sich die Schere durchs Haar sicheln. Der Friseur mit den silbergrauen Löckchen, der kurzen Nase und dem verschmitzten Blick sah in dem Sommergast nun ein bekanntes Gesicht, zu dem er gesprächiges Vertrauen fasste. In einem halbstündigen Monolog berichtete er ihm sowohl von den Ereignissen der Frisierstube – viele der alten Damen kämen einmal die Woche, immer mit Termin, die Männer dagegen seien »unberechenbare Streuner«, die man oft erst nach zwei Monaten wiedersehe – als auch von alten Urlaubsabenteuern, an die er sich in Gegenwart eines so guten Zuhörers gerne erinnerte: die verzweifelte Suche nach einer Tankstelle, das vom Regen geflutete Restaurant, die winterliche Serpetinenabfahrt in Sommerreifen und so weiter.

Der Sommergast hörte nur mit einem Ohr zu. Er stellte sich vor, wie eine Ehe zwischen dem Friseur und der Frau Brettschneider aussehen würde. Dass sie sehr streitvoll wäre und am Ende mörderisch, da keiner der beiden ausreichend zu Wort käme. Doch er nickte und lächelte,

wenn der Friseur in seinen Erzählungen kleine Höhepunkte modellierte. Die Stimme von Herrn Weber und seine Berichte menschlicher Alltäglichkeit wirkten beruhigend auf ihn. Anheimelnd waren die kleinen Aufregungen der Normalität und wohltuend. Und zufällig kam gerade der Briefträger Herr Bayer herein.
»Herr Alsleben, Sie hier? Guten Tag. Kann ich Ihnen gerade Ihre Post geben?«
»Hallo! Grüß' Sie, Herr Bayer. Aber ja. Lassen Sie die Post ruhig hier.«
Die Briefträger legte zwei schmale Umschläge auf den Frisiertisch vor den Gast aus der Stadt hin.
»Das ist Mandelbach«, dachte sich der.
Er war von dieser beiläufigen Szene still amüsiert und berührt. Es war so ein Moment aus dem Leben. Er bezeichnete eine Nähe, eine kleine Warmherzigkeit und Intimität, die im Begriff von Heimat lag. Der Briefträger verabschiedete sich, er wünschte einen schönen Tag und ging. Später trat David ins Freie und kehrte in den Schatten der Dorflinde ein. Er setzte sich auf die Bank darunter. Und blieb lange. Weil er die Zeit hatte und die Muße. Er betrachtete, an nichts anderes denkend, den Moment an sich und genoss es. Der Briefträger kam von seiner Runde zurück. Herr Bayer, ein großer Mann, schüchtern und zugleich dankbar für ein freundliches Gespräch, in das man ihn verwickelte. David begann ein Schwätzchen, in dem es sich um die Hitze drehte und wie man sich als Briefträger dagegen wappnen kann.

So saß er eine ganze Weile unter dem Baum und wartete die mechanischen Schritte der Zeit ab. Dass die Zeiger der Uhr ihm entgegenkamen. Als es soweit war, vielleicht etwas früher als sonst, holte er Cora von der Arbeit ab. Sie gingen wieder spazieren und hatten sich sehr daran gewöhnt. Sie genossen es und es gehörte jetzt schon zu ihrem Leben. Cora wusste, wie sehr David den Höhenweg liebte. Beim Panorama-Hof begegneten sie Tobi. Er war gerade fertig mit seinem Tagewerk.
»Wir haben hier ein paar Fahrräder auf dem Hof. Was haltet ihr von einer kleinen Tour? Wir fahren den Höhenweg bis zum Wald hin. Da ist es kühler«, schlug er spontan vor. Es war ein heißer Tag. Die Sonne schien in Übermacht. Und man war dafür. Und so fuhren die drei auf Rädern über den Höhenweg. Sie kurbelten und gondelten. Der Fahrtwind brachte etwas Kühle. Hier oben Rad zu fahren, empfand David ein wenig wie Segeln. Der Grad von Freiheit, den er ohnehin auf diesem Weg empfand, steigerte sich mit dem Dahinrollen in der Weite, im großen Horizont. Jeden von ihnen erfasste die Lust an dieser Bewegung. Sie wurden schneller, als würden sie dabei abheben – als seien die Räder Flügel, mit denen sie sich in die Lüfte schwingen konnten. Sie kurvten wie Schwalben, in großen, lustvollen Schwüngen, die sich fast berührten.
Sie traten in die Pedale und schwenkten den Lenker übermütig nach links und nach rechts. So schwangen sie zwischen den Getreidefeldern auf der Geraden dahin, als wären es Serpentinen. Dann breiteten sie zum Spaß die

Arme aus, als seien es tatsächlich Flügel. Sie fühlten sie wie die Milane und als würden sie nun wirklich fliegen. An kleinen Anstiegen des Weges traten sie gegeneinander an. Stiegen noch stärker in die Pedale. Mit Cora als lachender Verliererin. Die oben wieder an die beiden Männer herankam und sie frech abzuhängen suchte, was beide ihr gewährten. Dabei lachten sie atemlos.

Auf einer Höhe mit dem Flug von Vögeln übers Korn fuhren sie auf das Ende des Höhenweges zu. Dorthin, wo immer der Untergang der Sonne zu sehen war. Dort – wie eine Grenze der Landschaft und tatsächlich so wie ein klar gesetztes Ende der Mandelbacher Welt – lag der Wald. Gewaltiger, starker Buchenwald, der über große Hänge in das Tal und in kurze Seitentäler hinabging. Am Rande überschüttete die Waldrebe blühend die ersten Bäume, gewaltige, meterhohe Ranken, die im pastellenen Gelb ihrer Blüte und in ihrem Duft den Linden fast gleich war. Man spürte, wie der lautlose Schall der Weite einer schattigen Intimität der Natur wich. Es war mit einem Mal kühler, eine balsamische Luft, die erfüllt war von einzelnen Vogelrufen.

Der Schatten tat ihnen gut. In dem hellen Gewölbe umwuchs sie am Wegesrand die hohe und dichte, dunkelgrüne Vegetation der Waldstauden, in Feuchte gewuchert. Die Buchen mit ihren starken Stämmen hatten hohe Blätterdächer. Man sah zwischen den muskulösen Holzsäulen hindurch die anderen Waldberge um sich herum, sie erhoben sich dicht bewachsen und machtvoll wirkend aus den umgebenden Tälern, und der Eindruck hatte etwas Berauschendes.

Eine ganz andere Natur als in der offenen Landschaft, aus der sie stammten. Die Freunde schoben ihre Räder. Sie verlangsamten sich und genossen den tiefen Eindruck des Waldes. Er duftete nach Humus und verwittertem Holz. Seine intime, fast erregende Stille und Verlassenheit und die märchenhafte, fast verhexte Schönheit, die in den Erscheinungen seiner Natur lag. Der hohe Adlerfarn wirkte wie ein Schleier, mit dem der Wald sich verheimlichte. Auf einem tiefen und schimmernden Flor von Moos fing sich das herrlich gebrochene Licht und hing beinahe tropfenhaft in einem Schwarm zerbrechlichen Springkrauts. Eine pure und durchdringende Luft schien auf ihrer Haut zu liegen, kühl und balsamisch.

An einer Stelle hockten sie sich auf den Boden am Weg. Dort lag eine kleine, fingerdicke Quelle. Es war keine gefasste Quelle. Sie war nur von üppig zarten, blühenden Waldpflanzen umgeben. Aus dem Boden heraus kam das Wasser pulsierend. Dieser Puls war im rötlich hellen Sand sichtbar. Die drei versanken schweigend in der Betrachtung. Der Sand bewegte sich faszinierend über dem Austritt des Wassers, er sah unwirklich aus – eine wallende, tanzende Sandgestalt. David formte über der Gestalt die Hand und schöpfte Wasser, um es zu trinken. Tobi und dann Cora machten es ihm nach. Aus dem Boden zu trinken, fühlte sich für sie natürlich an und ebenso besonders, es machte die Natur zu etwas ganz Unmittelbarem. Das

Wasser war köstlich und angenehm kühl.
Die drei verabredeten sich für den nächsten Tag. Der war heiß wie der vorige. Der Schriftsteller David wartete darauf, dass der Jungbauer Tobi und die kommunale Angestellte Cora ihr Tagewerk hinter sich hatten. Dann fuhren sie in Coras Wagen die steile Straße von Mandelbach nach Würzbach zum See hinab. Man wollte dort schwimmen. Sie hockten auf der Graskante am Ufer und stellten ihre Beine in den See.
»Abkühlung!«, feierten sie.
David sah die beiden in guter Stimmung. Tobi hatte Decken dabei. Cora hatte ein kleines Picknick vorbereitet. Es gab kalte Frikadellen, hartgekochte Eier, kleine, knackige Gurken und Kirschtomaten.
»Wie schmecken dir meine Frikadellen?«, fragte sie.
David lobte sie.
»Die Gemeindeverwaltung kümmert sich um ihre Gäste!«, war zu etwas wie einem geflügelten Wort für sie geworden. Er war durchaus gerührt. Eine Verlegenheit und Geborgenheit, die darin lag, dass jemand für ihn Essen gemacht hatte. Dann lagen sie im Gras. Es war schon Abend und es war mild, nicht mehr heiß. Sie hatten sich ein abgelegenes und im Schatten verborgenes Wiesenplätzchen ausgesucht, gleich am Wasser. Das Grün der Natur war dicht und wirkte dunkel, fast wie in dem Wald am Tag zuvor.
David nahm ein Buch heraus. Denn Tobi hatte gefragt. Und der Sommergast hatte also seinen Weihnachtsroman mitgebracht. Jetzt las er den beiden einen Abschnitt

daraus vor – der handelte vom menschlichen Licht. Cora zur Rechten und Tobi zur Linken lagen da und lauschten wach – die Augen ins Imaginäre offen – den Worten des Buches:

»Vielleicht war er in jenem Jahr besonders empfänglich – die sanfte Wunde seiner Sehnsucht weit geöffnet. Es schien ihm, als habe er sich vom Licht nie so berührt gefühlt wie da. Es war für ihn der Stoff, aus dem die Träume sind. Aus dem Vertrautheit ist, Geborgenheit und Wärme. Das Licht in seiner anziehenden Kraft schien ihm die Nähe der Menschen zu bringen. Solange er in dem Gedanken lebte und nicht zu weit ging und nach Wirklichkeit verlangte, genügte und erfüllte ihn das. Im Glanz des Lichtes sah er sich in die Gesellschaft von Menschen eingetaucht, wie im Klang einer Sprache, die man in Worten nicht versteht. Er sah im Licht eine elementare Kraft, die nicht täuschen und nicht missverstanden sein könne. Eine Macht, die gegen die Dunkelheit aufstieg und etwas Gutes war, eine Macht, die menschlichen Raum erstellte gegen das Nichts. Diese Macht setzte sich im Advent die Krone auf.

Weihnachten, so schien es in den Augen des Träumers, ist ein Juwel in den Stuben und Straßen, es wächst glitzernd und glänzend heran, es bildet die schönste und grandioseste Form – es ist ein leuchtender, warmer, mächtiger Kristall, der von Herzen kommt, ein Wunder aus Menschenhand. Der Träumer ging durch eine lichtverklärte Stadt. Mit den Wellen des Lichts streifte sein verschwärmter Blick durch die Straßenfluchten und sah an ihrem Ende die großen, öffentlichen Tannenbäume stehen. Die sich für ihn in ihrer Gestalt verstiegen und zu gütigen Dämonen und heiligen Geistern wurden, schwarze Gestalten in goldleuchtenden Tropfen, flammenhaft und magisch, voller Anziehungskraft, so stark, als hätten sie die Sterne vom Himmel geholt und sie auf sich vereint. Der Blick des Träumers ließ sich in die Arme dieser Lichtgestalt sinken, er gab sich auf seinem Gang, den er nun an jedem Abend antrat, ganz ihrer Wirkung hin.

Der schwelende Glanz einer warmherzigen Illumination zog sich durch die ganze Innenstadt. Tausende sanfter Glühlampen schwangen sich in gravitätischen Girlanden über die Wege, sie bildeten Bögen und Spiralen und auch Figuren der weihnachtlichen Mythologie. Es war ein ebenso schwaches wie inniges Licht, oft ineinander zerflossen, als sei es die Glut eines Kerzenmeeres – natürlich erscheinendes Licht, das die Dunkelheit nicht brach, es war dämmrig und gab der Stadt eine geradezu irreale Wirklichkeit. Ein nicht mehr hartes, sondern in Innigkeit verwandeltes Zwielicht, in das der Mensch vertraute. Das Licht im Dunkel, es hatte die größte Bedeutung gewonnen. Und wenn all dies menschlich Leuchtende sich in leisem Schimmer berührte und zu einem großen Glanz anhob, der wie in einer seligen Magie tief und verbindend zwischen den Häusern schwebte, dann legte sich das auf angenehme Art schwer ins Herz. Sein erfüllendes Gewicht führte zu einer Sehnsucht, die Neigung hatte, sich an die Mauern anzulehnen und sich den Menschen anzuschließen.«

Die Worte verströmten sich und funkelten an den Spitzen der sommerlichen Gräser. Auch in den Augen von Cora und Tobi erwiderte ein Glanz die Worte. Es bedeutete dem Schriftsteller etwas, dass sein Text auf diese Art das wirkliche Leben berührte.

»Das ist schön«, meinte sie verträumt, »ich finde diese Worte wunderschön«.

»Ja«, sagte Tobi, »und die Bilder auch. Wenn ich mir vorstelle: die vielen weihnachtlichen Lichter in den Straßen der großen Stadt. Das ist schön. So etwas träume ich gern.«

»Aber das ist auch das, was mich traurig macht. So viel Träumerei. Ohne Wirklichkeit, ich meine: ohne Erfüllung. Menschen, die man sieht und sich doch nur vorstellt. Nähe, die für den, um den es da geht, nicht eintritt. So viel Sehnsucht, die dieses Licht erweckt, so viel leuchtende Illusion«, meinte sie.

Nach einer Pause sagte sie: »Deshalb ist mir das hier jetzt lieber. Wir sind hier, nicht allein, es geht uns gut, dies alles hier ist schön. Und es ist wirklich, ganz real. Ich entscheide mich für den Sommer. Ich weiß nicht, ob ich jetzt an den Winter denken will. Weil man nicht weiß, was sein wird. Aber man weiß, dass man jetzt gerade eine gute Zeit hat.«

»Hast du?«, fragte David.

Sie nickte.

»Die Luft auf der Haut und die Füße im Gras – vielleicht ist das gerade der kleine, geheime Höhepunkt des ganzen Jahres! Könnte doch sein«, sagte sie.

»Dann lege ich mein Buch jetzt aus der Hand«, meinte er. Irgendwann ließ Tobi einen Fußball aus einem Sack schlüpfen, und die beiden Männer sprangen auf und postierten sich in der Wiese. Sie spielten sich den Ball zu. Dann wurden sie übermütiger und versuchten, ihn sich abzunehmen. »Tackling, Junge, Tackling! Hast du es denn immer noch nicht kapiert?«, reizte David den Jungen wie ein Trainer, der ihn rannahm. Sie rangelten mit den Beinen, dann mit den Armen, dann mit sich ganz, und Cora sah ihnen amüsiert und lachend zu. Sie hatten ihren Spaß, diese drei zusammengeschlossenen Außenseiter, die in diesem Sommer ihre Freundschaft fanden.

Und bald darauf gingen sie schwimmen. Zwischen den purpurnen Rispen von Blutweiderich und den langen Blättern von Schwertlilien gingen sie rein. Das Wasser war mild und nicht tief. Am Boden fassten ihre Füße in angenehmen Sand. Bei den Seerosen am Ufer konnte man am Boden hocken. Man spürte ein paar Halme von Wassergras. Cora fand es »paradieshaft« und betrachtete selbstvergessen die Seerosen in ihrer puren Schönheit. Um sie herum schwirrten in filigraner Erscheinung vereinzelte Libellen. Sie zeigten kurz ihre Neugier. Wasserläufer saßen leichtfüßig auf der gespannten Oberfläche des Sees. Ein Graureiher schwang sich langsam hinweg – über dem zum Abend unberührt wirkenden Wasser wirkte er wie eine Erscheinung der Urzeit. Sein Ruf, einzeln und archaisch, klang über den See.

Irgendwann ging David ans Ufer zurück. Und Tobi und Cora schwammen wieder ein kleines Stück raus auf den See. Der Sommergast setzte sich ins Wasser am Ufer, die Schultern entspannt auf der leicht erhöhten Grasnarbe abgelegt. Einfach nur, um diese beiden Menschen mit einem bewussten Maß an Zufriedenheit und Sympathie zu betrachten. Und Cora hatte recht: es war der Moment, der zählte. Der lebendige und erfüllte Augenblick der Gegenwart. David hatte über das menschliche Licht geschrieben, über dessen Kraft und über die Gefühle, die es einem gab, und dass darin auch illusionärer Glanz lag. Doch er wusste, wenn der Winter kam und wenn es nur noch das menschliche Licht gab, dann waren es die Momente des Sommers, die einem blieben. Normale und nebensächlich wirkende Ereignisse, die aus der Vergangenheit in die Gedanken traten. Das Beiläufige, das erst als Erinnerung Tiefe gewann. »Die erfüllte Leere« hatte jemand den Sommer genannt – vielleicht hatte er das damit gemeint ...

Cora und Tobi kamen wieder aus dem Wasser. Man legte sich wieder auf die Decken ins Gras. Die drei schwiegen. Die Stille entstand aus Harmonie. Aus Einverständnis mit sich selbst und den Freunden und der Natur. Man war der Natur nahe und damit dem eigenen Leben. Ihre nackten Füße lagen im Gras, sie berührten und spürten den Boden. Es war die einzige Wirklichkeit, die einzig gültige Zeit. Nichts zog die Gedanken ab, nichts richtete sich auf etwas anderes als das. Nichts, was hätte anders sein sollen und nichts, was hätte mehr sein sollen.

So lagen sie eine Zeitlang da, als Tobi mit einem Mal zu David sagte: »Guck mal, da drüben. Da geht eine baden!« Schräg am anderen Ufer, nicht weit entfernt, sahen sie eine dünne, sonnenbankgebräunte Blondine, die ans Ufer trat. Sie war oben ohne. Sie zeigte ihre Brüste. Ihr schlanker Körper war normal proportioniert. Sie war nichts Besonderes, bloß eine makellose Erscheinung, die vielen anderen ganz gleich war. Die beiden Männer folgten ihr mit gebanntem Blick. Wie sie die Füße ins Wasser streckte und dann bis zu den Knien reinging. Wie sie dann eine Zeitlang mit dem Wasser bis zur Hüfte herumspazierte und dann schwamm. Sie schauten ihr zu. Und die Blondine lächelte ihnen zu. Da erwiderten sie. Und taten sich schwer, von dem körperlich schönen Anblick in der Natur loszulassen. Cora aber schnaufte, sie atmete wütend.

»Ist es das? Ist es das, was ihr sehen wollt? Eine nackte Frau?«, fragte sie gereizt.

Eine Art kopflose Entschlossenheit packte sie. Sie ging weiter, als die Männer es für möglich gehalten hätten, denn sie stellte sich auf und begann ihren Bikini auszuziehen. Sie zog den Slip von ihren Hüften und band sich das Oberteil des Bikinis auf, so dass es sich löste und von ihren Brüsten sprang. Sie ließ die knappen Textilien einfach fallen. Nun stand sie völlig entblößt da. Tobi und David sahen Cora entgeistert an. Sie sahen die satten Hüften. Und die pralle Nacktheit ihrer Brüste. Sie hingen füllig und glockenhaft, sie hingen schön und schwer, in seidiger Üppigkeit, ausgewölbt und weiß, in warmer Blässe, so unschuldig im schimmernden Schmelz ihrer Reife, wie unberührt, und ihre Reinheit maß sich mit ihrem gellenden Reiz!

In Coras Nacktheit lag viel mehr Mut und Intimität und Reiz als in der stereotypen Schönheit der dünnen, gebräunten Blondine. Cora stellte sie in den Schatten. Sie gab so viel mehr. Etwas ganz Eigenes, nicht aufs schlanke Maß Gebrachtes und Normales. Sie konnte sich nicht hinter dem Gleichmaß der Proportionen verstecken. Cora wagte viel mehr. Sie zeigte den beiden Freunden das gut gehütete und verletzlich wirkende, beinahe heilige Geheimnis ihrer Nacktheit, die so blass und so reich war. Ihr üppiger Körper war überfließend sinnlich. Diese heimlich wirkende Haut, die mit dunkelgrüner Natur in magischer Schönheit kontrastierte – so hatten weder David noch Tobi je eine Frau gesehen.

Sie trat zum Ufer und trat ein. In ihrer Blöße schien sie von allem gereinigt. Sie schwieg gleichgültig und weigerte sich, die Freunde anzusehen. In ihrem Schweigen war sie ganz abgerückt von ihnen. Sie hatte etwas Unerreichbares. David bewunderte sie darin. Er fand sie packend und ins Unendliche schön. Mit anmutiger Langsamkeit, sinnlich, selbstvergessen und als könne sie in ihrer Nacktheit alles um sich herum vergessen und als würde sie sich selbst träumen, so trug sie den ruhigen, dunklen Spiegel des Sees um ihre blanken Hüften, bis sie darin eintauchte, mit dem Bug ihrer großen Brüste voran. Sie schwamm. Sie war es, die man nun betrachtete. Als sie wieder ans Ufer stieg, ging David ihr mit einem Handtuch entgegen und hüllte sie ein.

»Danke«, sagte Cora leise.

In dieser Nacht war David wie fiebernd wach. Es erregte ihn maßlos, Cora in ganzer Blöße gesehen zu haben, es trieb ihn. Ihren nackten Schoß, ihr volles und festes Gesäß, ihre füllig ausgerundeten, prangenden Brüste, die in ihrer seidigen Schwere so unbewusst lustvoll waren. Alles an ihr hatte er gesehen, nichts war verborgen geblieben. Das entdeckte Geheimnis machte ihn ruhelos. Er war voll starker Lust, voll sexueller Sehnsucht und dem Wunsch, diese Frau in all ihrer Wirklichkeit zu spüren, körperlich und leidenschaftlich. Als er sich an dem Gesehenen befriedigte, war es ein imaginärer Liebesakt voll mit immer wieder stillstehenden, innigen Momenten. Und als er zum Orgasmus kam, war er zum ersten Mal wirklich glücklich mit sich selbst.

***

Am nächsten Tag hielt Tobi im Auto neben David, der gerade wieder bei den Feldern unterwegs war. Der Jungbauer musste seine Mutter vom Bahnhof in Würzbach abholen. Aus einer Laune heraus begleitete David ihn nun. Auf dem dörflichen Bahnsteig erklang eine ferngesteuerte Durchsage: der erwartete Zug aus der Stadt – er kam ein

Mal in jeder Stunde – verspätete sich heute. So blieb ihnen Zeit für sonniges Nichts. Sie hockten am Bahnsteig und ließen ihre Beine ins Gleisbett baumeln. Da war sie wieder, die erfüllte Leere des Sommers. Die Idylle in der blanken Fülle des Lichts. Am Waldrand hörte man den Ruf eines hohen Bussards, als Zeichen einer sanften Wildnis, die die Häuser umgab. Der Bahnhof und der Ort lagen in der Stille der Mittagshitze und boten den Eindruck der Verlassenheit.

Sie saßen da und ließen diesen Eindruck auf sich wirken. Gedankenlos lächelnd ließen sie ihre Beine baumeln. An einem Pfosten machte ein Plakat eine Ankündigung: Waldfest des Wandervereins »Fidele Gesellen«, musikalisch umrahmt vom Kuckucks-Chor der Ortschaft Hassel. Sie betrachteten das Plakat und machten sich darüber lustig.

»Das Fest findet statt auf dem Gelände des ehemaligen Jagdrestaurants *Zum meisterlich erschossenen Goldfasan*«, flachste David.

»Nicht *Zur ausgestopften Fledermaus?*«

»Oder *Zur ausgestopften Ameise?*«

»Es folgt das Teichgrundfest in Oberhandtuchbach. Besuchen Sie unseren Unterwassergrill!«

»An Land sehr zu empfehlen: die Schlachtplatte Klein-Hawaii.«

»Zu den Klängen der Berchtesgadener Blasmusik-App auf Ihrem Handy.«

»Und probieren Sie auch unsere Bouillon-Brause. Ein fettig schäumender Hochgenuss!«

»In Niederknüppelbach löscht die Freiwillige Feuerwehr heute den Durst der Menge!«

»Und Oberpupsingen tanzt heute Freiluft-Salsa!«

Sie alberten und lachten. Irgendwann standen sie auf und gingen durch das einspurige Gleisbett. Eine Weile setzten sie ihre Schritte auf die alten Bahnschwellen. Gingen raus aus dem Ort. Im heißen Licht schwitzten die schweren Balken Teer aus, es sah aus wie schwarzes Quecksilber, es stand in flüssigen und dicken Blasen auf dem Holz. Dieser Geruch war bei David tief verankert.

»Mein Vater war bei der Güterabfertigung. Mit dem bin ich manchmal über die Gleise gegangen. Kann mich gut daran erinnern.«

»Ihr wart Eisenbahner«, sagte Tobi.

»Ja. Schon der Großvater.«

Die Hitze war flirrend, sie stand durchsichtig schwelend in der Luft über dem alten Schienenweg. Aber sie mochten es. Sie gingen dahin und wurden dabei selbstvergessen wie Wanderer in der Wüste. Breiteten die Arme aus und balancierten auf dem blanken Profil der Schienen. Es fühlte sich an wie melancholischer Übermut. Dann gingen sie weiter die Schwellen ab, noch ein Stück weit hinaus.

»Wenn man die so geht«, meinte Tobi, »dann hätte man Lust, bis ans Ende der Welt zu gehen.«

»Ja, das verleitet, das macht Lust«, stimmte David zu, »wenn man die so geht, das ist so ein Gefühl, als würde man auf geradem Weg darauf zugehen und damit nicht mehr aufhören.«

»Das müsste man echt mal machen. Einfach loslassen und losgehen. Nur der Lust folgen, irgendwo ganz in der Ferne anzukommen.«

Dann stieß David Tobi an.

»Nicht heute, mein Lieber. Lass gut sein. Das Ende der Welt muss noch warten. Komm, lass uns umdrehen! Der Zug mit deiner Mutter kommt bald.«

Sie gingen langsam zurück. Taumelten in sommerlicher Ausgelassenheit schweigend über den Schienenweg. David lächelte still, weil er sich an den Vater und die Kindheit erinnerte. Tobi lächelte auch still. Weil er sich an den vergangenen Tag erinnerte.

»Cora gestern ... Die war ja ziemlich krass.«

David erklärte: »Sie war impulsiv ... Sie war trotzig ... Sie hat reagiert ... Wir haben uns vielleicht ein bisschen zu sehr für diese badende Blondine interessiert.«

»Und da hat sie einfach blankgezogen vor uns beiden, die Cora.«

»Gott segne sie!«, dankte David mit maskuliner Ironie.

»Hast du das gesehen?!«

»Eine Wucht.«

Tobi zeigte ein lümmelhaftes Grinsen, ein wenig wie ein Junge, dem die erste Verdorbenheit bei der Selbstfindung hilft.

»Mannomann, ganz schön große Dinger hat die! Satte Kurven!«

»Mir ist jetzt noch schwindlig.«
»Traumhafte Ballons.«
»Ich träume jetzt noch!«
»Große Boobies.«
»Tolle Glocken.«
Sie antworteten sich wie in einer Litanei, doch ganz unkatholisch. Sie lachten verboten, schwelgten sündig in Coras Oberweite, wucherten mit den Pfunden ihrer Freundin. Die beiden ließen sich freien Lauf und genossen ihr Gerede. Es lag kumpanische Verschworenheit und Einigkeit darin. Und das befreiende Gefühl von Unreife, der Übermut von Schulbuben. Wie Gassenjungen, die lästernd etwas bewunderten. David konnte nicht anders – er genoss diesen wollüstigen Rückfall in seine Jugend.
»Und triffst du sie heute?«
»Wir haben für heute nichts ausgemacht. Aber ich denke, ich werde gleich mal in der Gemeindeverwaltung vorbeischauen.«
»Sehet: die Macht des Weibes!«, proklamierte der Junge mit sinnschwerer Stimme.
»Ist ja gut, du Nachwuchs-Weisheit.«
Und David traf Cora. Er sah sie mit dem hochgestellten Kragen ihrer Bluse und genoss in seinen Gedanken das nackte Bild des vergangenen Tages. Das reizende und wunderschöne Geheimnis. Er rief es in sich hervor. Und empfand es wie etwas, was ihn ganz mit ihr verschwor. Sie gingen spazieren. An Tagen, die so heiß waren wie dieser, stand die Sommerhitze sogar auf dem Höhenweg

fast unbewegt. Die Luft rührte sich nicht. Als sie in eine Wiese gingen und unter einem Baum Ruhe fanden, im idyllischen Schutz seines Schattens, waren es Coras Gedanken, die das Gespräch begannen.
»Als du mich gestern nackt gesehen hast: hab ich dir gefallen? Sei bitte ehrlich.«
»Ja«, sagte er postwendend.
Nach einer Pause sagte sie: »Ich bin zu dick.«
»Du bist gerade richtig. Du bist wundervoll.«
»Ich bin zu dick!«
»Du bist reich!«
»Und du kannst schöne Worte.«
»Du glaubst, dass ich nicht ehrlich bin?«
»Ich glaube, dass du charmant bist.«
»Okay! Willst du mal sehen, wie ehrlich ich bin?«, sagte er und nahm Luft, »also gut: gestern Nacht, da lag ich wach. Ich konnte nicht einschlafen. Ich hab dieses Bild von dir nicht aus dem Kopf gekriegt. Es war so intensiv, dich zu sehen, wie du wirklich bist, deine Haut, deine Gestalt – deine Nacktheit. Diese Intimität und Nähe, die in deiner völligen Nacktheit lag. Du hättest mir nicht näher sein können als in diesem Moment deines völligen Anblicks. Es hat mich so erregt, durch die ganze Nacht. Ich war voller Lust. Ich konnte nicht anders, als mich selbst zu befriedigen. Es war die Illusion, ich hätte dich berührt. Und das war wunderschön.«
Seine Stimme hatte laut begonnen und endete leise und wahr. Cora hörte und lächelte.

»Du hast es dir selbst gemacht und du hast dabei an mich gedacht?«

»Ja«, gestand er.

Es tat ihm gut, ihr alles zu sagen. Sie wagte nicht, ihn anzusehen, sie äugte ihn von der Seite an, mit ganz großen, scheuen Blicken, und dann fragte sie leise, als könne sie es nicht glauben: »Sag mir: war es schön? Ja? Hat es dich glücklich gemacht?«

Es fiel ihm schwer zu antworten, aber er sagte: »Ja ... Ich glaub, ich war noch nie mit mir selbst so glücklich. Es war anders als sonst.«

»Ist das wahr?«

Er nickte.

»Es war seltsam. Sehr stark. Intensiv. Beinahe genau so wie wirklich.«

»Das ist schön«, sagte sie leise.

Sie empfand Freude bei diesem Gedanken und bei diesen ehrlichen, gewagten Worten. Sie wollte ihm zeigen, dass sie genauso viel wagen kann. Und dass ihre Gefühle gleich sind. Sie wollte sie zeigen.

»Dann will ich dir was sagen. Dass du mich gestern nackt gesehen hast, das hat auch mich erregt. Und ich hab's mir auch gemacht, gestern Nacht.«

Sie lächelten, leicht berauscht von den undenkbaren Worten.

»Was wir beide uns alles sagen können!«, hauchte sie staunend, dann blickte sie verschämt wie ein Mädchen und lachte leise auf.

Und er wiederholte leise: »Alles.«
Er sagte in seinen Gedanken zu ihr: »Cora, du süße Frau, ich würde gerne mit dir schlafen. Ich will dich endlich spüren. Ich bin beherrscht von dieser Sehnsucht. In meinen Gedanken hat sie sich längst erfüllt. Da lege ich meine Lippen auf deine Haut, um dich einzuatmen und zu schmecken. Ich bin davon erfüllt. Diese Sehnsucht lebt mich Tag und Nacht. Es ist ein vollkommenes Verlangen!«
Und in ihren Gedanken antwortete sie ihm: »David, du süßer Mann, das ist schön! Ich habe nämlich den gleichen Gedanken. Das gleiche Verlangen. Ich sehne mich nach dir. Will dich spüren, deine Haut, deine Kraft, deine Stärke in mir drin, dein ganzes Verlangen. Ich kann dir nicht sagen, wie sehr ich mich sehne. Ob ich Blumen zupfe oder Teig anrühre oder telefoniere: Ich spüre nur noch diesen Zug zu dir, diesen Drang, diese Lust. Ich will endlich alles von dir spüren!«

***

In diesen Tagen brummte das Land. Es war ein dunkles, gleichförmiges, dahinlaufendes Geräusch. Es war Betrieb in den Feldern. Sie staubten unter der Ernte. Die Mähdrescher befuhren die Flächen und deckten Tag um Tag das Korn ab. »Wenn für den nächsten Tag Regen gemeldet wäre, dann fahren wir auch nachts, mit Scheinwerfern«, erzählte Tobi. Aber es blieb trocken. Der helle Staub des Schnitts stieg über den großen Maschinen auf. Der Laut vertrieb die Greifvögel, die es hier in Mengen gab, und ließ die vormals reichen Felder in langgezogenen Haufen goldenen Strohs zurück.

Wenn dann aber die Maschinen kamen, um das Stroh zu raffen, dann waren auch die Greifvögel da. Sie segelten und spähten nach aufgeschrecktem Leben am Boden und waren mit ihren Krallen und scharfen Schnäbeln bereit. Es war eine Schau. Einmal sahen sie Bussarde, Falken und Milane zusammen in der Luft, bis der Falke niederstieß ins Kornstroh. Und einmal waren es gleich fünf Milane, die miteinander durch die Luft kreisten, bis sie weiter in die Höhe stiegen und verschwanden.

Cora und David begegneten Tobi, der mit seinem Traktor im Zuckeltrab über das Stroh fuhr, um es mit einem gedrungenen, drolligen, grünen Wagen einzusammeln, den er mit dem Traktor hinter sich herzog. In bestimmtem Abstand öffnete sich an dem kleinen Wagen eine Klappe und legte nach hinten eine große Rolle von gebündeltem Stroh auf dem abgeernteten Feld ab.

»Schau mal: Tobi legt Eier!«, flachste David.

Sie sahen den Bussard, der hinter dem Wagen segelnd in der Luft war. Und sie rannten dem drolligen Gefährt nach und sprangen auf die Trittbretter des Traktors, um den Jungbauern auf seinen langsamen Runden ein Stück zu begleiten. Cora rief ihm durch den Laut des Motors albernd zu: »Tobi legt Eier! Tobi, du legst Eier!«

***

Einmal, in einer Obstbaumwiese, da waren sie beide wieder ganz für sich. Geschützt vom Schatten eines großen, ausladenden Apfelbaums und tief beieinander. Sie lagen da wie Tiere. Wie ein Männchen mit Gefährtin. Naturhaft und zufrieden. Und David war Cora so nahe. Durch die herrschende Wärme hindurch spürte er die Wärme ihrer Haut. Er war im Angesicht ihres Schweißes. Er atmete ihren Dunst. Er roch sie. Mit Haut und Haaren. Es war vertrauter Geruch. Voller Intimität. Vielleicht erinnerte er sich unbewusst an eine frühere Frau, vielleicht an die Schulter der Mutter in ganz früher Zeit. Eine tiefe Geborgenheit nahm ihn ein. Er spürte ein überwältigendes Maß an Nähe. Und er hätte gerne seine Arme um diese Wärme und diesen Geruch gelegt. Er wollte sie wie eine Gefährtin, deren feuchtes, schwitzend nasses Haar erschöpft auf seiner Brust lag. Nicht anders empfand er sie. Es war übermächtig. Es drängte ihn, sie jetzt ganz einzuatmen, aus Berührung heraus.

Dafür kam er ihr noch näher. Mehr als er ihr je gewesen war. Er sog Cora auf. Jetzt war die Nähe alles und doch nicht genug. Sie machte ihn glücklich, und er wollte dieses Glück feiern. Seine Lippen öffneten sich leicht, als wollten sie sich aus eigener Kraft auf die Haut dieser Frau setzen, so stark zog es ihn an. Er wollte einen Kuss auf sie legen, auf die nackten Schultern, in den Nacken gleitend. Einen Kuss, der so entschlossen und vollendet war, dass er nichts offenließ. Der alles sagen würde. Es brauchte keine Worte mehr.

Cora hielt still. Sie wartete. Sie bewegte sich nicht, nur

um berührt zu werden. Sie hätte diesen Kuss angenommen. Sie war nicht so stark, selbst den ersten Schritt zu tun. Den ersten Schritt schenkte sie David. Aber sie wusste, dass er als Schriftsteller zum eigentlichen Leben mehr Abstand hatte als alle anderen Menschen auf der Welt. Er hatte einen weiteren Weg. Er brauchte Zeit.

David hatte sich die Dinge nie erobert, er hatte sie sich nie genommen. Es war nicht seine Art. Und er hatte sich auch nie den Wert gegeben, es zu tun. So lag es in ihrer Person, in ihrer Geschichte und in ihren Gefühlen, dass sie sich jetzt nicht berührten. Wenn sie seine Berührung vielleicht doch in einem Reflex abgewiesen hätte, dann hätte ihn nichts so zerstören können wie das. Nichts stellte er sich schlimmer vor. Sich schuldig zu machen an ihrem gemeinsamen Glück. Er hatte Angst, mit seiner Hand zu schnell zu sein. Die sensible Angst vor einer Fingerspitze zu viel.

Sie hatten Angst, zu viel zu verlangen und einen Schritt zu weit zu gehen und damit alles zu zerstören. Es war die Angst, sich aus diesem Zustand zu verlieren. Die glückliche Erwartung zu verlieren, die das Gefühl der Verliebtheit ihnen gab. Sie hatten Angst um den Moment, der so unwirklich schön war und der sie seit Wochen schon erfüllte. Die Größe ihres Glückes machte sie so demütig, dass sie es nicht wagten, mehr zu verlangen. Sie brauchten nur eine einzige Berührung, um ihr glückliches Schicksal zu besiegeln. Es gab nichts, was sie beide so sehr wollten. Doch sie berührten sich nicht.

Sie blieben einen Millimeter voreinander stehen. Sie hielten den Schwebezustand. Als hielte man eine Seifenblase ewig in der Luft, damit sie niemals zersprang. Als hielte man aus Angst um das Leben einen Schmetterling oder eine Blume in ausgewölbten Händen, ohne zuzupacken, ohne zu berühren. Sie spürten, dass es Poesie hatte. Dass sich die Wirklichkeit nicht schloss und dass noch etwas offen blieb und frei. Es fühlte sich auch wie ein Spiel an und es ließ sie träumen. Die Lust, die sie aufeinander hatten, war wie ein Pfeil, der sich fixierte. Ein Bogen, der seine Spannung genoss …
Sie hatten aus ihrer tiefen Einsamkeit herausgefunden und waren glücklich, auch wenn ihr Glück nicht diese endgültige Gewissheit hatte. Sie hatten es doch gefunden. So wie sie dalagen mit nackten Füßen in der Wiese und so nahe beieinander, dass dazwischen für das Alleinsein kein Platz mehr blieb. Konnten sie sich denn mehr wünschen als dieses sommerliche Paradies zwischen Himmel und Gras? Konnten sie sich einen erfüllteren Zustand vorstellen? Konnte es mehr geben als das? Es sollte nicht anders sein als jetzt. Der Zustand sollte sich bewahren, denn er war so, wie das Glück sein sollte. Es war, als wäre es nicht zu steigern. Sie fühlten zugleich Spannung und Erfüllung. So erlitten sie ihre Sehnsucht und genossen sie ebenso. Das Gefühl ihrer Verliebtheit trug sie durch diese Tage. Ein jugendliches und fast vergessenes Gefühl, das ihr Leben auf den Kopf stellte.
Sie waren keine leichthemdigen Jugendlichen mehr. Cora

war Ende dreißig und David schon in den Vierzigern. Sie waren ineinander verliebt, und dieses romantische und berauschende Gefühl machte sie so lebendig wie seit ewiger Zeit nicht mehr. Sie genossen diesen Zustand, der so viel in sich barg. Sie genossen es, sich jeden Tag neu in diesem Gefühl zu begegnen. Sie genossen es, sich zu umschwärmen und sich zu gefallen und das Gefühl zu finden, miteinander glücklich zu sein. Ihr Wunsch, sich zu berühren, war übermächtig. Es gab letztlich nichts, was sie beide so wollten.
David, der Zögernde, der unsichere Idealist, der gigantische Romantiker, der unsterbliche Träumer, sagte sich: »Wir werden es noch nicht tun. Weil wir uns zeigen müssen, wie ernst wir es meinen. Ich will diese Liebe nicht durch Ungeduld verlieren. Sie ist mir so kostbar. Wenn wir nachgeben und miteinander schlafen würden, dann schien doch all diese erfüllte Zeit, die wir sprechend und schweigend, ruhend und bewegt in dieser ländlicher Idylle verbracht hatten, nur der Vorraum gewesen zu sein für ein paar heftige Minuten. Als wäre es das Ziel gewesen. Dabei war dieser Weg das Ziel. Diese wundervollen Wochen mit Cora. Ich will nicht, dass es mir erscheint, als wäre das nur ein Wartezimmer gewesen für meine sexuelle Befriedigung.«
Vielleicht dachte er noch zu sehr wie ein jüngerer, naiver, unreifer Mann. Doch sie verstand ihn. Sie wusste, dass er so dachte, und so verstand sie es. Als er an dem See aus seinem Roman vorgelesen hatte, da hatte sie gesagt:

»Was mich traurig macht: so viel Träumerei. Ohne wirkliche Erfüllung. Nähe, die nicht wirklich ist. So viel Sehnsucht.« Sie erinnerte sich daran. Doch diese Zweifel waren es nicht wert. Cora fühlte sich erfüllt. Sie wusste, dass sie glücklich war. Sie ließen sich Zeit, um sie zu genießen. In ihrem Alter hatten sie gelernt, Dinge erwarten zu können und sie nur in Gedanken zu genießen. So war es eine Geduld, die sie erfüllte. Sie waren sich ihrer Liebe jetzt gewiss. Und ihr Kreis würde sich irgendwann schließen.

***

Es ging dem Ende des Julis zu. Auf den Goldstoppeln der geschnittenen Getreidefelder lagen die schweren, goldenen Strohrollen. Die Brombeeren wurden reif, und so spendete die Landschaft eine weitere Frucht am Wegesrand. Sie stillte mit köstlichen Früchten beiläufigen Hunger.
Auf einem gemeinsamen Spaziergang fanden David und Cora unterhalb des Sonnenblumenfeldes, das gleich vor dem Panorama-Hof lag, ein dichtes, seltsam zugewuchertes, verlassenes Gebiet. Hier war David zuvor noch nicht gewesen. Es gab einen Weg hinein. Aber er war kaum zu erkennen. Er bestand aus wilder Wiese, in der das schwerelos abgehobene Rasseln der Heuschrecken klang. Sie stapften durch die Wogen des hohen, grüngoldenen Grases.
In der Hitze duftete es fruchtbar. Da waren diese kleinen, roten Äpfel. Weil es heiß und trocken war, fielen die

ersten sogar schon reif von den Ästen und lösten sich am Boden langsam auf in intensiven, vergorenen Duft. Und da waren die gelben und roten Mirabellen, die ebenfalls schon von ihren Zweigen losließen. David und Cora aßen von den Bäumen. An einem Baum mit fast schwarzen Mirabellen packte er plötzlich ihre Arme und hielt sie fest hinter ihrem Rücken. Sie lachte auf, denn sie erkannte gleich den Spaß darin und machte das Spiel willig mit. Ohne Arme und Hände versuchte sie nun die Früchte mit dem Mund vom Baum zu pflücken. Dann machte er mit. Sie waren übermütig und amüsierten sich.
»Köstlich«, sagte er, »schön ist es hier.«
»Ja!«
»Ein Garten Eden, ein Paradies.«
Und Cora fragte neckisch: »Es würde uns also nicht auffallen, wenn wir nackt wären?«
Ihr Blick traf sich kurz und verlegen. Sie gingen weiter hinein. Es war ein seltsames Durcheinander von Bewuchs und Flächen. Alles war miteinander verschlungen. Es gab verwinkelte und versteckte Stellen und andere, zu denen man gar nicht gelangte, sie waren wild verwachsen. Da waren diese vielen kleinen, knorrigen Apfelbäume, die um ihren Stamm eine halbschattige Lauschigkeit ausbreiteten, die tiefste Idylle. Die kleinen Äste waren tief, so dass man sich unter dem Baum bücken musste. Die beiden fanden einen heimlichen Platz. Er verbarg sie völlig. Er versteckte sie so, dass es beinahe etwas Erregendes hatte. Zu einer Seite sah man das abfallende Gelände, das einen

weiten Blick südwärts aufs Land bot. Cora lag auf der Seite und schaute hinaus. Sie hatte die Schuhe ausgezogen, denn sie spürte so gerne das Gras mit ihren Füßen. David lag hinter ihr. Und während er noch einen Apfel aß, rot wie Frauenlippen und köstlich schmeckend, sah er nur sie. Sie lagen da in ihrem Glück, auch wenn sie sich noch immer nicht berührt hatten. Irgendwann schloss sie ihre Augen. Er hörte, wie ihre Lippen sich leicht öffneten und atmeten. Es war diese freie, unbedarfte Art, die nur ein Schlafender hat.
Er sah sie an und fühlte sich mit einer Übermacht zu ihr hingezogen. Er hob die Hand. Zärtlich und heimlich. Er spürte es stärker als je. Er konnte nicht widerstehen, seine Hand auf sie zu legen. Er setzte sie sanft auf ihrem Unterarm ab. Er war glücklich, sie zu spüren. In verschwiegener Liebe streichelte er sie. Sehr innig. Voller Hingebung. Seine offene Hand und seine Finger strichen, in atemlosem Schweigen versteckt, über ihre Haut. Es war die Berührung, die er sich so sehr gewünscht hatte. Auch wenn diese geliebte Frau jetzt durch Schlaf bewusstlos war.
»Mein Gott, bist du zärtlich!«, sagte sie da.
Sie sagte es mit einem Hauch, fast gespenstisch, mit einer leisen und weichen, ganz offenen Stimme. Ihre bunten Augen waren wieder groß, geöffnet in voller Schönheit und Melancholie. Sie starrte wie in wundem Traum hinaus auf das freie Land. Es war so unwirklich, als geschehe es nicht.
Cora war aus ihrem kurzen Schlaf erwacht, und David

hatte es nicht bemerkt. Jetzt starrte er mit ihr in die Weite, die Alles und Nichts war. Er schaute mit ihr über den Rand der sichtbaren Dinge.

»Macht es dir Angst?«, fragte er.

»Ja«, hauchte sie.

Und wenn er jetzt gefragt hätte, ob sie glücklich sei, dann hätte sie wieder »Ja« gesagt ...

Wie eine unwirkliche, fast unheimliche Kraft fühlten sie ihr Einssein. Und für einen Augenblick hatten sie den Fuß auf die Erde gesetzt. Jetzt hoben sie ihn wieder an und spürten ihre schwerelose und aufregende Verliebtheit. Ihren Schwebezustand. Sie genossen ihn und glaubten, dass diese Zeit nie enden müsse. Dass sich ihr Glück nie verlieren könne. Sie müssten dafür nichts tun. Es war da, mit einer natürlichen Schwerkraft geradezu. Es musste so sein. Die beiden hatten das feste Gefühl, dass sich an ihrem Glück nichts ändern würde. Dass es für sie immerfort so bleiben dürfe.

Das aber war ein Irrtum.

6 SCHMERZ

Jetzt begann der August. Der letzte Monat von Davids Sommer brach an. Spätsommer. Die Natur hatte sich zu einem großen Teil schon erfüllt. Am Höhenweg lagen einige geschnittene Getreidefelder jetzt so still, dass sie dem folgenden Jahr schon lauschten. Die schweren Rollen des Strohs lagen darauf – erstarrt in skulpturalem Ausdruck vor weitem Horizont. Sie waren von passionierten Fotografen begeistert umschwärmt. Und wieder fuhren die langsamen Landmaschinen. Sie ernteten das späte Korn. Tobi fuhr im Zuckeltrab übers Land. Er spannte sich ein Gerät vor den Traktor, das in den Futterwiesen den Klee schnitt und bald die nachgewachsene Luzerne. Und bald wurde in den Wiesen die Nachmahd gemacht.
Die Maispflanzen waren in der Höhe ausgewachsen und in ihren Kolben pochte intensives Wachstum. Äpfel und Birnen standen dieses Jahr in einer besonderen Schwere da. Die Wege waren überrollt von abfallenden Mirabellen und frühen Äpfeln, von dürstenden Bäumen fallen gelassen. Saftiger Reichtum, der fruchtig und gärend und fast stechend in der heißen Luft lag.
An den Kartoffelrosen bildeten sich wie schwangere Bäuche große, rote Hagebutten. Und weiter dunkelte der Wein. In wilder Fülle boten sich die Brombeeren an, fruchtig duftend, mit dunkler Saftigkeit. Man hatte die

blutige Reife an den Fingern kleben. Der Holunder begann, seine Beeren schwarz zu färben. In den Büschen der Raine und Wege, die die mattgoldene Landschaft der Stoppelfelder durchzogen, glänzte perlend wie kühler Morgentau das Blau der Schlehenfrüchte. Der Rainfarn blühte jetzt und duftete nach Kamille. Und die hohen Goldruten blühten. Ihr Flor stand stets für den Sommer, der sich erfüllt hatte. Am Wegesrand formte David mit den Händen einen Trichter und nahm damit ihren Duft auf, der die ganze Luft durchwirkte. Es war ein süßlicher und tiefer Duft wie von Blumenheu. Und David fand, dass dies der schönste Duft des reifen Sommers sei.

»Die Fülle des Sommers. Und darin liegt ganz leise schon die Ahnung seines nahen Endes«, dachte er.

Aus der Ruhe des Sommers bewegte ihn die Unruhe des erahnten Herbstes. Doch es war nichts Schlechtes darin. Er fühlte sich beschenkt, in seiner Seele reich, er fühlte sich zu Glück gekommen.

»Wer jetzt nicht reich ist, da der Sommer geht, wird immer warten und sich nie besitzen«, sagte ihm Rilke, und David wiegte sich in Zuversicht.

In wachen Nächten spürte er die Einsamkeit und war doch nicht allein. Denn am kosmischen Himmel schwärmten jetzt die Perseiden. Sie streiften die Klarheit der unendlichen Weite mit feurigem Licht. Sternschnuppen. Längst hatten sie ihm Glück gebracht …

***

An einem Tag, wieder am Nachmittag, holte er Cora von der Arbeit ab. Sie trug an diesem Tag wieder diese weiße Rüschenbluse, und ihre Lippen waren lackrot, ihr fast schwarzes Haar war besonders lockig und glänzend und sie trug einen kurzen, schwarzen Lederrock. Früher sagte man über eine Frau, die einen solchen Anblick bot, sie sähe ›reizend‹ aus. David jedenfalls war sehr ›gereizt‹. Als er sah, dass sie dazu einen kleinen Blumenstrauß trug, fragte er nach.
»Ich hab heute Geburtstag. Deshalb hab ich mich ein wenig hübsch gemacht. Und Juliane hat mir diese schönen Blumen hier geschenkt«, erklärte sie.
Er sah sie an mit einem überraschten Atemzug.
»Das nennst du ein wenig?«, dachte er und sah sie nur an. Sie war so hübsch, sie wirkte umwerfend auf ihn. Er stand mit dem Anblick da, auch darum verlegen, weil er keine Ahnung von ihrem Geburtstag gehabt hatte. Jetzt gratulierte er ihr. Er küsste sie zart auf die Wange, dann nahm er sie in die Arme, wie sie ihn. Es war ein Moment der gestatteten Liebe. Eine sozial adäquate, zugelassene Umarmung. Sie hielten sich in den Armen und schlossen die Augen dabei. Sie taten es viel zu lange, für ihre Begriffe viel zu kurz, denn sie konnten den Moment nicht halten.
»He, ihr beiden! Das ist nur ein Geburtstag, keine Heirat!«, meinte Juliane.
Sie lachten.
»Meine Mutter vergisst meinen Geburtstag nie, die besteht darauf! Ich fahre gleich rüber. Komm mit. Sonst

schaut sie mich vorwurfsvoll an, wenn du nicht dabei bist!«, sagte Cora zu David, als sie draußen auf der Straße waren.

Gerade als sie es gesagt hatte, knallte Lärm in die Dorfmitte. Ein tiefergelegter, billiger Sportwagen mit grellen Farbeffekten fuhr herein. Der Wagen beunruhigte David. Das Gefühl von purem Stress ging von ihm aus.

»Schon seltsam, dass eine so entwickelte Kultur wie unsere Maschinen zulässt, die so aggressiven Spaß an Lärm haben«, dachte er.

»Und gleich kommt's noch dicker«, dachte Cora.

Sie biss sich auf die Lippen, und das Auto kreiste mit kreischenden Reifen um die Dorflinde. Es hielt mit schwarzer Bremsspur vor dem Paar. Davids Albtraum nahm seinen Lauf. Aus dem Auto stieg ein Mann. Ein Rotblonder mit schiefem Gesicht und schlechter Haut, sie schien von Sommersprossen zerfressen zu sein. Er war groß und grobschlächtig, kam auf Cora zu und nahm sie in den Arm.

»Alles Gute, mein Mädchen! Deinen Geburtstag vergess' ich doch nicht!«

Cora nahm die Gratulation eher widerwillig entgegen, lachte aber dazu.

»Geil siehst du aus!«, sagte er zu ihr und schaute an ihr hinab bis zu ihren hochhackigen, schwarzen Schuhen.

»Hab gehört, dass deine Scheidung jetzt durch ist«, meinte er.

»Und das gibt dir Hoffnung?«, fragte sie aus amüsierter Distanz.

»Die Hoffnung stirbt zuletzt«, meinte er dumm dahingesagt.

Dann sah er, dass David sie begleitete.

»Wer ist der denn?«, fragte er herablassend und sah den kleineren Mann abschätzig an.

»Das ist ein Freund.«

»Ein Freund? Geh mir nicht fremd!«, scherzte er.

»Zwischen dir und mir ist gar nichts, Michael, und das weißt du«, sagte sie und warf mit diesen Worten einen suchenden Blick zu David hin.

»Du weißt, dass ich mich damit nicht zufriedengeb«, sagte Michael.

Und sein schiefes Gesicht verzog sich zu einer Visage von Charme.

»Lass gut sein, Michael«, sagte sie.

Als er davonfuhr, zwanghaft laut wie er war, war sie beherrscht von schlechtem Gefühl. Sie wusste kaum, sich David zu erklären.

»So, das war der Michael. Der versucht es schon lange Zeit bei mir. Ich hab ihm gesagt, ich will das nicht. Wir kennen uns seit der Jugendzeit. Da hat er sich in mich verliebt. Dann hab ich aber einen anderen Freund gehabt und danach wieder einen. Den hab ich dann geheiratet. Jetzt bin ich geschieden. Da glaubt Michael, jetzt sei er an der Reihe. Aber ich hab ihm gesagt, das sei überhaupt nicht logisch und das soll er sich aus dem Kopf schlagen!«

Obwohl sie es ihm erklärte, hatte auch David ein schlechtes Gefühl. Es drückte ihn nieder. Und zugleich war es starke und dunkle Emotion, die in ihm aufkam. Etwas, was sich ziemlich finster anfühlte. Er hatte das lange nicht gespürt.

Etwas später waren sie im Altenheim. David war mit seiner Aufmerksamkeit nicht bei Coras Mutter, nicht einmal bei Cora. Er hielt sich hinter beiden zurück. Er spürte, wie diese Emotion ihn an sich zog, ihn auf eine dunkle Seite zog, auf der er ein ganz anderer Mensch war. Und als er an diesem Abend allein in seinem Zimmer war, da war er gänzlich aus seinem Frieden und seinem Gleichgewicht gebracht. Er fand keine Ruhe. Er war angespannt. Als es ganz dunkel war, dunkel wie seine Gefühle, da ging er raus. Er war aufgewühlt und voller Hitze. Etwas in ihm war aufgestanden. Das ließ sich nicht in Schlaf legen. Das ließ sich vielleicht überhaupt nicht mehr legen. Er ging auf den Höhenweg, dessen ›dunkle Seite‹ er noch kannte von der verliebten Nacht in den Sternen. Er schaute aus.

In der Ferne, in einer Talsenke irgendwo, sprang Glut an den Himmel. Ringsum im Horizont, über sichtbaren Tälern und Städtchen, glommen jetzt in jeder frühen Nacht Feuerwerke. Bunter Funkenflug. Fern und lautlos, unaufhörlich verglühend, rasch aufglimmend, um vollkommen zu vergehen. Und um Ecken, wie versteckt und unerreichlich, kam der Abklang kleiner Sommernachtsfeste. Irgendwo wurde jetzt jeden Tag gefeiert. Das Leben drängte sich in die wenigen kurzen Wochen, die vom Sommer noch blieben. Die Menschen spürten, dass die Zeit bald endete.

Ein paar Tage später feierte der Turnverein. Cora und David schauten vorbei. Sie hatten die alte Dame dabei. Auch Tobi war da. Sie saßen zusammen. Als Cora einmal kurz aufstand, um für ihre Mutter Wasser zu holen, da gab sie ihr Eis am Stiel David in die Hand.
»Halt das mal kurz.«
Als sie ging, leckte er an dem Eis. Und als er danach kurz aufstand, trank sie an seinem Glas. Kleine, schweigende Gesten von Vertrautheit und Innigkeit. Tobi sah es. Er war der einzige, der es bemerkte. Er wusste längst, wie es um sie stand. Er verstand, wie nahe seine Freunde sich schon waren. Er lächelte ...
Tage zuvor hatten sie auf dem Panorama-Hof ein privates Grillfest gehabt. Da waren David und Cora eingeladen und kamen gemeinsam. Sie setzten sich etwas abseits auf eine schmale Bank. Wie um sich selbst zu genießen. Aber das war ihnen nicht bewusst. Nur Tobi sah es. Er wusste, in den nächsten Tagen musste es geschehen. Auf der schmalen Bank berührten sich ihre Schultern, sie waren eins, und sie sprachen eng miteinander. Ihre Liebe hatte sich gefunden. Es lag nur noch ein einziger Millimeter zwischen ihren Lippen. Ein kleiner Spalt, der sie noch trennte, eine winzige Unentschiedenheit ...
Auch bei dem Fest des Turnvereins tauchte Michael auf. Er drängte sich hinein. Er machte klar, dass er hierher gehörte. Sie hatten ihn so zu nehmen, wie er war. Das Recht der Geburt, er lebte es trotzig aus. Mandelbach hatte ihn zu ertragen. Michael war leutselig und laut. Er war ein

impulsiver Typ. Nicht sensibel, nur empfindlich. Man fürchtete, von ihm missverstanden zu sein. Eine latente Gewalt lag in seinem Wesen, und das ängstigte seine Umgebung. Man war immer bemüht, ihn nicht zu erregen. Er hatte hellblaue, taube Augen mit unruhigem Blick, ein herumirrender Mensch, von dem die Leute nichts Gutes erwarteten. Man mied ihn freundlich.

»Er ist Autoverwerter. Hat im nächsten Ort einen kleinen Schrottplatz«, sagte Tobi, »ich mag ihn nicht. Ich mag ihn gar nicht.«

David fasste ihn ins Auge. Es gab zu viele von diesen Typen, zu viele von diesen Verzweifelten und Ungehemmten, die gern aneckten und die hämmerten und brüllten, um die stehende Stille eines leeren Lebens zu zerschlagen. Er spürte, wie dieser Mensch ihn beunruhigte. Er sprach etwas in ihm an. Er zog seinen Blick gefährlich auf sich. Und das ängstigte ihn. Er hatte Michael vor wenigen Tagen zum ersten Mal gesehen. Und doch war es wie eine alte Wiederbegegnung. Und als hätte David lange darauf gewartet. Dieses Gefühl machte ihm Angst. Er wäre am liebsten davongelaufen vor sich selbst!

Michael kam zu Cora, er sah David und tat, als gäbe es ihn nicht. Er drängte sie zu einem Bierchen, als wäre es ein Tanz. Sie wirkte widerwillig wie zuvor, gewährte aber seinen Wunsch.

»Also gut, Michael, ein einziges Bierchen.«

Sie standen am Ausschank zusammen. Sie schaute immer wieder zu David hinüber. Sie wollte den Kontakt

nicht verlieren. Als Michael sie umarmte, riss sie sich los. Dann saß sie bei David. Und Michael stand am Ausschank und soff gefräßig Bier. Im Mundwinkel die Zigarette mit einem Ausdruck dreckiger Härte – ein Ausdruck, wenn einem Menschen nichts geblieben ist als die Realität. Er starrte zu den beiden. Und David stellte ihm einen Blick entgegen. Und dieser Blick sagte: »Du stumpfsinnige Gestalt, deine Zigarettenasche tropft in den Kelch einer Blüte! Du kannst die lebendigen Augen dieser Frau doch gar nicht sehen! Dass sie so intelligent und so verträumt und so lebhaft ist. Siehst du das? Oder reizt es dich nur, weil es so anders ist? Du weißt nicht wirklich, was sie alles zu geben hat und wonach sie sucht. Glaubst du denn, du kannst das erfüllen? Oder es ist dir scheißegal. Wenn es nicht passt? Wird es passend gemacht?«
Nie hatte ihn eine Zigarette so angewidert. David hasste das Rauchen. Es teerte den Charakter, und er sah darin eine widerwärtige und lähmende Geste des Wartens. Eine Geste, die dunstig die Leere füllte und einen Menschen beschäftige, der warten musste, ohne dass er zu leben wusste. Leben war das Gegenteil. Es passte nicht zusammen.
Michael ging zu seinem abgestellten Wagen. Er öffnete die Tür und drehte die Musik auf. Dumpfer Ballermannsound dröhnte. Der grobschlächtige Rotblonde mit den krankhaften Sommersprossen forderte die Leute zum Mitgrölen auf. Er suchte, sie in obszöne Stimmung zu reißen und sie damit auf seine Seite zu ziehen. Doch kei-

ner wollte mitmachen. Sie sahen Michael schweigend an. Sein Versuch, der große Animateur zu sein, schlug fehl. Es machte ihm nichts aus. Er grinste. Er lachte wie aus Trotz. Er lachte über diese Leute, die nicht so laut sein mussten wie er, um am Leben zu sein ...
An diesem Tag waren David und Michael sich auf fatale Weise nähergekommen. Ihr Blick hatte Feindschaft gefeiert. Sie wurden sich vollends als Rivalen bewusst. Noch spät an diesem Abend spürte David eine Aufregung, die ihn nicht in Ruhe ließ. In seinen Gedanken spielte er immer wieder durch, wie er gerne reagiert hätte, als Michael Cora umarmt hatte. Er spielte es durch, umso verärgerter, dass er nicht so gehandelt hatte. Sein Herz schlug schier aus ihm heraus, ihm wurde rot vor Augen und sein Hirn setzte aus. Er spürte dunkelste Wut in sich, die spannte seinen ganzen Körper an bis zum Zerreißen, und das machte ihm Angst. Als er ruhiger wurde, war er froh, dass nichts Arges geschehen war.
Dann aber riss es ihn zurück, es packte ihn erneut, und er versetzte sich so intensiv zurück in die Situation, als sei er süchtig nach Blut. Um seinen dämonischen Zorn abzureagieren, vertiefte er sich in einige merkwürdige Bewegungen, in die er eingeweiht war und die kaum ein anderer verstanden hätte. Eine dunkle, gewundene Gestalt. In dieser Nacht blieb er wach. Die Situation hatte sich in ihm so festgesetzt wie ein Stück Fleisch im Hals. Er würgte daran. Er wusste, dass es Menschen gibt, die so einen ›Stau‹ in ihm auslösen konnten. Er litt an dem heißen

Hass, der übermächtig für ihn war. Er konnte die fatale Umarmung nicht lösen. Er hielt sich mit geballter Faust an der hässlichen Fratze des anderen fest. Wieder lief vor seinen Augen die Situation ab und wieder setzte er sich zur Wehr. Er lebte die wilde Emotion aus, die dieser derbe und dreiste Mensch in ihm auslöste. Er lebte sie ganz aus. Am Ende aber, als er von der Emotion wie entkräftet war, wurde ihm bewusst, dass man in der wirklichen Situation instinktiv fast immer das Richtige tut, und dass das Richtige darin liegt, dass man ruhig und friedlich und freundlich bleibt.

***

Am Freitag, den Dreizehnten, betrachtete David am Mittag Tobi, der über das geschnittene Feld des Wickroggens fuhr. Er erinnerte sich dieses weiten und impressionistischen Ineinanders des Getreides, dessen hohe Ähren sich mit dem Violett der Wicke zu einem beinahe berauschenden Glanz mischten. Übrig geblieben waren die Stoppel des geernteten Feldes. Tage zuvor hatte er mit Cora dort einen riesigen, wundervollen Schwarm von Ringeltauben gesehen. Jetzt war es ein Schwarm von Rabenkrähen, der weit verteilt wie ein Netz auf dem kahlen Feld saß. Er fand, die Vögel sahen aus wie finstere Löcher in etwas oder wie ein in Fetzen zerrissenes Tuch, dessen Schwarz das blanke Nichts zu sein schien.
An diesem Tag hatte Tobi sich einen maschinellen Pflug hinter den Traktor gespannt und fuhr seine Bahnen. In den nächsten Tagen würde das Feld schon dunggespeist

daliegen und warten auf ein weiteres Jahr. Bei anderen Stoppelfeldern zeigten sich schon bald die Reihen frischer, grüner Spitzen – das Getreide des nächsten Sommers. Der Sommergast aus der Stadt stand da und empfand bei dem Gedanken etwas Melancholisches. Er sah zu, wie das Feld hinter Tobis Traktor liegen blieb, leblos, mit gesplittertem Stroh. Dieser Tag war leicht wolkig und warf das Bild des Herbstes voraus. Die Sonne ging jetzt schon viel später auf und viel früher unter. Der Tag verengte sich.

Und dann kam der Samstag. Der vierzehnte August. Das Fest der Landfrauen fand statt. Alle waren da, ein großer Auflauf vor der Gemeindeverwaltung in der Dorfmitte. An einem der aufklappbaren Biertische stand Cora mit einigen Frauen und gab den Kurs »Wir binden einen Kräuterwisch«. Es war in dieser Gegend ein traditioneller Brauch rund um Mariä Himmelfahrt. Die Frauen banden einen Strauß aus Getreideähren, Königskerze, Rainfarn, Goldrute, Ringelblume und anderem. Den Strauß konnte man mit zur Messe nehmen und ihn segnen lassen. Nach der Segnung wurde er aufgehangen. In alten Bauernhäusern fand er seinen Platz im Herrgottswinkel.

Cora war mit ihren Damen beschäftigt. Immer wieder schaute David ihnen interessiert über die Schulter. Er zerrieb die Blätter für den Geschmack von Minze und Beifuß, von Liebstöckel und wildem Majoran. Er sah den Sträußen beim Wachsen zu. Cora gefiel ihm als kräuterkundige Hexe, die ihr Wissen weiterreichte. Einmal kam sie zu ihm. Er solle an ihrem Strauß riechen.

»Ist das eine besondere Mischung? Eine blühende Rezeptur? Bin ich danach verhext?«, neckte er sie.

Sie hielt sich den Strauß vors Gesicht, durch das farbenfrohe Grün blinzelten ihre schönen, bunten Augen, und sie sagte mit einem wahren Hexentheater: »Ein Atemzug, Männlein – und du bist der Wirkung verfallen! Du musst diesem Strauß folgen, dein Leben lang! Wenn du nur einmal daran riechst, dann kann ich mit dir tun, was ich will!«

Da senkte er, ohne noch einen Moment nachzudenken, seine Sinne ganz hinein in das gebündelte Kraut und schloss seine Augen dabei. Als würde ihn ein tiefer Wunsch begleiten. Sie lächelte. Sie liebte.

Die steinalte Witwe des Metzgers stieß sie an. Sie sprach mit knorrigem Dialekt und sagte: »Ihr beiden seid gut verliebt. Das kann ich sehen. Und ich bin fast blind!« Die beiden mussten lachen. Der Begriff ›gut verliebt‹ amüsierte sie, weil es sich anhörte, als seien sie beide in den vergangenen Wochen sehr tüchtig gewesen und hätten mit hammerhartem Fleiß an ihren Gefühlen gearbeitet.

Cora sagte zu sich: »Ja, ich liebe. Und heute Abend kommt unsere Stunde, geliebter David. ›Brot & Tulpen‹ läuft in Medelsheim. Sommernachts-Kino im Freien. Filmvorführung unterm Sternenhimmel. Lichtspiel. In der romantischen Dunkelheit werde ich es tun. Ich werde es wagen. Meine Hand in deine schmiegen. Endlich wird unser Kreis sich schließen. Küssen werden wir uns, während alle sich den Film ansehen oder sich ebenfalls küssen. Ich träume! Das ist schön, doch heute wird alles wahr, was ich träume, und das ist noch schöner!«

In diesem Moment kam Michael. Auf derbe, ungehobelte Weise leutselig und laut, so wie man ihn gewohnt war, betrat er das kleine Fest. Er machte sich wichtig. Wieder präsentierte er sein naturgegebenes Recht, an diesem Ort zu sein. Er wirkte noch fordernder als sonst. In den nächsten Minuten lag etwas, was jetzt schon nicht mehr aufzuhalten war. Es war Schicksal. David wusste es. Er hatte Angst, vor sich selbst am meisten.

Michael sah ihn. Und warf ihm einen feindschaftlichen Blick zu. Er verstand jetzt, dass David kein zufälliger Begleiter von Cora war, kein beiläufiger Freund. Nein, sie verbrachten ihre Zeit bewusst miteinander – so viel, wie es nur ging. Und doch war nichts bekannt, dass sie zusammen waren. Da gab es noch diesen kleinen Spalt zwischen ihnen, diese winzige Unentschiedenheit. Die beiden berührten sich nicht. So schien es Michael wie ein offener Wettbewerb zu sein. Vielleicht auch sah er seine Felle davonschwimmen. Er gab also Gas.

So wie er sein Recht an diesem Ort sah, so sah er sein Recht an dieser Frau. So sah es in seiner simplen Welt aus. Als Cora in seiner Nähe war, da ging er aufs Ganze. Er wollte sich sein Glück jetzt einfach greifen. Er wollte sein missgestaltetes Leben wenden. Cora, sein unerreichbarer Traum aus Jugendtagen: jetzt sollte er sich erfüllen. Lachend bemächtigte er sich ihrer. Sie lachte höflich mit, und er umschlang sie. Er zog sie an sich. Und plötzlich presste er seine Lippen auf ihre. Dieser rapide Kuss war unendlich bitter, denn David sah, was er selbst nicht gewagt hatte.

Als Michael Cora auf den Mund küsste, da schrie sie bedrängt auf und wehrte sich. Und David wusste, dass es jetzt Zeit war, der Realität zu begegnen – ihrer ganzen blanken Hässlichkeit. Er wusste, dass nichts Schönes blieb. Dass es schien, als müsse alles Schöne Illusion sein und zerplatzen. Als gäbe es kein anderes Schicksal. Als müsse man den Kampf um das Schöne im Leben stets verlieren. Immer. Ausnahmslos.

»Ich will, dass du Cora in Ruhe lässt!«

Michael drehte sich um.

»Ich will, dass du Cora in Ruhe lässt. Sie will das. Also halt dich einfach von ihr fern. Verstehst du?«

Michael sah ihn an mit dumpfem, brutalem Blick. Beide begegneten sich in offener Rivalität.

»Ich würde gern wissen, ob du das verstanden hast«, sprach David.

Er konnte nicht anders. Er konnte es nicht aushalten. Dieser aufgezwungene Kuss! »Ich muss umkehren. Das ist nun einmal so«, hatte der tapfere und chancenlose Sheriff Kane in dem Western *Zwölf Uhr mittags* gesagt. Er wusste, dass er sich stellen musste, nachdem er sich im ersten Moment noch feige in seinen Traum vom Frieden geduckt hatte. High Noon!

Die Leute schauten die beiden an und rückten kreisförmig von ihnen ab. David stand da. Es war ein Anderer. Einer der existent war und der doch nie wirklich aufgelebt hatte. Er hatte es unterdrücken können. Er hatte sogar gedacht, dass es den Anderen in sich vielleicht nicht mehr gäbe, er hatte sich das eingeredet. Jetzt aber war er präsent. Der, der jetzt sprach, das war nicht er selbst. Und er sagte auch nicht die Wahrheit. Er sprach es nur, weil es zur Form gehörte.

»Wir müssen das hier nicht mit Gewalt regeln.«

Und Michael machte ihn sogleich spöttisch nach: »Wir müssen das hier nicht mit Gewalt regeln.«

Er blaffte: »Das würde ich an deiner Stelle auch sagen, kleiner Mann!«

Mit lechzender Abfälligkeit sah er ihn an. Er wusste nicht, dass er längst einem Dämon in die Augen sah. Der all das, was nun geschah, was gesagt und getan wurde, kannte und durchschaute bis zum Ende der Situation und darüber hinaus.

»Wenn ich dir jetzt aufs Maul haue, du Dahergelaufener, dann nur deshalb, weil's mir Spaß macht!«

»Ich muss warnen«, sprach David sonderbar formal, »ich bin ausgebildet in einem äußerst effektiven Selbstverteidigungssystem.«

Das war für Michael bloß ein Stichwort.

»Na dann, Freundchen!«

Wie etwas, was keine Scham und Hemmung kannte, kein Gefühl, keine Menschlichkeit, schoben seine Pranken sich gewaltsam vor und trafen David an den Schultern. Der

taumelte durch den Stoß einen Schritt nach hinten. Michael war viel größer und viel breiter als David. Er packte ihn nun fest mit der rechten ausgestreckten Hand am Kragen. Und jene, die es sahen und die den Gast aus der Stadt gernhatten, schlossen jetzt die Augen und beteten im Geiste. Doch der hob die offenen Hände und lächelte, wie von einer Last erlöst ...
Es war nur der Teil einer Sekunde, in der seine rechte Hand in die Hand seines Gegners griff, diese eindrehte und den Arm streckte. Wie im Tanz drehte David sich ein Viertel und wuchtete die Elle über dem Ellenbogen des Gegners auf den Muskel. Er drehte sich mit ihm um ein Viertel und warf ihn damit zu Boden. Michael schlug hart auf. Er brach sich die Nase und lag in seinem auslaufenden Blut, das sich wie aus einer gebrochenen Schale auf dem Boden verlor.
Leise legte sich das sanfte Lächeln eines Dämons in Davids Gesicht. Die Züge eröffneten ein anderes Wesen. In einer anmutigen Geste kreuzte er die Hände flach auf seiner Brust. Er wartete. Michael kämpfte. Mit sich selbst und dem schockierenden Geschmack seines eigenen Blutes. Er kämpfte mit dem Schmerz. Und rappelte sich auf. Er taumelte in rasender Wut! Warf einen schrecklichen Blick auf David, bevor er sich mit beiden Händen wieder auf ihn stürzte. Und wieder geschah es in der Hälfte einer Sekunde: Mit der linken Hand fixierte David die beiden Hände an seinem Hals. Er hob den rechten Arm und wieder drehte er sich ein Viertel, der erhobene Arm senkte

sich und winkelte sich an, im Bruchteil einer Sekunde geschah ein explosiver, vernichtender Stoß mit dem Ellenbogen an den Kiefer. Michael brach nieder!

»So weit so gut. Wir sollten uns nun beide einig sein, dass du Cora in Ruhe lässt.«

David sprach es in grotesker Eleganz und Ruhe. Doch Michael war sich nicht einig. Er spuckte Blut und Rache! Seine Wut war jetzt tiefer und entschlossener. Er schaute auf und sah David an mit einem mörderischen Blick. Der Dämon lächelte ihn an und lockte. Goliath kniete ungläubig am Boden, und David durchdrang ihn mit seinem Blick. Er kannte ihn. Er wusste, dass dieser Mensch nicht anders konnte – und das war ihm recht.

Der Andere rappelte sich auf und wankte vor ihn hin. Nun stieß er ihm erstaunlich schnell und hart die Faust entgegen. David wich mit linkem Schritt nach vorne. Er lenkte den Schlag nach innen ab, eine von unten pendelhaft schwingende Rechte von David schmetterte in die Genitalien des Gegners, dann fasste er mit der der gleichen Hand die Faust, drehte sie ein, und wie in einer gegenläufigen Bewegung drehte er mit dem Gegner eine halbe Runde und warf ihn krachend zu Boden. Es war eine fließende, elegante Bewegung, und David lächelte. Der Dämon genoss seinen Tanz. Er genoss seine Freiheit und die Formen seiner strafenden Bewegung.

Michael war blutüberströmt. Seine Wut hatte ihr eigenes fatales Leben entwickelt. So berappelte er sich erneut. Stand wankend da. Mit den Armen krachte er auf den nächsten Biertisch, griff sich eine große, schwere Flasche aus klarem Glas und zertrümmerte sie am Tischrand. Daraus entstand ein kristallener Dolch. Michael hob ihn bedrohlich. Und stürzte sich, ohne Atem zu holen, auf David. Er wollte jetzt nur noch morden!

Der Mörder aber traf auf einen Henker, der der Tat gleichzeitig entgegentrat und dem tödlichen Punkt einen Moment zuvorkam. David rettete sich durch eine entschlossene Bewegung. Er stemmte eine Hand gegen den erhobenen Arm und schlug Michael die Faust in einer senkrechten Stellung der Knöchel in den Punkt des Solarplexus. Die Dunkelheit des Dämons drang tief in Michael ein. Eine finstere, alles vernichtende Schockwelle ging wie ein schwarzes Loch durch seinen Körper. Sie beherrschte ihn mit lähmendem Schmerz. David zog das Bein steil hoch, der Fuß traf Michael an der Schläfe. Es bedeutete den sofortigen Verlust des Bewusstseins. Der sinnlos starke Mann fiel nieder und lag endgültig da.

Und David senkte das rechte Bein nicht gleich wieder zu Boden. Er setzte es weit zurück und formte feierlich die Arme und Hände. Er breitete eine Figur aus, die voller Spannung und Kraft war. Diese Figur war fast ornamental, sie war anmutig, kunstvoll, ästhetisch und von fast spielerischer Gefährlichkeit. Etwas Vollkommenes lag darin, vielleicht etwas Erfülltes. Der aus altem, steinernem Schlaf gerissene Drache präsentierte sich und seine tödliche Schönheit. Er entfaltete seine Flügel, eine stilisierte Flamme bildend. Der Dämon funkelte. Sein bloßer Blick

schien den geschlagenen Gegner am Boden zu halten. Er hielt ihn in magischem Fokus fest. Alle starrten David an und sagten sich: er ist es nicht.
»Du bist nicht tot. Es fühlt sich nur so an. Nächstes Mal: da bist du tot«, sprach er in grotesker Verständlichkeit.
Michael lag bewusstlos in seinem Blut. Er lag da wie umgekommen. Alle standen da und starrten die überreale Szene an. David, der Zurückhaltende, der ruhige Träumerische, der Schriftsteller zu Gast, dieser Sanfte und Nette, Hilfsbereite und Verständnisvolle – er hatte gerade sein Gesicht verloren. Er hatte seiner positiven Ausstrahlung gerade den Garaus gemacht. Er behielt die Runde der Umstehenden im Auge, falls noch irgendjemand auf Michaels Seite stehen und auf dumme Gedanken kommen sollte. Dann ging er rückwärts aus ihrer Mitte. Er entfernte sich. Es war das letzte Mal, dass er mit diesen Menschen zusammen war. Die Gewalt riss ihn aus seinem Sommermärchen. Er ging aus dem Dorf. Am letzten Garten, kurz vor dem Feld, holte Tobi ihn ein. Er war ihm nachgerannt.
»Scheiße! Krass! Unglaublich! Was war denn das? Hast du bei Bruce Lee trainiert?«
David antwortete unwillig: »Nein ... Mein Meister hat bei Chuck Norris trainiert. Und Chuck Norris hat bei Bruce Lee trainiert.«
»Wie abgefahren! ... Du hattest oft so eine bedachte, gewandte Art, dich zu bewegen. Jetzt weiß ich, warum. Das war ja filmreif!«, keuchte der Junge atemlos und sah ihn

mit ungläubigem Staunen an.

»Begeistere dich nicht dafür«, riet der ihm dunkel.

Aber Tobi konnte nicht anders. Er sah in dem, was David getan hatte, eine heroische Tat.

»Du hast diesen hässlichen Grobian ja regelrecht hingerichtet. Du hast ihn mit deinen genialen Bewegungen einfach besiegt!«

David wurde langsam wieder zu dem sich selbst bekannten Menschen, er setzte sich am Weg auf einen Stapel Kaminholz, sein Kopf sank und er schaute seinen jungen Freund an.

»Und glaubst du, dass ich mich jetzt gut fühle?«

»Ich würde mich gut fühlen. Ich würde mich total gut fühlen!«

»Weil du dumm bist!«

Der verbale Schlag traf Tobi.

David sagte: »Mein erster Trainer erklärte immer: Der glücklichste Kämpfer ist der, der nie einen Kampf hat. Siehst du: Deshalb bin ich jetzt unglücklich. Glaubst du denn wirklich, ich fühle mich gut?«

Sein Kopf hing tief zwischen den Schultern, er war geschlagen und legte sein Gesicht einen Augenblick in die Hände. Und es machte ihm nichts aus, dass Tobi ihn so sah, denn sie waren Freunde.

»Aber David! Es war gerecht, was du getan hast! Der Michael hat Cora bedrängt. Schon lange Zeit! Und heute ging er zu weit. Du musstest etwas sagen. Du musstest Cora helfen! Und er hat dich angegriffen. Da hast du ihm die Grenzen gezeigt.«

»Und doch fühle ich mich schlecht. Gute, gerechte Gewalt gibt es nicht. Das Schlechte zieht dich in Schlechtes hinein. Über Schlechtes zu siegen, hat die Art des Schlechten. Nur durch das Schlechte in dir kannst du siegen. Deshalb kann Gewalt sich nicht gut anfühlen. Ich weiß es jetzt. Ich glaube nicht mehr daran.«

»Aber ich!«

»Ja, weil du dumm bist. Aber früher hab ich genauso gedacht ...«

»Gut, dann gibt es eben Fälle, in denen das Böse nur mit Bösem bekämpft werden kann!«, ereiferte sich Tobi.

»Gut?«

»Bitte! Bring mir bei, wie man so kämpft!«, verlangte der Junge.

»Hast du nicht zugehört?«, fragte David.

Tobi aber hielt dagegen: »Hast du nicht gesehen, wie ich zugerichtet wurde vor ein paar Wochen, als Kirmes in Wannweiler war? Meine aufgeplatzte Lippe, mein blaues Auge und die Rippenprellung! Weißt du denn nicht mehr?«

»Dann geh nicht dorthin, wo Gefahr gerne ist«, sagte David lapidar.

»Zeig mir, wie man so kämpft!«, verlangte Tobi gierig.

»Es ist wie Zauberei. Es macht dich zu einem dunkleren Menschen. Macht dir das nichts aus? Nein? Macht es dir wirklich nichts aus?«

Um zu erklären, holte er nun aus: »Da sind dein großartiges Talent zum Träumen, dein Sinn für wundervolle Geschichten und all die Momente des Besonderen. Da ist deine Bildung, so kostbar und geliebt, die deinem Denken und Fühlen so viele Bilder gibt. Da sind dein innerer Schatz, deine unvergesslichen Besuche im Museum, dein himmlischer Sinn für Kathedralen, all die Erfahrungen von Offenbarung. Und all das ist plötzlich nichts mehr wert, wenn du angegriffen wirst. Du bist herabgewürdigt zu einem Opfer. Man tritt dein Leben mit Füßen. Deshalb bin ich aufgestanden. Ich wollte lernen, mich zu wehren. Ich fühlte so etwas wie einen heiligen Zorn gegen alles Grausame und Ungerechte. Ich wollte etwas dagegen tun können. Und ich wollte perfekt werden!

Ich trainierte wie ein Besessener. Mir wuchsen Flügel, weil ich ein Drache wurde. Ich wusste nicht, ob ich das wirklich wollte. Es war eine völlig andere Seite von mir. Eine, die sich dunkel anfühlte und dämonisch. Sie hatte ein Eigenleben, etwas sehr Aktives und auch Talentiertes. Irgendwann kannte ich keine Angst mehr. Sie war ausgestanden. Sie war abgearbeitet. Nein, ich hatte tatsächlich keine Angst mehr, nicht einmal Aggression. Nichts verfolgte mich mehr. Den Sport hatte ich vertieft. Ich lebte ihn wie eine Religion. Aber irgendwann bekam ich Zweifel.«

»Aber warum denn Zweifel?«

»Weil es eine dürftige Religion war. Ich erkannte, es ist falsch, dass sie mein Leben so füllt. Es war etwas Makabres dran. Ein Chor, der übt am Mittwoch für einen schönen Gesang am Sonntag. Oder ihr Fußballer – wenn ihr trainiert, dann ist es nicht viel anders als beim Punktespiel. Unser Spiel aber ist Ernst, blutiger Ernst. Du trainierst, um dich auf den unbeschreiblichen Fall von Gewalt vorzubereiten. Du wartest auf etwas, was dich oder einen anderen töten könnte. Ich dachte darüber nach und fiel in eine Sinnkrise. Ich wurde immer besser in etwas, was mich abstieß: Gewalt. Gewalt zu trainieren fällt dem Geist leichter als der Seele. Es kam mir mehr und seltsam vor, in Erwartung von Gewalt zu leben, immer bereit für das Schrecklichste, was passieren kann. Wenn man sich ständig vorbereitet, wartet man dann nicht insgeheim auf den Ernstfall und nimmt es in Kauf, dass dieser alles bedeuten kann? Ich hatte keine Angst mehr und fühlte mich auch nicht mehr schwach. Aber ich empfand diese Seite in mir als dunkel und unheimlich, als gefährlich und dämonisch. Und diese Zweifel waren am Ende zu stark. Ich hab aufgehört.

Aber als ich dann vor Kurzem Michael zum ersten Mal begegnet bin, hab ich wieder das gespürt, was mich damals dazu getrieben hat, so zu trainieren. Ich spürte, es ist nichts Gutes, was dieser Mensch in mir bewirkt. Eine ganz finstere, üble Emotion, die mich so an sich zog, dass ich mich kaum wehren konnte. Es musste geschehen. Ich konnte mich nicht fernhalten, mich nicht daraus befreien. Denn ich bin mit Cora so nahe ...«

»Es gibt solche Menschen. Die Schlechtes bedeuten. Denen musst du was entgegensetzen. Das geht nicht anders!«, eiferte sich Tobi.

»Gewalt ist schlecht. Sie gibt dir ein schlechtes Gefühl. Schlechte Menschen wecken Schlechtes in dir. Hass und Gewalt sind schlechte Seiten in dir. Du sollst sie nicht üben!«, zitierte David so fest, als würde er von einer Steintafel vortragen.
Tobi hörte zu und versuchte zu verstehen. Aber die Bilder dessen, was gerade geschehen war, beherrschten ihn. Er war von Davids Handeln begeistert. Er, der sonst die Worte seines Freundes so gut verstand, sah jetzt nur dessen »magiermäßigen« Sieg über den verhassten Michael.
»Zeig mir doch, wie man so kämpft!«, verlangte er von ihm, »wenn wir beide wirklich Freunde sind, dann bringst du es mir bei!«
David war am Ende des Erklärbaren angelangt. Verzweiflung und Wut packte ihn nun bei Tobis unbelehrbarer Begeisterung. Er sprang von dem Holzstapel runter und stürzte sich auf den Jungen, packte ihn am Kragen.
»Und warum??«, schrie er ihm wütend ins Gesicht, »damit du auf einer scheiß Kirmes um ein Mädchen kämpfen kannst, für das du viel zu gut bist??«
Er hielt ihn gepackt, und sie starrten sich an. Tobi war so erschrocken, dass er David von sich wegstieß. Der taumelte nach hinten. Er kämpfte nicht um sein Gleichgewicht, er hielt seinen Fall nicht auf. Es war ihm gleich. Er fiel nieder und blieb auf dem Hintern sitzen. Mit langen Schritten, in atemloser, kopfloser Aufregung, ging Tobi davon. David saß da und sah dem Jungen lange nach. Wahrlich, von seinem Sieg war weniger als Nichts geblieben.

Er war deprimiert und sprach ins Leere: »Ich hab es dir immer gesagt, Tobi. Und wenn du mich jetzt noch für einen tollen Menschen hältst, dann will ich mich umbringen. Was bin ich denn? Ein blutiger Romantiker, das ist alles. Das ist nichts!«
Er erinnerte sich daran, was er mal geschrieben hatte: »Der Realist neigt eher zur Selbstgerechtigkeit. Die Gerechtigkeit aber ist die entschlossene und oft zornige Seite des Romantikers. Es gibt die Masse der Leute, die den Stierkampf bejubelt. Begeisterte Realisten. Andererseits gibt es den Einzelnen, der danach durch die dunklen Katakomben der Arena schleicht und den Torero findet. In Posen der Eitelkeit, in ritualisierter Männlichkeit, in der Rolle eines hochmütig tänzelnden Todes hat er das Blut eines grausamen Sieges getrunken. Er taumelt – er ist trunken vom leeren Stolz. Und der Romantiker treibt ihm die Widerhaken seiner bunt geschmückten Spieße tief in das menschliche Nackenfleisch, bis in die Eitelkeit hinein.«
Die Rolle des blutigen Rächers war ihm nicht fremd. Er hatte sie bisher jedoch nur in Gedanken gespielt. An diesem Tag, an dem er um seine Liebe kämpfen musste, war sie furchtbar wahr geworden. Sie hatte fast getötet. David verachtete alles Gemeine und Demütigende, alles Grausame und Hässliche. Er verachtete es auf eine brennende Weise. Es war etwas in ihm gewachsen, was diesem Schlechten ebenbürtig war. Etwas, was im Extremfall stärker war und es im Kampf besiegen konnte. Es war kaltblütig und überlegen.

Das aber war das Gegenstück seiner selbst. Es war durch Reaktion entstanden, es war gefährlich, und er fürchtete es wie ein Pulverfass. Sein Meister hatte ihn gelehrt, wie man bis zum letzten Funken seiner Energie kämpfen kann und vernichten, was einen vernichten will. Der Meister hatte ihn trainiert, einen Kampf auf gar keinen Fall zu verlieren. Und vielleicht hatte es keinen begierigeren Schüler gegeben als David. Jetzt wusste er, warum er Angst hatte vor sich selbst. Und warum er den Sport aufgegeben hatte. Er hatte diesen Teil einfach abgeschaltet. Er ließ ihn versinken und hoffte, dass er nie mehr auftauchen würde. Nie hatte er diese dunkle Stärke einsetzen müssen, als er sie einmal erlangt hatte. Jetzt aber war es geschehen. Er hatte sein Handeln an seinen Dämon verloren.
Als würde es ihm schwarz vor Augen werden, so heftig war das. Er mutierte vor Wut. Sein Blick fokussierte sich und wurde zum Fadenkreuz. Der Träger des heiligen Zornes schlug zu! David hatte gesiegt – und alles verloren. Er hatte diese Seite gezeigt, die durch schlechte Reize herausgefordert war. Er, der alles Hässliche seitens der Menschen so verachtete, war selbst hässlich geworden. Er schämte sich. Es ließ ihn schier im Boden versinken. Die, die immer sagten, er sei zu gut für diese Welt, hätten jetzt geschwiegen, sie wären sprachlos geworden. Er hatte einen schrecklichen Teil seiner selbst gezeigt. Eine Seite, die nicht zu ihm passen wollte und auf der er sich fremd war. Ein dämonischer Schatten, im Leben nie abzuschütteln.

Er wusste, dass ein Teil von ihm ein gefallener Engel war. Er hatte gehofft, dass dieser Racheengel sich in seinem Leben niemals zeigen würde. Jetzt schämte er sich, gerade diesen Menschen diese Seite gezeigt zu haben. Und am meisten schämte er sich vor Cora. Er erinnerte sich daran, was jemand in verbitterter Stimmung einmal über das Leben geschrieben hatte: »Das Leben ist Krieg. Und wir erfreuen uns an den kurzen, sonnigen Feuerpausen. In ihnen erscheint es uns so, als wäre das Leben es wert.« Davids Feuerpause hatte lange gedauert. Ganze Wochen. Länger als zwei Monate. Mehr als man vom Leben erwarten durfte. Jetzt war die Feuerpause zu Ende. Er wollte Cora nicht sehen. Wusste aber, dass er sich ihr stellen musste, so deprimiert er auch war. Man musste sich aussprechen über das, was geschehen war.

Am frühen Abend klopfte er an ihre Tür. Cora öffnete. Aber sie ließ ihn nicht ins Haus. Sie starrte ihn an, als sei sie ihrerseits ein Dämon. So kannte David sie nicht. Er hatte Angst vor ihr und Angst um das, was ihn mit ihr verband. Sie war aufgewühlt und aufgebracht.

»Du stellst dich bei uns als Schriftsteller vor. Und dann greifst du durch wie ein Killer-Ninja!«, rief sie verstört.

»Aber er hat dich bedrängt. Heute und schon so lange Zeit!«

»Er hätte es schon irgendwann aufgegeben!«

»Ja, am Sankt-Nimmerleins-Tag! Der hätte dich nie in Ruhe gelassen. Das ist jetzt zu Ende.«

»Aber auf welche Art!«, rief sie klagend.

»Auf die Art, die er versteht«, erklärte David, »jeder Mensch hat eine Art verdient, in der man ihn behandelt.«
»Blutend mit dem Gesicht am Boden??«
»Das hat er so gewollt. Er hat mich angegriffen.«
»Ja, so steht es vielleicht mal in den Akten der Justiz. Die offizielle Wahrheit. Die Version, die jeder glaubt und in der du das Opfer eines Angriffes wurdest. Aber du hast gewusst, dass er das tut. Du hast es genau gewusst! Diesen groben Menschen zu kennen, ist nicht schwer. Also hättest du der Situation aus dem Weg gehen können. Du hättest nichts zu sagen brauchen. Ich hätte es nicht von dir verlangt! Aber du musstest das für dich selbst tun. Du wolltest es krachen lassen! Das war eine Vendetta! Ich hab gesehen, was du kannst – du hättest ihn auch ohne Blut besiegen können, wahrscheinlich sogar ohne Schmerz. Aber du wolltest ihn leiden lassen. Aus Angst vor Verlust, aus purer Eifersucht und Wut!«
»Aber du sagst das nicht, weil du irgendwas für ihn empfindest?«
»Nein verdammt, du Idiot!«
Sie schrie es und er senkte schuldig den Blick. Er wusste, dass in ihren emotionalen Worten Wahrheit lag. Und diese traf ihn. Und Cora hörte nicht auf, sie ihm schrecklich entgegenzuschleudern.
»Ich dachte, du wärst ein sanfter, zärtlicher, verständnisvoller Mann! Ich hatte dieses Bild von dir. Ich hab deine Zärtlichkeit gespürt. Ich hab mich geöffnet für dich! Ich dachte, du wärst etwas ganz Besonderes. Jetzt hab ich

dieses schreckliche Gefühl, ich hätte mir was vorgemacht, mich getäuscht, und du bist vielleicht ein völlig anderer! Du hast deine andere Seite gezeigt. Sie ist wie ein zweites Gesicht. Und damit komm ich nicht zurecht. Mein geschiedener Mann hat mich geschlagen, das weißt du. Als ich gesehen habe, wie du zuschlägst, da ist das wieder in mir aufgebrochen. Das ist ein Trauma. Ich kann es nicht vergessen. Und jetzt habe ich Angst, du hältst das wach in mir. Verstehst du das?!«
David hörte sie an, rang mit den Händen und konnte doch nichts sagen. Und dann, als es schon viel zu spät war, sagte er etwas.
»Ich liebe dich, Cora!«
Endlich hatte er es gesagt. Sie sah ihn an, außer Atem und einen kurzen Augenblick ohne Worte.
»Ja! Aber du hast alles kaputtgemacht!! Alles ist zu Ende. Alles ist aus! So wie ich dich heute erlebt habe, so hätte ich dich nie erleben dürfen. Und jetzt will ich, dass du gehst! Zwischen uns beiden wird es keine Blumen mehr geben!«
Sie zitterte. Ihr Gesicht war rot, alles bebte und pulsierte. So hatte er sie noch nie erlebt. Ihr Zustand bedeutete eine schreckliche Gewissheit. Er bäumte sich auf und sprach atemlos ihren Namen. Sie aber war nicht aufzuhalten. Sie war in Erregung, in Verzweiflung. Doch diese letzten Worte sagte sie ruhig und gefasst. Sie waren entschlossen. Sie beendeten alles. Er verstand. Er nickte langsam, schwerfällig wie ein tödlich getroffenes Tier. Er machte einen sanften Schritt auf sie zu und legte seine

linke Hand um ihre Taille. Für einen kurzen Moment, den sie ihm zugestand, sank er mit der Stirn auf ihre rechte Schulter herab.

»Da bist du ... deine Nähe füllt mich ... das hat sie immer getan«, sprach er wie eine geisterhafte Hülle, »dich zu spüren ... dieses Glück, uns zu spüren, dieses verdammte, einzigartige Glück ... Wir hätten uns berühren sollen, liebe Cora, uns wirklich berühren. Wir hätten es tun sollen. Wir haben uns so danach gesehnt. Aber wir haben ja nur voneinander geträumt!«

Es war tragisch. Denn es geschah, dass sich verlor, was sich schon gefunden hatte und was zusammengehörte. Cora schloss die Tür und setzte sich dahinter auf den Boden. Sie sank in sich zusammen. Und David ging wankend weg. Streifte beim Gehen mit den Schultern manche Hauswand. Taumelte. Der Schlag traf ihn viel härter als Michael. Er war nicht nur ohnmächtig und blutend – er war völlig zerstört. Die unglaubliche Gewalt der Realität. Fast schon unwirklich, so hart. Am Ende der Häuser sackte er an einer Mauer zusammen. Und weinte so offen und wund wie ein Kind.

7 ABSCHIED

Als er die Augen aufmachte, früh am nächsten Morgen, wünschte er sich, dass es ein schlechter Traum gewesen sei. Als er nach Momenten wach war, empfand er aber Scham, Bedrückung und Verlust. Es wurde ihm bewusst. Er spürte, wie der gestrige Tag die Realität für immer verändert hatte. Jetzt herrschte eine Situation, die er aushalten musste und die ihre Forderung stellte. Er wusste, dass er gehen musste. Er ging durch die Waschküche und wankte melancholisch durch den Garten. Sein Blick ließ das Grün in der blassen, unberührten Luft des neuen Tages erwachen. Seine Hand strich über die Blätter, zärtlicher denn je. Er spürte die feine Spur von Tau darauf. Zum ersten Mal war diese Feuchte. Es war der fünfzehnte August. Und dies war, auf der Blätterhaut der Pflanzen, nun das unmissverständliche Zeichen des erwachenden Herbstes. David wankte umso mehr. Er ging nach hinten in die ansteigende Wiese, er strich über die Zweige der kleinen Bäumchen, die er gesetzt hatte. Er ging noch einmal durch den Nutzgarten. Er hatte das junge Gemüse aufwachsen sehen und verabschiedete sich von seinen Ziehkindern. Er ging zu seinen großgezogenen, erwachsen gewordenen Tomaten, geizte noch ein paar von ihren Trieben aus, wie er das manchmal getan hatte.
Dann strich er über seine ›verliebt schönen‹ Rosen. Er streichelte ihnen die Wangen. Und in Gedanken sagte

er ihnen, dass es ihm leidtue und dass er sich fühle, als habe er in einer letzten Prüfung versagt. Dann verließ er den Garten. Er frühstückte gedankenverloren, leerte den Kühlschrank und packte dann seine beiden Taschen. Er hinterließ die Wohnung so aufgeräumt, wie er sie damals – vor elf Wochen, einer Ewigkeit, einer ganz anderen Zeit seines Lebens – vorgefunden hatte. Zwei Wochen vor Ende seines gebuchten Aufenthaltes verließ er Mandelbach. Er verabschiedete sich von den beiden Zimmerwirten. Es war ein beklommenes, trauriges Ade.
»Auch der Garten wird dich vermissen«, sagte Bernd.
»Ich ihn auch. In der Stadt hab ich keinen«, erwiderte der Sommergast.
»Der Garten wird deine Hand noch eine Zeitlang merken. Du lässt gute Spuren zurück. Wir danken dir für deine Hilfe, David.«
»Ich werd ihn auch noch eine Zeitlang spüren, denk ich. Weißt du, immer wenn ich ihn vermissen werd, dann schließ ich einfach die Augen und beweg meine Hände, als würd' ich hier stehen und arbeiten. Wird schon gehen, Bernd.«
Der nickte, und mehr sagten sie nicht. Nach all den Wochen konnten sie reden, ohne zu sprechen. Sie dankten dem Garten für das vertraute Gefühl, das sie verband. David dachte an den ersten Eindruck dieses Mannes: der grobe Handwerker in seiner kleinbürgerlichen Welt. Er erkannte, wie warmherzig er seitdem geworden war. Wie menschlich und gefühlvoll er ihm jetzt erschien. Und wie

offen und vertraut man miteinander geworden war. Vielleicht hatte David ihn ein bisschen herausgelockt, seine menschlichen Seiten angesprochen. Jetzt sah er diesen Mann so vor sich, wie er wirklich war. Der Sommergast wandte sich ab und ging. Er, der notorische Romantiker, kam mit solchen Situationen nicht gut zurecht. Zu viel Gefühl, Emotion, Drama. Abschiede waren die traurige Krönung. Am Ende war David nicht wie Bernd, sondern mehr noch mit dem Kopf in den Wolken und einem Bein vom Boden weg.

Am späten Morgen war er vor dem Haus. Er entfernte seinen Namen, den er damals provisorisch an der Klingel des Hauses für den Briefträger befestigt hatte. Dann setzte er sich noch eine Zeit auf die Bank, die da an der Hauswand stand. Er saß da wie ziellos und als könne er nirgends hin. Er nahm sich eine kleine Frist. Die Straße herunter kam plötzlich Tobi. Er schritt eilig, er war zu Fuß und hatte zwei Konserven in der Hand.

»Hausgemachte Wurst«, sagte er, als er vor David stand, »von meinen Eltern. Du sollst uns nicht vergessen.«

»Wär' seltsam, wenn ich das könnte«, erwiderte der bitter lakonisch und dankte für die Wurst.

»Wir haben gewusst, dass du heute morgen abhaust«, sagte der Junge.

Er blickte widerwillig. Und sein Gegenüber nickte leer.

»Gut, dass ihr es gewusst habt. So sehen wir beide uns noch mal.«

Sie sahen sich an. Es war Zeit für das letzte Wort.

Und David sagte: »Victor Hugo hat geschrieben: Der Sommer, der vergeht, ist wie ein Freund, der uns Lebewohl sagt. Es war schön, dass es diesen Sommer gab. Er war es wert. Genau wie du, Tobi. Und deshalb verkauf dich nicht unter Wert. Halte dich bitte nie für einen geringeren Menschen, nur weil du anders bist als die meisten andern. Dieser Mensch, der du bist – er soll genauso bleiben und weiter seinen Weg gehen. Mach's gut. Ich werd an dich denken!«

Der Junge sah ihn an. Er wusste nicht, was er sagen sollte. Dann senkte er den Blick – es war besser als diesem brennenden Gefühl in seinen Augen nachzugeben. David legte den Arm um ihn. Tobi erwiderte. Dann hob der ausklingende Sommergast seine Taschen an und ging die Straße hinunter – ganz langsam, aber doch viel schneller, als er loslassen konnte von diesem Ort. Ihn hinter sich zu wissen, war schmerzhaft. Es lag darin das Gefühl von Verlust und von Schuld. Er schaute sich nicht um. Tobi stand verstummt da. Irgendwann nahm er Platz auf der Bank. Wo David gesessen hatte, saß jetzt er. Eine weite Weile.

8 DUNKELHEIT

David kehrte zurück in die große Stadt. Der mittlerweile gebräunte Naturbursche fand sich in seinen Mauern wieder. Und er war so fremd, wie man zwischen Beton, Autolärm, Abgasen und unbekannt bleibenden Leuten nur sein konnte. Es ging ihm schlecht. Er sank in gelebte Trostlosigkeit und wurde in Gedanken krank. Er lebte im Gefühl einer Gefängniszelle. Schlagartig waren das Land, das Sonnenlicht und die Art von Luft nicht mehr da. Die blanke Weite des Höhenweges fehlte und die Menschen und das Dorf. Ihm fehlte alles. Und nichts ging mehr. Alles, was seinem Herzen Impulse gegeben hatte, war nicht mehr da. Und kehrte nicht wieder. Er wusste jetzt, was ein erfüllter Mensch war. Er hatte es erfahren.
Es war ein schmerzverzerrtes Lächeln, als ihm einfiel, was mal jemand über schöne Urlaube gesagt hatte: sie seien eine Art von Masochismus. Er musste das bejahen. Er spürte, wie seine ländliche Auszeit ihn unglücklich machte für das weitere Leben. Seine Gedanken und Gefühle konnten sich nicht losreißen. Er war gefangen in einer Spule ohne Ende, in einer Schlinge, die ihn hielt, ein Knoten, der nach Lösung suchte. Es begleitete ihn, wie in seine Haut eingebrannt.
Oft schlich sich das Mandelbacher Land in seine traurige und liebeskümmerliche Stille hinein. Mit Geräuschen,

die in seinen Gedanken aufsprangen. Kleine Impressionen wie das Gezwitscher der Rauchschwalben auf dem Höhenweg oder das Krähen eines Hahns in der weiten Stille des frühen Nachmittags. Oder wenn der Eisenhändler mit seinem offenen Lastwagen die Straße langsam abfuhr und dabei gleichmütig seine Glocke schlug. Diese Dinge fielen ihm willkürlich ein. Sie kamen einfach zu ihm. Sie waren so in sein Inneres eingekehrt, dass er sich aus heiterem Himmel an etwas erinnerte.

Manchmal sehnte er ein Geräusch auch herbei: immer um zwölf Uhr und um achtzehn Uhr vermisste er das Geläut von Sankt Anna. Diese herrliche bronzene Klangfarbe, die sich in langen Pinselstrichen über das Bild zog. Der sanfte Wind der Weite trug den Ton erfüllend übers Land. Er liebte es, ihn draußen zu hören, wenn er auf dem Weg zwischen den Wiesen und Feldern war. Und er liebte es, ihn zu hören, wenn er auf dem Balkon saß oder wenn er zu ihm in das Zimmer hereinkam, mit dem illusionären, aber guten Gefühl, hier sei er zu Haus.

Er vermisste den Geruch der Rinder vom Panorama-Hof und er hatte Heimweh nach der jungen Walnuss, bei der er oft am Boden saß und die ihm sein Platz auf Erden schien. Er sehnte sich nach dem tiefen Frieden in weiter Luft, der himmlischen Abendstimmung in Mandelbach und auch nach den Lichtern im Garten, den Lampions und kleinen Feuern. Er erinnerte sich des tief angenehmen Rauchs von brennendem Holz und des würzigen Duftes von Grillfleisch in der dörflichen Abendwärme.

Und wenn dann, ganz spät noch ein langes, episches, beinahe unvergänglich erscheinendes Abendrot im Westen lag, eine ganz dunkle und doch noch glänzende Farbe, die dem Land das Gefühl von Frieden und Erfüllung gab.
Und dann, ganz früh, dieser Eindruck der auftauchenden Natur, wenn die Bäume noch wie Scherenschnitte waren und Gestalten der Savanne schienen, am Morgen, wenn die Luft frisch war und ein tiefer Duft nach Gras und Dung darin lag. David hatte gespürt, wie dieser frühe Eindruck einen durch den ganzen Tag getragen hat. Er vermisste die ›naive‹ Luft, ewig nach Heu duftend und schillernd vor lauter Heuschrecken. Dieser Duft der gesichelten Wiesen und Felder, wenn er mit Tobi sinnierend über den natürlichen Boden spazierte, den Oberkörper sommerlich frei, oder wenn er sich mit Cora von den langen Gräsern auffangen ließ. Wenn er daran dachte, dann versetzte es ihn für Momente vollkommen zurück. Die Erinnerung an sein Mandelbacher Sommermärchen war übermächtig!
Auf einem Kalenderblättchen las er den antiquierten Eichendorff: »Nun lass den Sommer gehen, lass Sturm und Winde wehen. Bleibt diese Rose mein: wie könnt ich traurig sein?« David zerriss das Papierchen mit wildem Blick. Der unaufhaltsame Wechsel in der Jahreszeit löste Verzweiflung in ihm aus. Schwerer Regen überspülte in dunklen, kalten Wasserfarben das Draußen. Bei dem Wetter, so sagte er gern, werde man auf offener Straße von Forellen belästigt. Jetzt war ihm nicht zum Scher-

zen zumute. Anstelle des Himmels regnete es. Wochenlang. Und bald wurde es eiskalt. Er dachte an das Land, die Mandelbacher Welt, und wusste, dass der Herbst alles verändern würde. Seine Welt des Sommers, an die er täglich zurückdachte, würde untergehen. Seine gute Zeit und sein kurzes Leben ...

Die Ereignisse fielen ins Vergangene, sie blieben auf der Strecke wie die Ortschaften eines fahrenden Zuges. Die Spuren verwischten. Die Dinge wurden Erinnerungen, um zu verblassen. Dagegen konnte man sich nicht wehren. So ist es, wenn jemand stirbt und man Trauer erleidet, sah David. Das Leben, wie ein gesichtsloser Verräter, ging schleichend weiter seinen Weg. Irgendwann wären dieser Sommer und seine Erlebnisse fast vergessen und nur noch als blasser Schein vorhanden. Etwas, was ihm ganz nahe gewesen war, wirklicher als alles, seit er jung gewesen war, verlor sich, als sei es nie wirklich gewesen, nur eine Imagination! Er wollte aufschreien bei dem Gedanken. Aber er wusste auch, dass es ihm das Leben rettete.

Er fand sich wieder ein. Er fand all die Dinge wieder, die ihm da draußen bedeutungslos erschienen waren, und er setzte sein Leben mit ihnen fort. Er regelte den Alltag. Er schrieb nicht mehr. Er hatte jede Inspiration verloren. Aber sein Weihnachtsroman wurde bekannter, sein Name als Schriftsteller wuchs. Er hatte von Weihnachten geschrieben: die Zeit der Erwartung, in deren Licht sich das Besondere erfüllt.

Dieses Mal ging Weihnachten an ihm vorüber. Ohne den Traum der Erwartung und ohne den Traum der Erfüllung. Es war ohne tiefe Illumination. Schwarze Gedanken herrschten. Und keiner der schönen winterlichen und festlichen Eindrücke erreichte sein Herz. Das Fest verging wie ein fremder, unverständlicher Klang. Es inspirierte keine guten Gefühle, nur schlechte und schmerzende, die anklingen wollten. An Gefühle durfte man überhaupt nicht mehr denken. David hatte seine Sinne verschlossen, denn er sah, dass nichts und niemand ihm noch etwas geben konnten.

Dieser besondere Sommer hatte den Eisberg seiner Einsamkeit eingeschmolzen. Jetzt tauchte der frostige Riese wieder empor. Mit einem Nebel von dämonischer Leere baute er sich auf. Wenn David aus dem Fenster nach draußen schaute wie in ein Nichts, in farblose Schneebilder schmutziger Straßen da unten, und wenn die Sonne darüber wie Vollmond war, dann dachte er an den Bauerngarten. Er konnte sich nicht vorstellen, dass er jetzt ganz kahl war. Er versuchte, sich vorzustellen, wie jetzt das Lampenlicht in den tiefen Fenstern des niedrigen Hauses wirkte. Warm und zutiefst anheimelnd. Und wie darinnen Cora am Küchentisch saß, in ihrer einsamen Hexenstube, und einen Tee trank, den sie aus dem getrockneten Minzbusch gebrüht hatte. David drückte dieses gedankliche Bild an sich wie eine Fotografie.

Cora. In seiner gedanklichen Schleife, in der er gefangen war, erlebte er in ständiger Wiederholung die letzte Minute. Zum ersten Mal waren sie sich im Streit begegnet. Doch nicht einmal in diesem Zustand des Ärgers und der Verzweiflung gab es Distanz zwischen ihnen. Es war wie Ehestreit. Wütende Innigkeit. Nichts Fremdes. Als er Cora am Ende berührt hatte, als er mit der Stirn auf ihre Schulter herabgesunken war, da war es die widersinnige Trennung von etwas, was zusammengehörte. Er fühlte es. Er wusste jetzt, dass sein Gefühl nicht das Strohfeuer eines Sommers gewesen war. Er wusste, dass sein Gefühl gepasst hatte. Dass es an der richtigen Stelle gewesen war. Er hatte alles verloren, um das herauszufinden ...

***

Es gab einen einzigen Faden, der nicht abgerissen war. Etwas, was David von seinem Mandelbacher Sommermärchen noch blieb. Ein Funke Licht, der ihn in dieser Zeit erhellte. Dieser Funke zündete an einem Tag im tiefsten Winter – es war der zwölfte Januar. Da waren David und Tobi verabredet. Der Städter öffnete nach dem Klingeln die Wohnungstür und sah seinem jungen Freund ins Gesicht. Die beiden lachten auf und umarmten einander herzlich. Tobi trat zögerlich ein und äugte in Davids Wohnung herum, die ihm ein dunkler und inspirierender Ort voller Bücher und Bilder erschien. Was er sah, gefiel ihm.
»Hier könnte ich's aushalten.«
»Dann bist du weiter als ich«, war die lakonische Antwort darauf.
Tobi hatte sich für diese Wohnung interessiert, er hatte

sie wissen wollen, und jetzt schaute er sich endlich um und war etwas unsicher dabei. Er empfand die Angst, sein älterer Freund sei ihm nach all den Monaten wieder fremd geworden.
»Du hast jetzt einen Vollbart.«
»Ja, jetzt, wo du es sagst, merke ich es auch«, meinte David schulterzuckend, »eigentlich hab ich nur ziemlich lange vergessen, mich zu rasieren. Gut, dann ist es im Winter auch nicht so kalt im Gesicht.«
»Tja«, meinte Tobi, »und Sommershirts und Badehosen haben wir auch nicht mehr an, sondern Pullover und einen dicken Mantel.«
»Das ist ungewohnt«, gab der ehemalige Sommergast zu.
Tobi zog aus den Taschen des Mantels zwei Konserven Bio-Schinkenwurst heraus.
»Und hier: eine Flasche von unserem Apfelsaft. Ich hoffe, du bist zwischenzeitlich nicht zu etwas Härterem gewechselt.«
David lachte. Und er freute sich. Er empfing diese Gaben des Panorama-Hofs wie Grüße einer schönen Vergangenheit. Er hielt die beiden Dosen und die Flasche in den Händen wie ein glückliches Stück vom Sommer.
»Geht es dir gut, David?«, fragte der junge Bauer.
Der zuckte die Schultern: »Wir leben alle das Leben, das uns am wahrscheinlichsten erscheint, nicht wahr?«
Tobi wusste, was er meinte, und lächelte.
»So ist es«, sagte er einverstanden, »ich schließe mich deiner Formulierung an. Und es könnte noch schlimmer

sein.«

David nickte.

»Und wie geht es Cora?«, wollte er wissen, er fragte es vorsichtig und kurz, da ihm die Frage tabu zu sein schien.

Tobi antwortete: »Wie du schon sagst: Wir leben alle das Leben, das uns am wahrscheinlichsten erscheint.«

David nickte verkniffen und wagte nicht weiter zu fragen.

»Verstehe ... Und sonst? Was macht das gelobte Land? Sag mir, was gibt es Neues in Mandelbach?«

Der Jungbauer reagierte mit einem Schulterzucken.

»Du weißt ja: bei uns ändern sich die Dinge nicht so schnell.«

David lächelte, und Tobi suchte irgendwas zu erzählen.

»In der Dorfmitte haben sie jetzt den alten Kaugummi-Automaten abgebaut.«

»Brisante Neuigkeiten!«

»Und am Wochenende haben sie die Weihnachtsbeleuchtung entfernt.«

»Spektakuläre Veränderungen! Gewaltige Umbrüche!«

»Und die Feuerwehr hat sich ein neues Gerätehaus gebaut.«

»Pharaonische Großtaten! Bei euch geht ja einiges vor sich!«

Tobi lachte zur liebevoll ironischen Stimme seines städtischen Freundes, und um seine Chronistenpflicht zu erfüllen, hängte er an: »Diesen Adler-Dieben sind sie noch immer nicht auf die Spur gekommen. Und die Brettschneider erwischt uns immer wieder mit ihren Reden.

Wie du dir vorstellen kannst ...«

»Warum sollte es anders sein?«, sagte David, und sie lächelten und nickten.

Nach einer Pause sagte er: »Ich hab oft an euch gedacht, weißt du.«

Tobi nickte, er wusste. David wischte sich die Augen. Er sah ihn an, als schiene er ihm wie ein Licht. Es war eine Art von Überraschung.

»Ich kann noch gar nicht glauben, dass du wirklich hier bist!«

Der Junge lächelte.

»Danke für deine Einladung.«

»Ich hatte es dir doch fest versprochen«, sagte der Städter.

»Aber sag mal: wo willst du denn in diesem Aufzug hin?«, fragte er und wies auf Tobis steife Krawatte hin.

»Wir gehen in die Oper«, erklärte der.

»Ja. Aber nicht so.«

Und nun löste er die Krawatte am Hals seines jungen Freundes, er nahm sie ab und öffnete den ersten Knopf des weißen Hemdes.

»Lockerer, mein Lieber! Heute ist weniger mehr. Nur die älteren Herren ziehen in die Oper noch Krawatte an. Wirst du gleich sehen ...«

»Ich bin aufgeregt. Es ist mein erster Besuch ...«

»Ich freue mich, dass ich dich begleiten kann.«

David zelebrierte den Hinweg. Er wollte Tobi an allem teilhaben lassen. Er liebte es, im Dunkel des Abends über den großen Vorplatz des Staatstheaters auf das mächtige, erleuchtete Halbrund aus Säulen zuzugehen, einem riesigen antiken Tempel gleich. Man mischte sich in die bessere Gesellschaft der Stadt, in die bürgerliche Elite, und begegnete auf den gebogenen Wandelgängen gravitätischen Herren und schönen Damen in legerer Eleganz, aber auch jüngeren Leuten.

»Du siehst, mein Lieber: in deinem Alter keine Krawatte«, wies er hin.

An dem Abend wurde »La Bohème« gegeben. David referierte ein wenig über die Fortschritte, die Puccini in der Nachfolge Verdis in die Oper eingebracht hatte. Er gab seinem jungen Freund eine kleine Einführung in das Werk. Und dann saßen sie da und ließen den Eindruck einer Zuschauerkuppel auf sich wirken, die sich Kopf um Kopf zu füllen begann. Aus der Menge, die sich in den blassvioletten Polstersitzen verteilte, schwoll ein dezentes Murmeln von Stimmen in eleganter Gesprächigkeit an.

Tobi betrachtete sich fasziniert dieses Spektakel vor dem Spektakel. Er hob seine Augen zu dem mächtigen Kronleuchter, den Tausenden glitzernder Glaskristalle, die von der Freskendecke hingen, verknüpft zu einem Rund von purer feierlicher Illumination – ein prunkendes Werk. Und er senkte seinen Blick tief in den Orchestergraben. Wo Instrumente anstimmten, auf der Suche nach sich selbst. Wo sie stridulierten und wo klassische Töne fantasierten, in einem erregenden Gewirr lagen, ein fast surrealer Klang, in dem Klarinette und Oboe zu klingenden

Fabeltieren wurden. Und einzelne Tonfolgen verrieten schon das Werk.

David lächelte. Sein junger Freund, der so staunte, erinnerte ihn an sich selbst. Diese edle Kuppel hatte er selbst irgendwann in seinem Leben einmal für sich entdeckt. David liebte den feinen Duft von Sensibilität und Bildung, der in diesen Mauern lag. Er liebte die Menschen darin, denn nichts an ihnen schien in irgendeiner Weise hässlich zu sein. Man war sozusagen in bester Gesellschaft. Obwohl er selbst ihr nicht angehörte, auch nicht durch seine dichterische Existenz, mochte er die höhere Gesellschaftsschicht, der man hier begegnete. Es hatte etwas Angenehmes für ihn, da sie Kultur in engeren und im weiteren Sinne lebte. Dieses Haus kam ihm vor wie eine Kirche der Kultur – jeder Gang war für ihn wie eine Anbetung von Werten, die ihm als Romantiker wichtig waren. Es war ebenso heilig wie vertraut. David konnte sich hier ganz hingeben und ganz sich selbst sein, als etwas Besonderes der eigenen Person. Er fühlte hier etwas menschlich Edles, das besonders dann galt, wenn der Zauber sich in diesen Mauern erhob ...

David meinte zu Tobi: »Ich ruf mal den Bächle an, ob der noch seine Führungen macht. Das ist ein ehemaliger Opernsänger, den ich kenne. Die gute Seele des Hauses. Dann schauen wir mal hinter die Kulissen, wenn du magst. Er kann so viel zu diesem Haus erzählen, er hat so viele Anekdoten auf Lager, du wirst staunen. Der Mann ist ein Ereignis. Das wird dir gefallen.«

Als die Lichter niederglommen und ein kurzer, leichter Applaus für die Musiker erklang, die sich im Orchestergraben erhoben, und der Blick im Dunkel auf den gewaltigen, geschlossenen Vorhang fiel, da erstarrte Tobi endgültig in feierlicher Erwartung.

Und dann öffnete sich das Dunkel zu einer kahlen Künstlermansarde im alten Paris, im lebhaften Quartier Latin, mit dem Hintergrund eines breiten Fensterblickes auf die Dachlandschaft der Stadt. Da sind Freunde in der Dichterstube von Rodolfo. Mit Galgenhumor vertreiben sie sich den Gedanken an ihre Armut. Als die Freunde ihn verlassen, begegnet Rodolfo zum ersten Mal seiner Nachbarin, der Näherin Mimi. Er ist von ihr bezaubert. Sie singen sich Arien. Stimmen so schön, dass man sie nicht erklären konnte und dass sie sich zu einzigartigen, unwirklichen Momenten erhoben. Rodolfo und Mimi finden sich. Sie feiern überschwänglich ihre Liebe.

Achthundert lauschende Seelen betrachteten still und ergriffen die Bühne. Nur die lichterfüllten Hände des Dirigenten, in der Rechten den Taktstock führend, schauten aus dem tiefen Halbdunkel heraus. Zur Pause gab es Applaus und es glommen die Lichter auf, der kolossale, kristallbehangene Deckenleuchter und die andern. Und aus Parkett und Rängen trieben die Zuschauer der Oper auf die hell erleuchteten Wandelgänge. David blieb bei Tobi sitzen, der noch ganz beeindruckt war und seinen Blick ohne festen Punkt in den Raum richtete.

»Wie war das für dich?«, fragte David sachte bei ihm an.

»Diese Stimmen«, sagte Tobi suchend, »diese Stimmen ... und die Instrumente ... das hat mich berührt ... ich meine so richtig, also so echt ... Ich wusste nicht, dass Stimmen die Haut berühren können.«
»Die Stärke des Gesangs. Du spürst diese Vibration auf deiner Haut und wie die Stimmen in ihren Schallwellen in dir sind, dich durchklingen. Sie schwingen in dir.«
»Das hat so viel Kraft! Das packt einen ganz schön«, meinte der Junge und schämte sich fast für so viel Gefühl.
»Ist schon gut«, meinte David, »aber genau so soll es doch sein. Nur dann hörst du richtig zu.«
Sie lächelten.
»Ich hab gewusst, dass du diese Berührung mit der Musik erleben wirst.«
Eine fantasievolle Glocke erklang. Erneut senkte sich das Licht und nach leichtem Applaus für die Musiker, die sich kurz erhoben, öffnete sich vor der verstummenden, geneigten Menge des Gesangstheaters der große Vorhang wieder.
Es ist Winter. Rodolfo trennt sich von Mimi. Angeblich aus Eifersucht. In Wirklichkeit aber, weil er weiß, wie krank sie ist, und weil er ihr mit seinen Mitteln nicht helfen kann und weil er um ihr Leben fürchtet in seiner viel zu kalten Wohnung. Er lässt sie gehen in der Hoffnung auf einen reichen Gönner. Der Winter vergeht. Eines Tages im Frühling besucht sie ihn dann in seiner Mansarde. Noch einmal will sie ihn sehen. Sie ist so krank, dass sie niedersinkt und mit letzten Tönen auf den Lippen in sei-

nen Armen die Augen schließt. Für kurze Momente haben sie nun noch einmal das Glück ihrer Liebe durchlebt.
In der Dunkelheit des Raumes starrte David die Sterbende an. Etwas explodierte in seinen Augen. Eine brennende Träne schoss heraus wie ein Schrei. Mit einem Griff zur Nase wischte er sie weg, und niemand bemerkte es – dieses überstarke Gefühl, das ihn für einen schrecklichen Moment fast zerriss. Die süße, reizende, dunkellockige Mimi, wie einsam wird sie in diesem Winter gewesen sein? Wie kalt waren die Tage. Wie hart. Wie schmerzlich. Wie hat sie gelitten. So viel wie er selbst. Diese entrissene Liebe. Mimi! Cora!
Auch Tobi standen Tränen in den Augen. Seine Tränen aber bemerkte man. Wie auch die Tränen des Herrn, der neben ihm saß. Denn die Beleuchtung glomm auf. Man stimmte ein in den Applaus für die Künstler. Er erklang stark und warm. Darin waren begeisterte Rufe für Rodolfo, den italienischen Tenor, und Mimi, seinen herzergreifenden Gegenpart. Alle Sänger fassten einander an den Händen und verbeugten sich tief, dann fiel der Vorhang. Doch das Klatschen des Publikums wurde nun zu einem einheitlichen Schlag. Und der Vorhang hob sich wieder, denn die Opernkünstler folgten diesem begeisterten Ruf des Publikums. Tobi wischte sich rasch seine Tränen weg. Als nach langem Applaus der Vorhang gefallen war, drängte die Menge leicht eleganter Menschen sich wundervoll höflich an den Garderoben und streute sich dann über den Vorplatz des Theatertempels aus. Sie trugen

die Stimmung der Oper mit sich hinaus. Die Lichter da draußen, die Laternen und Fenster Saarbrückens, wirkten feierlich und schön. David und Tobi atmeten die kalte Luft und genossen die Illumination der Stadt. Und am Himmel standen die Sterne als ferne Eiskristalle. Es war ein wundervoller Abend mitten im Winter.

»Und wie war das nun? Dein erster Opernbesuch«, wollte David wissen.

»Das war etwas ganz Besonderes«, sagte Tobi, und in den wenigen Worten klang sehr viel.

»Dann freut es mich, dass ich dir dieses Ereignis schenken konnte.«

Er ging mit dem Jungen über die Straße auf die Altstadtseite. Dort bummelten sie die erleuchteten Schaufenster von Restaurants und Läden entlang. David zeigte Tobi seine Kunsthandlung. Sie betrachteten die Bilder. Gerade waren unter anderem schöne Kunstdrucke von Amadeo Modigliani zu sehen.

David meinte: »Auch so eine Bohème-Geschichte. Tragisch. Eigentlich auch einer Oper wert ...«

Er erzählte Tobi die Geschichte von Modigliani. Und dann die vom jungen Picasso, der um die Jahrhundertwende in die Stadt gekommen war und in einer ärmlichen Künstlermansarde am Montmartre lebte, zusammen mit seiner Geliebten Fernande und einem tropfenden Wasserhahn. Tobi hatte noch die Stimmen der Oper im Kopf und das bewegte Pariser Künstlerleben alter Zeit im Sinn. Er begeisterte sich für Davids Geschichten. Und dem gefiel die

Begeisterung seines jungen Freundes.

»Kennst du Paris gut, David?«

»Schwer zu sagen. Sehr relativ. Ich kenne einige Dinge, die ich mag. Ich bin immer da, wenn ich Inspiration brauche. Dann streife ich für einen Tag durch diese Stadt. Ich spüre da eine Magie, die ich schwer beschreiben kann und die nur dort ist. Man muss es selbst erleben.«

»Das muss doch toll sein, einfach großartig, wenn ich mir das vorstelle.«

»Du warst noch niemals dort?«

Tobi schüttelte den Kopf.

»Das kann man ändern. Was dir gefehlt hat, ist jemand, der dich begleitet und dir erzählt, was du siehst. Ich würde sagen, du hast ihn gefunden.«

Der Junge lächelte. Und noch bevor der Winter zu Ende war – an einem Tag, als in Paris schon die ersten Knospen aufsprangen – zeigte sein Freund ihm diese Stadt, und auch das wurde für ihn zu einer persönlichen Offenbarung.

An ihrem Opern-Abend gingen sie noch lange, gingen durch die stimmungsvollen Gassen der Altstadt. Sie bummelten ziellos durch den späten Abend und ließen seine Eindrücke auf sich wirken. David merkte, wie Tobi sich in diesem Spaziergang zurücklehnte. Wie er sich David überließ, vertrauensvoll. Mit dem Schriftsteller herumzuziehen, das hatte er sich gewünscht. Und David fügte dem Weg einfallsreich stets neue Ecken und Winkel hinzu. Er kam auf den Gedanken, Tobi die Plätze seines Weihnachtsromans zu zeigen, der zum größten Teil hier spielte. Tobi hatte ihn gelesen und begeisterte sich dafür. Er fragte nach der in grüner Patina erstarrten Bronzefigur von Georg, dem Drachentöter, der das Rathaus schmückte, und er fragte nach dem Gasthaus mit den Kerzen und dem Minztee. Er sah, dass es auch die Läden mit den Antiquitäten und den Ikonen wirklich gab und schaute berührt in die alten Schaufenster hinein. Er ließ sich von David die Lichterbank in der Kirche zeigen, »wo die beiden sich beinahe küssen, als plötzlich der kleine Junge vor ihnen steht.«

Tobi glaubte nicht an das alte Gasthaus Horch, seinen bäuerlichen Innenhof mit seiner Fachwerkstruktur und an diese offene, dunkle Holzgalerie mit den Türen der Mansardenzimmer. Als sie dann in dem dunklen Innenhof standen, staunte Tobi und sah die Szenen des Buches wie lebendig vor sich. Er fand etwas Besonderes darin, und David lächelte.

»Dieser Ort erstaunt dich nun, weil du geglaubt hast, dass es ihn nicht wirklich gibt. Indem du jetzt hier bist, ist es eine besondere Art von Wirklichkeit. Du bist aus der eigenen Realität in die des Buches gewechselt. Du bist im Buch. Und da oben, wo du gerade hinsiehst, hinter dieser Holztüre, in der alten Stube mit den nackten Balken überm Kopf, da sind der Mann und die Frau. So jedenfalls empfindest du es.«

»Ja«, schwärmte Tobi, und er fand, das sei ein faszinierender und sehr schöner Gedanke.

»Eine Art Literatur-Psychologie«, meinte David versuchshalber.

Und er selbst starrte die Türe an und dachte bei sich: »Wie stark muss die Kraft der Fantasie sein, dass wir beide jetzt so hier stehen? Wie groß muss ein Traum sein, dass er solche Mauern einnimmt? Wie unbedingt muss meine Sehnsucht gewesen sein, dass ich ein solches Buch geschrieben hab?«

Als sie dann hundert Meter weitergingen, kamen sie an das Eckhaus mit den Prostituierten, die den beiden lockend Zeichen machten.

»Okay, also auch das gibt es, genau wie in deinem Roman. Du hast es nicht erfunden«, meinte der Junge und grinste schulterzuckend.

So streiften sie nun hinein ins Nauwieser Viertel, das alte Studenten- und Kneipenviertel der Stadt.

»Mittags nach der Schule waren wir oft da. Die Schwester von meinem Kumpel war hier Wirtin. Und hier begegneten wir Malern und Schriftstellern. Hier machten wir die Erfahrung wahren Lesens. Hier lernten wir Bücher zu verstehen, mehr als in der Schule. Und hier lag die Wurzel unseres Schreibens. Dieses Viertel hat einen besonderen Geist und ist der einzig wirklich urbane Ort in unserer Region. Nur dieser Ort konnte uns inspirieren.«

David versuchte, Tobi ein paar Eindrücke dieses Ortes zu geben. Sie streiften umher, hörten Instrumente in Fenstern, sahen die Zeichen der Kunstszene und der Wohngemeinschaften. Sie schauten in die Hinterhöfe. Sahen dort

Stilleben mit Fahrrädern, alternative Existenzen, Läden und Projekte. Kreativ belebter Raum. Sie schauten bis ins Dunkel hinein. Zwischen den engen Mauern der Hinterhöfe verbarg sich oft schattiges Grün, kleine Gärten. Heimlich, verschwiegen, intim und inspirierend. David mochte diese Art der durch Gefangenschaft nahen, vertrauten Natur. Es war Natur in der Art eines Traumes. Er wusste, dass Paradies ein altpersisches Wort ist und ›umschlossener Garten‹ bedeutet ...

Wie David eine Generation zuvor liebte auch Tobi es, sich durch diese kleinen Straßen treiben und die Eindrücke auf sich wirken zu lassen. Er spürte die Nähe des Lebens und bekam eine Ahnung davon, warum David gesagt hatte, dies sei der einzig urbane und inspirierende Ort. Er ließ sich von David um alle Ecken führen und Anekdoten erzählen. Sich an der Seite seines jungen Freundes zu entsinnen, machte David den Abstand klar. Die Erinnerungen wachten indes auf. Und lebten auf. Und was er damals erlebt hatte, war ihm schon lange nicht mehr so nah.

»Hier hatten wir den Maler H.B. in seinem Atelier besucht. Jetzt steht ein anderer Name da ...«

Es war ein fast trunkenes Gefühl, sich zu erinnern. Es war gut. Es lebte und machte ihn auf glückliche Art melancholisch.

»Und in diesem Hinterhof da: das kleine Kino! Da haben wir Filme gesehen wie Fritz the Cat, The Doors, Hair und Blues Brothers. Keine Musicals und keine schönen neuen Movie-Versionen, nicht synthetisch soft und kommerziell, sondern die Originale. Oldschool, wie ihr heute so sagt. Eben Echtes.«

Sie bogen ein in die Grünstraße, die nur zwei Meter breit war, eine verlassene Durchfahrt. Hier trafen sich die Hinterhofseiten der Häuser, und für manche wie David war diese kurze und versteckte, hart gemalte Kopfsteinstraße das Herzstück des Viertels.

»Solche Sachen waren damals eine Offenbarung für mich. Ich kam aus einer Enge und ich ging wieder in eine Enge. Aber in diesen zwei Jahren, da tat sich etwas auf. Die Nacht wurde zum Inbegriff für eine geistige Weite und Freiheit, die ich vielleicht geahnt hatte, aber nie so bewusst verstand. Das zu erleben, bedeutete, sich selbst zu sein. Sich zu finden und sich wirklich zu sein. Wir sind durch die Nacht spaziert, wie wir beiden gerade. Oder wir sind gefahren, haben Musik gehört. Wir haben Subkultur erlebt und philosophiert. Und eines Nachts, zur gleichen Zeit und jeder für sich, haben wir das Schreiben entdeckt. Es war unendlich wichtig, eine Art zu finden, um sich auszudrücken. Das zu entdecken, muss man eine Offenbarung nennen ...«

Tobi ging über den grob gewölbten Kopfstein und machte eine träumende Balance daraus. Er schaute nach oben, wo zwischen den alten Dachkanten der Sternenschein stand, er taumelte vor Schwärmerei und fühlte sich doch klar im Kopf wie nie zuvor.

»Das Leben war so weit wie der Himmel der Dunkelheit. Ich war nie mehr so wach wie in diesen Nächten. Und

wenn mein Leben danach weiter in der Enge verlief, war ich nach dieser Zeit doch ein anderer. Weißt du, ich denke, dass es im Leben jedes Menschen einen anderen geben sollte, der ihm das Leben klarmacht. Es sollte ein besonderes, ausdrucksvolles Gesicht geben, das mit seinen starken Gedanken und Gefühlen aus der Masse bloßer Köpfe herausragt und dir einen Begriff des Lebens gibt, ein Bewusstsein, eine Klarheit dessen, was es bedeutet. Ein Mensch, der in dir den Sinn des Lebens weckt.«
»Ja«, sagte Tobi in seiner Ehrlichkeit, »so bist du für mich, David!«
Der sah ihn an. Irritiert. Diesen Vergleich hatte er nicht erwartet. Er hatte nie daran gedacht, dass der Junge ihn so sehen könnte.
»Nein«, sagte er, »nein, das kann man nicht vergleichen. Das meinte ich nicht. Ich meine eine sehr außergewöhnliche, fast exzentrische Persönlichkeit. Charismatisch, suggestiv, magisch irgendwie und darin anziehend für andere. So war er. Ein Genie des eigenen Ichs. Er scharrte die Leute bald um sich. Ein mitreißender Kopf mit großen, bannenden Augen. Unter Geist, Witz und harter Ironie verbarg er sein brennendes, wundes Sensibel. Einer, der so jung schon alles durchdrang, beinahe wie verflucht!«
»Okay, vielleicht warst du nicht so. Aber du bist ihm begegnet. Du hast gespürt, was es bedeutet. Er hat dich beeinflusst. Du bist an ihm gereift«, versuchte Tobi.
»Und doch kannst du mich nicht mit ihm vergleichen«, wandte David ein und schwieg für Momente.

»Wie ich schon sagte: Ich kam aus einer Enge und ich ging wieder in eine Enge. Er aber blieb in der Dunkelheit, in dieser Weite und Freiheit und Wahrheit der Nacht, die wir gemeinsam entdeckt hatten. Er hat sie nie mehr verlassen, sie wurde sein endgültiger Raum. Er wuchs hinein, verließ die uns bekannte Welt und wurde zu einem Guru. Der irgendwann nur noch auf einer Wolke von Haschisch durchs Leben schwebte. Er wurde leider immer abhängiger vom Joint und entwickelte sich zum absoluten Egomanen, zum Freak. Das war nicht mein Weg. Ich blieb in meinem kleinen Leben drin, umso mehr ein blasser Träumer, der einsam blieb und gerne seine Ruhe hatte. Einer der sich verschüchtert niedersetzte. Er aber ging aus sich heraus. Er musste dahin, wo die Subkultur groß genug für ihn war. Wo es mehr an Untergrund und Hintergrund und Abgrund gab. Er ging nach Berlin, hab ich gehört ...«
»Und? Hat es ihn glücklich gemacht?«, wollte Tobi wissen.
»Ich weiß es nicht ...«
Er betrachtete Tobi, diesen geliebten schwärmerischen Jungen, der über den Kopfstein balancierte und mit unendlichem Bewusstsein zu den Sternen schaute, da erinnerte er David an sich selbst, vor langer Zeit. Die Zeit, die ihm in seinem Leben am meisten bedeutet hat und ihn geprägt hatte. Er lächelte. Er war berührt davon, wie lebendig seine Erinnerung war, in Gegenwart dieses Jungen, es gab ihm das Bewusstsein von damals zurück. Und er war glücklich in dem Gedanken, dass er dem Jungen etwas davon geben konnte.

Sie kamen durch die Försterstraße an den Punkt, wo das Eckhaus mit der Kneipe von damals stand. Sie war jetzt leer, und durchs dunkle Fenster konnte man den Platz mit dem runden Holztisch nur erahnen, der war wohl gar nicht mehr da. Dort hatte Davids bedeutsamer Freund immer Kaffee aus einer Schale getrunken, und seine Schwester stand hinter dem Tresen.

Sie gingen durch die schmale Blumenstraße, in der die hohen, alten, bunten Mietshäuser Schulter an Schulter standen – für David war es immer das Bild eines lebendigen und inspirierenden Gegenübers. Jetzt waren sie sich mit erhellten Fenstern und Zimmern zugewandt. Etwas lag in diesem Licht, das für David schon damals eine wahre Quelle der Inspiration gewesen war. Er spürte das alte Gefühl, er sah es mit den Augen von damals, als das hier voller Rätsel war, voller Faszination und Anziehung. Nach einer Ecke bogen sie wieder in die Nauwieser Straße ein. Und kehrten, schon spät an diesem Abend, in eine der Kneipen ein. Sie setzten sich, und Tobi äugte fremdelnd um sich.

»Scheinen viele Studenten hier zu sein«, meinte er.

David nickte.

»Das ist deine Generation, Tobi. Und irgendwann war es mal meine.«

»Ja, aber wir beide waren eben nie Studenten.«

»Zu dieser Wirklichkeit hat es bei uns beiden nie gereicht, mein Lieber. Es bleibt uns als Traum. Wir können unser Leben lang davon träumen. Auch wenn es sich immer mit einer gewissen Wehmut verbindet, das gebe ich zu«, sinnierte David.

Nach einer Pause sagte er: »Da gibt es ein Zitat: ein Student ist ein Wartezustand mit ungewisser Erfüllung. Die Leute hier im Viertel haben das Warten mit Leben gefüllt. Sie haben es sich in diesem Provisorium gemütlich gemacht. Sie genießen es. Die Wohngemeinschaften, die Projekte, die Läden, die Kneipen ... das bleibt. Das ist eine Konstante. In der die Gesichter wechseln. Und das hat irgendwie etwas Schönes, dieser Gedanke. Etwas Starkes und Bewusstes, meine ich. Es ist ein richtiges Bild. Leben folgt auf Leben. Es erhält sich. Leben, das von einer Hand in die andere geht, Jahr um Jahr geht es über von Mensch zu Mensch. Einige Leute bleiben für immer, andere gehen weg. Eine Vergänglichkeit im Ausdruck des Lebens. Jetzt sitzen wir beide hier. Und es ist deine Generation. Und für mich ist es Erinnerung. Oder ist es Traum?«

»Du philosophierst!«, sagte Tobi.

David zuckte verspielt die Schultern, und sie lächelten.

Hier waren auch die Bedienungen meistens Studenten. Ein hübsches Mädchen, lockig hellbrünett und mit keckem, lebendigem Blick, kam zu ihnen. David fragte sie, welches Fach sie studiere.

»Bio«, sagte sie.

Und erwiderte fragend: »Sind Sie nicht David Alsleben, der Schriftsteller?«

»Nebensächlich«, antwortete derselbe spontan, »das hier ist ein guter Freund, er heißt Tobias, er ist ein tüchtiger

Landwirt und kulturverliebt dazu.«
»Echt?«, fragte die Lockige interessiert.
Und meinte dann: »Also ich treff' hier drin ja viele verschiedene Leute. Profs von der Uni, Schriftsteller, Maler, Lebenskünstler, Theaterleute und Lichttechniker, Computergenies und Verschwörungstheoretiker, einige Bekloppte und Haschraucher und Dealer leider auch ... Aber ich hab noch nie einen Bauern getroffen!«
»Ich geh mal zur Toilette«, sagte David.
Und er entfernte sich vom Tisch. Als er nach einer Viertelstunde von seiner taktischen Toilette zurückkehrte, saß die Studentin auf seinem Platz und unterhielt sich angeregt mit Tobias. Das eingefädelt zu haben, gefiel David diebisch. Und so wandte er sich auf leisen Sohlen um und zog sich noch einmal für eine Viertelstunde zurück. Für seinen Freund Tobi ertrug er willig die Monotonie vergilbt weißer Klofliesen. Als er endgültig zurück an den Tisch kam, war das Mädchen wieder am Bedienen. Und Tobi saß da und schaute ihr beiläufig zu.
»Die gefällt dir«, sagte David.
»Sie heißt Anna«, erwiderte Tobi und lächelte cool und beschenkt.
»Und sie hat nach meiner Handynummer gefragt.«

9   ERLÖSUNG

»Nach den letzten Monaten ist sie jetzt endlich erlöst«, hörte David am Telefon.

Es war Tobi, der ihn anrief. Und ihm mitteilte, dass Coras Mutter gestorben sei. Erst vor zwei Tagen. Nach einem weiteren Schlaganfall hatte sie ein jähes Ende. Der Sommergast entsann sich traurig der alten Dame. In seiner Erinnerung war sie ihm mit ihren großen, sprechenden Augen ganz nahe. Es hatte nie ein Wort von ihr gegeben, sie hatten miteinander nur diese Augen-Blicke. David erinnerte sich an den Teich unter der alten, hängenden Weide und an den Rosengarten von Zweibrücken. Sie hatten mit ihr unter der Dorflinde gesessen und sie hatten sie über den Höhenweg an die Höfe und Felder gebracht, um ihr den Sommer zu zeigen und alte, vertraute Orte, und sie hatten dort reife Kirschen für sie gepflückt. Die alte Dame war dankbar, dass sie mit Davids Hilfe aus dem Heim herauskam und ihren letzten Sommer und seine Natur erleben durfte.

Er entsann sich eines kleinen, gemeinsamen Momentes. Als er einmal neben ihrem Rollstuhl hockte, da bemerkten sie im Gras einen Vogel. Sie sahen ihm aufmerksam zu. Der Vogel saß an einer steinernen Schale. Und nahm darin ein Bad. Das war erfrischend, beinahe leidenschaftlich. Das klare Wasser spritzte auf, so stark schlug der Vogel mit seinen Flügeln hinein. Er wirbelte das Nass auf und warf es sich über, mit einer Heftigkeit und Freude. Er fand pures Vergnügen darin. Am Ende glänzte sein Gefieder. Es war ganz rein. Er sah die beiden Menschen an, zwitscherte ihnen ein paar Silben zu, dann flog er empor und davon. David sagte zu der alten Dame, das hier sei nicht Phoenix aus der Asche, sondern dieser Vogel steige aus dem klaren Wasser heraus. Er sah die alte Dame zum ersten Mal lächeln. Ihr fast starres Gesicht hatte sich bei der Betrachtung des munteren Vogels so erwärmt, dass es sich bewegte und, wenn man dieses Gesicht zu lesen verstand, ein Lächeln zeigte.

Einmal las er ihr in ihrem Zimmer im Heim aus seinem Lieblingsbuch vor – den Tante-Jolesch-Anekdoten von Friedrich Torberg. Er las ihr die Abschnitte vor, die ihn am meisten begeisterten. Auch da sah er die Heiterkeit in ihrem bewegungslosen Gesicht. Das machte ihn glücklich. Jetzt lache sie, hatte Cora gesagt. Und David hatte erwidert, er wisse.

»Wir werden ihr übermorgen die letzte Ehre erweisen. Und ich denke, du gehörst dazu«, sagte Tobi.

Die Beerdigung fand an einem kühlen Tag im Jahr statt. Schafskälte herrschte, nachdem man sich schon an Wärme gewöhnt hatte. Am Morgen hatte es sogar stark geregnet. Auf dem kleinen Friedhof von Mandelbach versammelten sich die bekannten Gesichter. Sie wieder zu sehen, war eine emotionale Freude, die David stark bewegte, die er aber nicht zeigte. Mit verschwiegenem Lächeln nickte man einander zu. Die Gesellschaft vom vergangenen Sommer – sie war versammelt, und David sah sie mit einem Gefühl unterdrückter und demütiger Freude. Er war dankbar, für wenige Stunden wieder in ihrem Kreis zu sein. Manche, wie sein alter Zimmerwirt Bernd und seine Frau Gisela, sahen ihn wie einen verlorenen Sohn und nahmen ihn zur Begrüßung spontan in die Arme.

Die Landwirte waren da, sein Freund Tobi mit Anna, der Reinhard und die Frau Brettschneider und natürlich Juliane aus der Gemeindeverwaltung, dann der Briefträger Herr Bayer und der Friseur Herr Weber, der Nachbar mit dem Schwenkstübchen und andere mehr. Und sogar Michael war da, er stand zurückhaltend ganz am Rande. Ohne zu zögern trat David auf ihn zu. Die Leute schauten unruhig auf – sie hatten noch das letzte Treffen der beiden in Erinnerung. Manche erwarteten jetzt ein Ballett zerschmetternder Tritte und Schläge. Und so unbeliebt Michael auch war, kniffen einige in schmerzlicher Erwartung schon die Augen zusammen. Aber David stand vor Michael und reichte ihm die offene Hand.

»Und dann?«, fragte der grobschlächtige Bursche lakonisch und bang, »krach ich wieder auf den Boden und hab die Nase rot?«

David antwortete: »Ja. Wenn du diese Hand nicht nimmst.«

Michael erkannte versöhnliche Ironie in seinen Worten.

»Schlagendes Argument«, meinte er zögernd.

Der Städter zuckte die Schultern und sah ihn an.

»Gewalt kennt keine Sieger. Oder glaubst du das? Gewalt kennt keine Sieger, das kann ich dir sagen. Das kannst du glauben«, sagte er und hielt seine Hand umso offener hin. Michael betrachtete ihn lange. Und nickte. Er legte seine Hand in Davids. Die Leute um sie herum betrachteten die Szene. Der Mann aus der Stadt wandte sich nun Cora zu, die in der Mitte der Menschen stand. Er zögerte noch. Sah sie nur an. In ihrem schwarzen Kostüm erinnerte sie ihn an ein Gemälde von Renoir. Es war das Bild mit den vielen dunklen Regenschirmen. Cora hatte etwas Trauriges und Edles, sie hatte etwas Unnahbares, sie stand da in schwarzer, trauervoller Grazie. Es war, als solle man sie nicht ansprechen. David fiel es schwer. Doch er trat für einen Moment zu ihr hin. Die Leute um sie, die die Geschichte der beiden kannten, wichen einen Schritt zurück, aus einem seltsamen Respekt heraus oder so, als erwarteten sie eine weitere sehenswerte Szene.

David dachte darüber nicht nach. Er sah jetzt nur noch Cora. Sie standen da und sahen sich wie erstarrt in die Augen. Alles kam wieder auf, war nur schwach verdeckt von einer Masse bedeutungsloser Zeit. Ihre Liebe, die nicht vergangen war, und diese übermächtige und unerfüllte Sehnsucht einander zu spüren. Zwischen ihren Augen lagen Mengen bewegter Worte. Es wogten die Gefühle. Sich zu sehen, war für die beiden heftig, doch sie standen ganz still. Er wusste, dass es heute darum ging, Ehre zu erweisen. Er fasste sich. In seine Augen traten andere Worte. »Deine Mutter«, sagte sein Blick, »ich hab

sie nicht sehr lange gekannt ... Ich hatte sie gern. Ich hatte das Gefühl, sie zu kennen. Und sie hat mich gekannt. Das war schön. Jetzt ist da Traurigkeit. Deinen Schmerz, den teile ich mit dir. Du bist allein. Du brauchst jetzt viel Kraft. Aber du weißt, dass ich dich für eine starke Frau halte. Deine menschliche Wärme und die Offenheit, mit der du deine Gefühle lebst, machen dich zu einer starken Frau.«
Coras Blick dankte und ihre Augen sagten: »Meine Mutter, die hat dich sehr gemocht.«
Und David fasste ihren Ellenbogen, seine Hände umfassten die Trauernde. Sie umarmten sich. Er hielt sie fest – es war ihm, als würde er sie nie mehr loslassen wollen. Als müsse er diesem Augenblick ewige Dauer geben. Doch es war nur die großartige Illusion von Ewigkeit. Es war nur ein einziger Augenblick, aus dem er sich dann losriss. Er trat wieder in die Menge zurück.

**

Nach der Bestattung begab sich die Trauergemeinde in das Gasthaus Zur Linde. Der davor stehende alte Baum – Teil des Wappens und die Mitte des Dorfes darstellend – stand wie ein Traum im Sonnenschein. Der Baum war eingehüllt in den Glanz seiner cremig gelben Blüte und in den durchdringenden, dunkel sirrenden Ton der Bienen. Sein Duft sei wie Honig aus dem Himmel, hatte David geschwärmt. Dieser schönste aller Düfte beherrschte das Herz des Ortes. Er verzauberte es und er währte nur wenige Tage. Und er brachte in David so sehr Erinnerung auf, dass es ihm schien, er habe nur eine kurze, schlechte Zeit hinter sich bringen müssen ...

Als alle dann im Gasthaus saßen, lächelte der Gast des vergangenen Sommers geschmerzt in sich und sagte sich: »Ich will nicht träumen. Ich will mir keine Illusionen machen. Ich kann nicht an die gute Zeit anknüpfen. Der Faden ist gerissen. Ich kann so wenig wirklich hier sein, in ihrer Mitte sein, wie der Mensch, der vor ein paar Tagen gestorben ist.«

Er dachte an sein Sommermärchen und versuchte sich einzureden, dass es kein Zurück gäbe. Er sagte zu sich, dies sei ein anderes Jahr, es trenne ihn von den Menschen ab und er sei wieder der Fremde und er würde es bleiben, der ewig Fremde. Doch er musste erkennen: Nichts war anders geworden, und niemand hatte sich verändert. Es gab mehr als die traurige Schönheit seiner Erinnerungen. Dies war der Moment der Gegenwart und das Leben selbst, dem er nicht fremd war. Er war mittendrin. Die bekannten Gesichter und Stimmen, die Menschen, die ihm vertraut gewesen waren und die ihn aufnahmen, als sei er gar nicht weg gewesen.

Er redete sich ein, dass hier ein Schatten auf ihm liegen müsse, bedrückend und dunkel. Doch es ging ihm gut und er fühlte sich in dieser Gesellschaft pudelwohl. Beide – er und die alte Dame, welche an diesem Tag zu Grabe getragen worden war – waren von diesen Menschen umschlossen und aufgenommen. Nichts war Illusion, und das Fremde blieb draußen.

Neben ihm saß Reinhard, das gesellige Schlitzohr, dieser einsame Fuchs, der die Menschen mochte, und genoss Speis und Trank. David betrachtete ihn vertraut, wie einen wiedergefundenen Freund. Und gegenüber saß der Briefträger Herr Bayer, der scherzend mitteilte, dass es heute keine Post für David gebe.
»Warten wir also auf morgen!«, stimmte dieser lächelnd ein.

**

Nachdem die Trauergesellschaft sich aufgelöst hatte, ging er mit Tobi und dessen neuen Freundin Anna spazieren. Es war die Biologiestudentin aus der Stadt. David freute sich für seinen jungen Freund, er freute sich darüber, es eingefädelt zu haben, und er war glücklich für ihn. Er spürte die natürliche und starke Liebe, die die beiden jungen Menschen gefunden hatten. Sie spazierten und streiften einige Stellen des vergangenen Sommers. Tobi lächelte in sich. Er wusste, wie sehr David diese Landschaft liebte, und was es ihm bedeutete, wieder hier zu sein. Der zeigte es nicht, er sprach es nicht aus, doch Tobi kannte ihn gut und spürte, dass er voll von Gefühlen war und die vergangene Zeit durchlebte und all dem wiederbegegnete.
Irgendwann sagte er: »Komm mit, und du kannst bei uns auf dem Hof schlafen. Du weißt doch: Wir haben einige Gästezimmer für die Pilger des Jakobsweges.«
David winkte ab: »Ich denke, in meiner Stimmung sollte ich alleine sein.«

»Nun, wie du meinst.«
Tobi verabschiedete sich von ihm. David ging alleine weiter. Er ließ sich bei den Hochlandrindern blicken, an denen er bei seinen Gängen im letzten Jahr so oft vorbeigekommen war. Die Herde äugte ihn von ihrer grasgrünen Weide gleichmütig an. Der Städter fragte sich, ob er wohl eines der Tiere wiedererkannte, oder ob eines der Tiere ihn wieder erkannte. Er wusste, wie sentimental dieser Gedanke war, wie rührselig und traumverloren. Er lächelte. Denn nun fragte er sich auch, ob wohl ein Baum, in dessen Schatten er gegangen oder gesessen war, seine Nähe wieder spürte, als etwas Vertrautes …
In einem Taumel melancholischer Art setzte er sich an den Stamm der jungen Walnuss, seinem Lieblingsbaum, und das erfüllte ihn mit Freude. Gleich einem Kind war der junge Baum in dem Jahr wieder etwas gewachsen. Er streckte sich in seiner Gestalt ein Stückchen mehr nach oben und war jetzt etwa drei Meter hoch. In den starken Nussblättern fingen sich die leisen Windzüge der Weite, es fingen sich darin die Stimmen der Rauchschwalben und der Greifvögel und die der rasselnden Heuschrecken im Gras. Es herrschte die bekannte Stimmung.
David saß da, wie er dagesessen war. Er fand alles wieder. Er fand die Ruhe wieder, die er verloren hatte. Und er fand die gute Luft wieder. Er schnappte danach. Als bräche eine Sehnsucht körperlich aus. Er tat tausend Atemzüge – als müsse er zehn Monate nachholen, in denen er nicht wirklich geatmet hatte. Er fragte sich, wie er so

lange ohne diese Luft ausgehalten hatte. Und antwortete sich: »Ich hab nicht mehr dran denken dürfen.« Er hatte in Gesellschaft der jungen Walnuss so manche Stunde verbracht. Er erinnerte sich an seine erste Stunde, die er im leichten, fließenden Blätterschatten des Bäumchens verbracht hatte. Damals hatte er sich ungläubig gefragt: »Ist das denn möglich, dass eine Landschaft dich glücklich macht?«
Und er setzte seinen Weg durch die Landschaft und den Ort fort. Oft blieb er irgendwo stehen oder er setzte sich hin. Immer im Eindruck der Atmosphäre, die er einmal entdeckt und gespürt hatte. Für den Hauch weniger Stunden knüpfte er an die wunderbare Begegnung mit dieser Gegend an. Er suchte all die kleinen Plätze, mit denen ihn Erinnerung verband. Er fand all die Wiesenparadiese wieder, in denen er mit Cora den perfekten Zustand erlebt hatte – er wusste nun, das war tatsächlich Glück gewesen. Er sah die Stellen an, an denen sie gelegen hatten, geredet, gelacht, geschlafen, gelesen und sich beinahe berührt. Jetzt war über diese glücklichen Stellen hohes Gras gewachsen, das Grün eines anderen Jahres.
David weitete die Wunde der Erinnerung. Und schöpfte unter dem Schmerz das Gefühl von glücklichem Leben. Es war wie eine Rückschau über die Schulter. In jedem Bild fand er das Gefühl, das er damals gefunden hatte. Er stand an die gelbe Kalksteinmauer des optischen Telegrafen angelehnt und erinnerte sich an das erste Gespräch mit Cora. Die Gedanken und den Blick übers Land und die

aufregende Romantik, als sie dann miteinander in dem benachbarten Biergarten gesessen hatten. Und dann kam er am Gebäude der Gemeindeverwaltung vorbei. Er stand da und schaute in den Glaskasten mit den Informationen und las die Ankündigungen wie in einem Déjà-vu: die Fußball-Gemeindemeisterschaft, das Wett-Angeln, das Hähnewettkrähen und so weiter. Alles war noch da, alles an seinem Platz. Daneben sah er, dass die Gemeindeverwaltung jetzt sommerliche Touristikwerbung machte. Der Slogan lautete: »Mandelbacher Landbräune!«
Tatsächlich. Er lachte auf. Seine Idee – er hatte sie dem Ort geschenkt. Lächelnd ging er davon, wieder raus zu den Feldern. Er streifte bis weit in den Abend durch sein verlorenes Mandelbacher Paradies. Es dämmerte bereits. In der Luft, wie wehende Fetzen, waren die Fledermäuse, wie Schwalben der Nacht. Einzeln und blitzhaft lautlos schwangen sie mit dem ersten Schatten der Nacht. Und David sah die Kirche Sankt Anna. An manchen Tagen im Jahr – er wusste nicht, wann genau und nach welcher Regel es geschah – hatte die Kirche eine besondere Erscheinung. Spitz, die an den Himmel gehobene Landschaft überragend, war der Turm am Abend angeleuchtet. David hatte es im vergangenen Jahr nur ein Mal erlebt. Jetzt begegnete er diesem Schauspiel wieder.
Der lange, weithin sichtbare Kirchturm ragte angestrahlt auf, während sich das Dunkel auf Mandelbach senkte. Er stand da und sah, wie dieser Turm die Landschaft auf sich vereinigte. Er war gleichsam ihr leuchtendes Herz.

Symbol eines sakralen Feuers, das aus seiner irdischen Mitte an den Himmel stieg. Das Bild erinnerte David nun an Worte aus seiner Kindheit, als er in Kirchtürmen »Raketen zu Gott« gesehen hatte. »Aufpassen, dass aus dem Jungen kein Dichter wird«, hatte seine Mutter gescherzt. Jetzt erschien ihm die Kirche mehr noch wie ein Leuchtturm, der aufs Meer winkte. Da draußen gab es ein verlorenes Schiff. Oder sogar zwei ...

Es war spät geworden. David ging über die Felder wieder dem Dorf entgegen. Die Dunkelheit kam jetzt ganz, und er fand keinen Halt mehr. Er wusste nicht, wohin. Von allem blieb nur ein einziges Haus übrig. Er stand davor. Er verspürte den übermächtigen Wunsch, Cora zu sehen. Vielleicht auch darum, ohne dass es ihm bewusst gewesen war, hatte er all die Stunden gewartet und sich herumgetrieben. Er hatte auf seinen Mut gewartet. Aber der war nicht gekommen.

Er betrachtete den kleinen Bauerngarten, an den er oft gedacht hatte. Und in dem niedrigen Fenster war Licht. In der Küche sah er Cora sitzend am Tisch. Sie trug noch immer das schwarze Kostüm und sie war ganz allein. Es erschütterte ihn, dass sie an diesem Tag alleine blieb. Aber genauso ist der verdammte Tod, dachte David sich: Er nimmt sich einen Menschen, und einen andern lässt er allein zurück. Der muss es aushalten. Der muss bei klarem Verstand weiterexistieren.

Er stieg über den niedrigen Zaun in den Garten ein, nur um Cora nahe zu sein. Vielleicht würde sie seine Nähe spüren, wie eine Art von Balsam, ohne dass sie wusste, dass er auf der anderen Seite der Mauer war. Es sollte wie eine unerklärliche Wärme sein, die auf sie wirkte und ihr Gutes gab. So dachte er. Er setzte sich zwischen die Beete. Und fühlte die Dunkelheit in die Natur einziehen. Er ließ die Dunkelheit ganz über sich kommen. Der Mut hatte ihn vollkommen verlassen. Er legte sich in den schmalen Weg, legte sich auf den weichen, schmückenden Belag aus Baumrinden. Er pflückte um sich ein paar Blumen und gab sie Cora in Gedanken. Er sah über sich die Sterne und erinnerte sich an die eine Nacht, die er im Kosmos verbracht hatte, als seine Verliebtheit zu groß gewesen war für ein Zimmer, für ein enges Dach. An diesem Gefühl hatte sich nichts geändert, nur war es durch starken und dann langen Schmerz gegangen. David lag mit offenen Augen da. Irgendwann schlief er ein.

Am Morgen wachte er auf und war von Kälte betäubt. Er war von ihr so durchwirkt, als habe er auf einem Teichgrund geschlafen. Es war ein feuchtes, taufrisches Gefühl, das ihn erschreckte. Auch erwachte er ganz durch eine Stimme, die sich auf ihn stürzte. Es war Cora, die hektisch und hysterisch dastand, sie war aufgelöst und sie weinte!

»Was ist denn los, Cora? Ich bin es doch nur«, versuchte er sie zu beruhigen.

»Und das ist schlimm genug!«, rief sie.

»Aber was ist denn los?«, fragte er und versuchte, rasch zu Verstand zu kommen.

»Na, sieh dich doch mal an!«, rief sie, jetzt noch kopfloser, lauter und aufgelöster.

Er verstand nicht.

»Du weißt, dass ich gestern den einzigen Menschen zu Grabe getragen hab, der zu mir gehörte. Und heute sehe ich dich. Du liegst in meinem Garten, zwischen zwei Brettern der Beete. Du trägst einen schwarzen Anzug mit schwarzer Krawatte, du liegst regungslos da und auf deiner Brust hältst du Blumen, darüber die Hände gekreuzt. Du Idiot liegst da wie ein Toter!!«

David gelang es jetzt, seinen Blick auf sich selbst zu richten. Cora hatte recht. Er verstand, wie er aussah und wie sehr es sie erschreckte.

»Verzeih mir, Cora, es tut mir so leid«, sagte er unbeholfen.

»Warum bist du hier? Warum liegst du da?«, wollte sie wissen, »hast du etwa Alkohol getrunken?«

»Du weißt: ich trinke niemals Alkohol. Das ist ja das Schlimme: ich bin auch ohne so.«

»Ja, der rauschhafte Romantiker!«

Jetzt sank sie auf die Knie, geschwächt von Schrecken und Erregung. Sie kniete sich zu ihm in den schmalen Weg aus Baumrinden. Sie sieht wundervoll aus, dachte er sich, unschuldig und sensibel wie die Luft, die in den ersten Momenten des Morgens liegt, atmend und sich rötend. Sie lebt. Sie ist da. Sie ist bei mir.

Er sprach: »Weißt du: heute Nacht, da hab ich die Sterne über Mandelbach gesehen. Das war so schön. Dieser klare Himmel mit all seinen Sternen. Ich hatte nicht den Mut, an dein Fenster zu klopfen. Aber ich wollte bleiben. Den Moment bewahren dürfen, ihn als einen langen letzten Moment erleben dürfen, so als würde man sich sagen: jetzt sterben dürfen.«

»Du dummer Mensch!«, rief sie.

»Irgendwie hatte dieses Gefühl etwas Erfüllendes, sag ich dir.«

»Du dummer Mensch!«, wiederholte sie.

Wie erleichtert, dass David sprach, dass er atmete und die Augen offen hatte, legte sie eine Hand auf ihn. Nach Momenten war sie etwas ruhiger. Aber sie weinte. Er fasste ihre Hand. Sie ließ ihre Tränen laufen, und das tat ihr gut. Es waren Tränen für die Mutter und Tränen für ihr eigenes Leben, es waren Tränen für David und für ihre Liebe. Er drückte ihre Hand. Jetzt waren sie verbunden. Sie fand in ihren Tränen ihre Wahrheit. Er fand die seine in seinen Worten.

»Du siehst wundervoll aus. Weißt du, ich fand es immer schön zu sehen, wie deine Gefühle deine Wangen röten. Du siehst jetzt so aus wie in meinen Träumen. Fast ein Jahr hab ich nur an dich gedacht, Cora. Da war nichts in meinem Leben. Da konnte nichts sein. Weil es die Wahrheit gewesen ist: Ich hab dich geliebt und ich hab dich verloren.«

Er sprach es und es machte ihn frei. Sie sah ihn an und weinte. Sie schluckte Mengen von Tränen und sagte schließlich: »Ich hab mir so oft gewünscht, dich wieder in meinem Garten zu sehen. Du magst ihn doch so sehr. Und dann bist du wirklich hier, leibhaftig, du bist es – aber du liegst da wie ein Toter!«

Es war jetzt der Moment, sich alles zu sagen. David kannte das nur vom Schreiben. Es war der Moment völliger Offenheit des Herzens, völliger Klarheit des Gefühls. Das floss in einem Strom des Bewusstseins. Jetzt war diese wahrhaftige Kraft stärker als sie beim Schreiben je gewesen war. In seinen Worten wandte David ihr sein ganzes Gesicht zu. In der Rolle des scheinbaren Toten sprach er so offen, als müsse er sich nicht schämen dafür. Als wäre er tatsächlich sterbend und dürfe nach seinen Worten für immer gehen.

»Cora, du süße Frau. Ich liebe dich! Ich bin einen langen Herbst und Winter verzweifelt in meinen Träumen herumgeirrt. Krank vor Sehnsucht nach dir. Ich hätte sterben müssen daran. Ich hätte tot sein sollen, als ich dich verlor. Ich war bloß zu feige fürs Sterben. Kein Mensch soll ein solches Glück verlieren. Cora – du warst die Richtige. Du süße Mandel, Frau mit Mango, meine kräuterkundige Hexe, meine wunderbare Nackte am See, meine traumhafte Sommerfee, meine beste Freundin, meine große Liebe ... Liebe und Hass, Wunderbares und Zerstörung. Warum ist das Leben so heftig und stark? Warum wirft es uns herum wie im Sturm? Sag mir: Warum können wir Menschen so glücklich sein und so sehr leiden?«

Cora weinte laut auf und war zugleich erlöst. Sie ließ die Tränen laufen. Ihr Gesicht changierte, lautlos und verzerrt lachte es auf, bevor es wieder nichts als weinte. Beide Hände hatte sie auf den Körper des Scheintoten gelegt. Der wie mit einer transzendentalen Stimme zu ihr sprach. Sie ließ sich zu ihm sinken. Sie lag an ihm, ihr Oberkörper auf ihm, ihr Ohr hörte sein Herz, als würde sie es hörend Schlag um Schlag bewahren.

»Ich liebe dich!«, rief sie.

Sie küsste ihn mit nassen, salzigen Lippen.

»Weiß ich, was ich tue?«, fragte sie dann verwirrt.

»Du tust es, weil du es weißt«, antwortete er lächelnd.

»Dann komm zurück! Komm zurück ins Leben!«

»Ich bin da«, sagte er.

Er nahm sie in seine Arme und streichelte ihr Haar. Er schloss lange seine Augen, als er voller Wunder seine Lippen und seine Stirn an sie legte. Beide waren am Boden. Sie waren nichts und sie waren alles, gerettet durch die Macht der Liebe.

***

Etwas später hörten sie die Klingel an der Tür des kleinen Hauses. Es war Tobi. Er war ruhelos gewesen und seiner Ahnung gefolgt. Sie hatte ihn hierher getrieben.

»Ist er noch hier? Ist er bei dir?«, wollte er wissen.

»Ja«, sagte Cora, »er war die ganze Nacht hier. Aber nicht hier drin. Er hat die ganze Nacht in meinem Garten gelegen, auf dem Weg, auf den feuchten Baumrinden, stell dir vor! Ich hab ihn nicht bemerkt.«

»Aber warum hat er das getan?«

»Er wusste nicht wohin ... Er wollte zu mir ... Er hat es nicht gewagt«, sagt sie, und bei den Worten schossen Tränen in ihre Stimme.

»Ich hab ihn dann vor einer Stunde gefunden. Feucht und unterkühlt. Ich musste ihm die ganzen Sachen ausziehen.«

»Das war eine unglaublich kalte Nacht«, sagte Tobi besorgt und kam herein.

Er betrat die Küche. David saß am Kopf des Küchentischs. Er war ganz nackt, eingehüllt in eine braune Wolldecke, gerettet, in jeder Art und Weise. Er schien abwesend, obgleich er nicht hätte präsenter sein können. Er hatte die Hände auf dem Tisch liegen wie etwas von sich, was er völlig entfaltet hatte. Er sah seinem jungen Freund mit einem eigenartigen, transzendental wirkenden Lächeln entgegen. Die Sonne strahlte herein und brachte den Tag.

»Schaut mich nicht so an. Alles ist gut«, sagte er.

Tobi kannte die beiden. Jetzt waren sie nicht von dieser Welt. Sie waren völlig erschöpft von der Nacht, die Cora in Trauer verbracht hatte und David in der Kälte. Seine feuchte Kleidung trocknete am Fenster im Sonnenlicht. Tobi suchte in die Situation hineinzufinden.

»Wie geht es euch?«, fragte er.

»Ich denke, wir haben etwas wiedergefunden«, sagte David.

»Ja. So ist es«, stimmte Cora ihm zu.

Sie stand jetzt bei ihm. Sie legte ihre Arme liebevoll um seinen Kopf. Und küsste seine Stirn. Berauscht und innig. Als würde sie sagen: »Das ist meine Liebe. Das ist meine

Umarmung. Das ist mein Kuss. Das ist alles für dich. Das sollst du jetzt nie mehr verlieren.«

Tobi sah sie an, diese geschüttelte, geprüfte Liebe. Es war etwas Atemloses an ihnen. Sie sahen beide aus, als hätten sie sich gerade gegenseitig aus Seenot gerettet. Sie hielten sich erschöpft und mit dem letzten festen Griff ihrer Kraft. Tobi lächelte. Sie waren drei Freunde gewesen. Sie hatten eine gute Zeit erlebt. Und jetzt erlebte er, wie seine Freunde sich fürs Leben fanden. Endlich geschah es, und ihre Gefühle verbanden sich. Er hatte sich nichts anderes gewünscht.

»Das ist gut«, sagte er.

Und er setzte sich zu Davids rechter Seite an den Tisch. Er sah sie an. Eine Zeitlang war nichts als eine Art atemloses Verständnis zwischen ihnen. Sie waren durchströmt. Es war mehr als die Sonne. Warme, starke Kräfte, in denen alles durcheinander ging.

»Ich weiß gerade nicht, ob ich verrückt bin oder glücklich. Es fühlt sich an wie beides. Und ihm geht es genauso«, sagte Cora und nickte zu David hin.

Der Junge verstand, lächelte und sagte: »Ihr wirkt irgendwie, als ob ihr total durch den Wind seid.«

Cora erwiderte: »Frag mich nicht, welcher Tag heute ist ...«

Sie kniete neben Davids Stuhl und hielt die Arme um ihn geschlungen: »Aber das ist schön so. Das ist ein anderer Tag als alle anderen Tage. Der muss so sein. Den lebst du nur ein Mal. Den lebst du, ohne an etwas anderes zu denken ...«

Tobi lächelte. Sie setzte sich nun an den Tisch. Mit Tobi sah sie David an. In seiner notdürftig verhüllten Nacktheit sah er tatsächlich aus, als hätte man ihn gerade aus kalten Wellen gefischt. Und auf einmal wirkte er noch abwesender und verwirrter als zuvor und wiederholte die eben gesagten Worte der geliebten Frau.
»Welcher Tag heute ist … Welcher Tag heute ist …«
Etwas bewegte sich in ihm. Ein Einfall, ein aufleuchtender Gedanke. Er lächelte und legte seine Hände nach links und nach rechts auf die Hände von Cora und von Tobi. Es lag eine warme und starke, wundersam feierliche Gewissheit in diesem Griff. Er hob seinen Kopf in die Sonne, die durchs Fenster fiel, und schaute geblendet hinein. Das Licht war warm und klar und es brachte einen anderen Tag als den vorangegangenen. Das war es. Es war der längste Tag.
»Tobi, mein Freund! Cora, mein Schatz! Wisst ihr, was das für ein Tag ist? Wenn gestern der 20. Juni war, dann ist er heute da. Über Nacht ist er gekommen. Er ist da – der Sommer!«

Ebenfalls in der Edition Schaumberg erschienen:

Eva ist angeödet von ihrem Leben: von Ehemann Alexander, der sie kontrolliert, ihrem dementen Vater und dem Job in der Dorfkneipe. Ein bevorstehendes Klassentreffen lockt mit Abwechslung. Gerade weil ihr Alexander abrät, dort hinzugehen, siegt die Neugierde. Alexander, der vorgibt, ihr eine Enttäuschung wegen zu hoher Erwartungen ersparen zu wollen, verheimlicht ihr die wahren Gründe.
Die Begegnung mit ihrer einst unscheinbaren Klassenkameradin Agnes verändert Evas Leben. Ihre lockere und freie Art gefällt ihr. Sie genießt die Treffen mit ihr und wünscht sich insgeheim ebenso ein unabhängiges Leben.
Ein Roman über das Leben, die Liebe, menschliche Beziehungen und die Bedeutung von Entscheidungen – tiefgründig und berührend.

ISBN 978-3-910306-06-6   19,00 €

Bibiana ist Mitte Vierzig, als sie an einem Wendepunkt ihres Lebens die Einladung zu einer Reise nach Südafrika annimmt. Bei einem »Blinddate in Africa« trifft sie den Mann, den sie bisher nur vom Schreiben kennt. Die Magie des fremden Kontinents schlägt zu und beschert ihr eine unvergessliche Woche.
Alles hinter sich lassen, noch einmal neu anfangen: Bibiana greift mit beiden Händen nach der Liebe, die sich ihr bietet.
Wenn das so einfach wäre!
Mit vollem Risiko, Abenteuerlust, Mut und Hoffnung im Gepäck führt diese Reise Bibiana nicht nur in ein fremdes Land, sondern begründet auch die Notwendigkeit, sich selbst ganz neu zu erfinden.

ISBN 978-3-910306-10-3   17,00 € [D]